ANTONIN MAILLEFER

JEAN-CLAUDE LIBOUREL

# ANTONIN MAILLEFER

*Roman*

ROBERT LAFFONT

ISBN 2-221-08131-5

*À ma mère*

PREMIÈRE PARTIE

# LE TEMPS DE LA BARAILLE

# 1

Je m'appelle Antonin Maillefer. Je suis né le dixième jour de janvier 1900 à la ferme de la Baraille, hameau de Cassagnettes, deux cent trois habitants, une école, deux Jésus et un bâtard : moi.

Ma mère, Adélaïde Maillefer, avait commis le péché d'amour avec un photographe ambulant, pas beau du tout, mais qui paraît-il parlait aussi bien qu'un jésuite. Déjà, à l'âge de seize ans, elle faisait tourner la tête aux hommes, à tous les hommes, et les vieux du pays disent encore aujourd'hui que pas une fille depuis n'a égalé pareille beauté.

Elle avait le teint clair, une chevelure épaisse et dorée comme une moisson d'août, un long cou d'oiseau sur lequel était posée, telle une fleur de coquelicot au bout de sa tige trop frêle, une tête gracieuse en diable, des yeux rieurs et malicieux dont la forme et la couleur rappelaient le fruit délicat de l'amandier, un nez fait pour japper à la lune les soirs de rêverie et des lèvres à l'ourlet si parfait qu'elles paraissaient avoir été dérobées dans une peinture byzantine.

Ainsi me la décrivit madame Alice, institutrice de Cassagnettes depuis 1870, lorsque, au lendemain de mon vingt et unième anniversaire, elle me convoqua dans son école désaffectée pour m'annoncer qu'elle ne passerait pas un autre hiver sur cette terre.

– Ta mère, me dit-elle ce jour-là, était trop belle pour être paysanne et trop naïve pour la ville, voilà son malheur.

*Antonin Maillefer*

C'est vrai qu'elle était belle. C'est ce que je me dis encore aujourd'hui lorsque je regarde cette photo d'elle prise le jour de ses dix-huit ans par ce photographe ambulant de père. C'est vrai qu'elle était belle, mais je l'aurais préférée un peu moins belle et un peu plus souvent avec moi.

Notre destin est ainsi écrit. Je me suis accommodé du mien, le suivant pas à pas, sans regrets, sans remords, essayant seulement de faire un bonheur de ce que j'avais plutôt qu'un malheur de ce que je n'avais pas. Je vais essayer aujourd'hui d'en confier le récit à ces pages encore blanches, maintenant que le temps m'est donné de rester assis à la table de travail héritée de ce malfrat d'oncle Jules, devant la fenêtre s'ouvrant sur l'horizon des terres de La Bastide.

Ma Bastide.

Je m'appelle Antonin Maillefer, du prénom de mon père photographe absent et du nom de mon grand père, Mathurin Maillefer, le mari de la mémé Petite, mort un hiver bien avant que je naisse. Grand de taille, solide comme un taureau, il s'est laissé surprendre par la mort un soir de novembre alors que pour la première fois il rentrait bredouille de la chasse.

– Tu vois, ma mie, dit-il à sa compagne, ça veut dire que j'ai plus le bon pied si les grives me font la nique. Et quand on a plus le bon pied dans nos montagnes, vaut mieux pas traîner trop long.

Il s'assit alors sur le banc-saloir de la cheminée, sa blague à tabac de cuir tanné sur les genoux, et sa pipe, réchauffant encore une fois le creux de sa main tandis que ses doigts ronds et puissants lui prodiguaient une ultime caresse, sa pipe soudain tomba sans bruit sur la dalle de pierre. Voilà. Il ne l'avait pas vue venir, cette gueuse vêtue de noir, cette faucheuse de vie, et elle l'emportait sans lui laisser le temps d'embrasser la mémé une dernière fois.

Maintenant il reposait là-bas, au bout du jardin, sous un petit tumulus de terre bien net, parcourant les saisons entre un bouquet de vendangeuses bleues, une branche de lilas mauve ou blanc et, l'hiver, quelques pousses de ce houx dont les grains rouges se ratatinent en séchant. Tous les jours, qu'il pleuve, qu'il vente ou qu'il neige, la mémé, accroupie sur son tabouret à traire, lui passait un moment.

– Tiens, Mathurin, j'ai fait sarcler la vigne d'en bas par le Céleste. Il a mis trois jours, ce bon à rien, mais c'est propre quand même. Elle donnera bien, je crois. C'est que tu en as pris du mal pour celle-là, hé, mon Mathurin.

Puis elle lui parlait des choses de la ferme, de moi qui grandissais en lui ressemblant à ne pas y croire, et des fois je la surprenais, penchée sur la plaque de granit qui portait le nom de son papé, hochant la tête, lui disant à voix basse :

– Dans le fond, ils ont bien fait de pas vouloir d'un parpaillot dans leur cimetière de curé, comme ça, je t'ai un peu plus près de moi. C'est que tu me manques, mon Mathurin.

Et comme c'était l'heure de la soupe, elle lui jetait un dernier regard amoureux avant de se relever.

– J'y vais, tu sais que je l'aime bien chaude.

Elle rentrait, encore retenue par la pensée auprès du petit tas de terre, puis nous servait la potée de choux qui suait lentement dans le coquemar de la cheminée. Elle marmonnait des choses que je ne comprenais pas, et moi, je respectais son faux silence pour ne pas l'empêcher de rêver.

– Allez, mange avant que ce soit froid, me disait-elle soudain.

J'avalais la première cuillerée en me brûlant la langue sans rechigner. Je me disais que ça faisait certainement plaisir à son Mathurin.

Elle était si petite, ma mémé, qu'à six ans je la dépassais déjà. D'un caractère pète-sec mais d'une âme généreuse, elle ressemblait à sa terre. À l'extérieur, aride, froide, ridée. En dedans, courageuse, solide, pieuse. Des colères cachées dans des nuages cotonneux, des torrents violents se reposant parmi les fougères mauves, des champs verts de luzerne dormant sous les ombrages fragiles, des schistes foliacés, des landes candides, des coteaux en damier de vigne et d'olivier, un mélange sans cesse renouvelé de discrétion et de volupté, de volonté et de soumission.

Tout cela, c'était à la fois la terre de là-haut et la mémé Petite, le pain de tous les jours et l'amour de tout le temps.

# 2

Peu de temps après les fêtes de Pâques qui attiraient les marchands de calicots et les photographes détourneurs de jeunes filles sur toutes les places de la commune, après que se furent dispersées les processions autour des églises, les bénédictions innombrables et onéreuses entourant ce genre de rassemblement, quand chacun fut rentré chez soi bien repu de manger et de boire, l'âme soulagée de sa crasse annuelle, et quand, enfin, il ne resta plus que le souvenir de l'agneau rôti pour entretenir le papotage des veillées, alors s'étala au grand jour une incroyable nouvelle.

D'abord sournoise, provoquant des rires étouffés, des pincements de lèvres réprobateurs, des signes de croix incantatoires, elle finit, à l'heure de l'angélus, par gagner la margelle du puits et s'étaler sur les rives infernales de la honte générale.

Elle éclata, cette nouvelle, dans la plénitude d'un soir de printemps, un de ces soirs inutiles qui se languissent dans le calme respectueux d'une fin d'après-midi. Il aurait suffi d'un orage tardif sur les blés jeunes, d'un effondrement de terrain sous le pas d'une mule ou même tout simplement d'un chant de cigale annonçant un été précoce et chaud pour qu'elle passe au second plan et s'oublie dans le quart d'heure. Ce ne fut pas le cas. La campagne vit à l'écoute de la nature, et la nature, cette année-là, se prenait du bon temps et tardait à éclore. Alors, dans le silence inquiétant de l'attente d'un printemps qui ne venait pas, la nouvelle servit d'exutoire à l'angoisse qui tenaillait la vallée. Ce fut un cri, un coup de tonnerre, et la foudre abattit un morceau de ciel gris sur la terre de la Baraille.

Adélaïde, la parure de la commune, avait mis la charrue devant les bœufs. Adélaïde, l'espoir des célibataires du pays, avait fait Pâques avant les Rameaux. Adélaïde, dans sa grande inconscience, était enceinte. En deux mots, deux mots graves, Adélaïde avait péché.

Dans nos montagnes, la pauvreté est belle. Elle porte le soleil sur les cimes enneigées, elle garde les ombres dans les vallons ruisselants d'eau, elle aime les froids givrants de l'hiver et les siestes torrides des fenaisons. Ce n'est pas une pauvreté en haillons. Elle est comme le moulin à huile, le four à pain, les bois communaux. Elle se partage entre tout le monde, ce qui la fait ressembler à une fête.

Le péché est comme la pauvreté, ou comme l'idiot du village. C'est un bien commun. Mais celui-là de bien commun, à Cassagnettes, on ne le partageait pas de gaieté de cœur. Grand Dieu que non. Ce péché, on allait d'abord le divulguer dans la médisance. Dès que la nouvelle fut connue, les mauvaises langues se mirent en marche, d'autant que c'était l'occasion rêvée de pouvoir enfin régler leurs comptes à cette cabocharde de la Baraille et à son macchabée de Mathurin.

Les premières à jaboter furent les femmes, car ce genre de péché leur appartient d'abord. Ainsi la mère Pissou, dont la fille était morte d'un transport au cerveau en revenant d'un voyage à la ville, enfin, d'une ville ; Ernestine, qui ne sortait jamais de chez elle à cause de son pied-bot ; et celle que tout le monde appelait Tante parce qu'elle n'avait pas d'enfant et plein de neveux et nièces qui se tracassaient de savoir lequel allait hériter ; et l'Odette avec sa couvée de mioches pleins de poux, et même celle du bas village, Élisa, qui ne voulait plus coucher avec son ivrogne de mari en croyant que ça le rendrait jaloux alors que lui, il s'en foutait et buvait un coup de plus. Eh bien, toutes ces femmes-là, plus les autres, celles dont je ne parlerai pas car elles n'ont rien à faire dans mon histoire, toutes se mirent à caqueter à qui mieux mieux, façon de se rendre intéressantes et de faire croire qu'elles avaient quelque chose à dire.

« Si c'est pas malheureux de l'avoir élevée comme ça, cette gamine ! Qu'est-ce qu'elle croyait, celle de là-haut, que sa fille était une donzelle ? D'abord elle vient jamais au village, la vieille, bien trop fière pour ça, et pourtant, ça vit chichement sur sa terre en se privant de tout, quoique ça doit engranger ses quatre sous et les compter et les recompter comme des riches. Oh ! l'Adélaïde, elle est peut-être belle, mais à part ça, y a pas grand-chose sous le chapeau. Et puis, avec des mains fines comme les siennes, on n'abat pas de grosses journées. Va, on sait comment ça finit, ce genre de demoiselle. Un beau matin ça vous fait la malle sur un coup de tête. Quand on aime trop la bagatelle, on y perd la raison et alors c'est un homme après l'autre. On n'en dira pas plus, mais enfin. Remarquez, il vaut mieux qu'elle quitte le pays, parce que c'est bien du genre à vous détourner un mari et vous détruire un bon ménage, des traînées pareilles. On a déjà vu ça. »

Et des patati et des patata, de quoi se faire pousser une verrue sur la langue. Mais rien, absolument rien, ne les aurait arrêtées de se donner ce plaisir de médire.

Les hommes, eux, c'était différent. D'abord, dans nos campagnes, ils avaient le travail des champs pour se défouler le tempérament. Les ragots ne les occupaient pas tant que ça, sauf s'il y avait une belle affaire de terre ou d'héritage par en dessous et que ça puisse leur profiter. Dans ces cas-là, ils étaient les premiers à dire à leur femme de ne pas en parler et de les laisser faire.

Seulement Adélaïde, c'était pas une terre, un pré ou une vigne. Adélaïde, c'était la plus belle fille du village, de la commune, voire même du canton, celle dont ils avaient rêvé en culottes courtes, et, avec le temps, le rêve avait forci dans leur tête de mâle. Alors, apprendre qu'un photographe ambulant les avait doublés, voilà une claque bien difficile à digérer.

L'homme, en général, ne réagit pas comme la femme. Il ne caquette pas, ne médit pas en chuchotant, ne se sent pas offensé. Non. Il se sent trahi, seulement trahi à hauteur de la braguette. Putain, il se dit, si j'avais su, l'Adélaïde, y a un moment que je lui aurais fait une fête.

Alors, comme il ne peut pas masquer son dépit et qu'il ne peut pas le partager avec les femmes de sa maison, parce que s'il leur arrivait de faire pareil il leur tordrait le cou, il va le partager, ce dépit, avec tous les autres rufians du pays, entre un verre de rosé et un pli de cartes, assis à la table du café-tabac-épicerie de la placette, et, là, ils vont parler de la Baraille, bien mal tenue parce que la mère Maillefer n'a pas voulu le remplacer, son Mathurin, comme s'il n'y avait pas dans le pays un homme capable de prendre sa place, pour la terre seulement, parce que la vieille, qui en aurait voulu ? Et la fille ? Ah ! c'est pas pareil, ça, la fille, on aurait pas dit non, on l'aurait prise avec ou sans la terre. Et ils vont s'enfiler un canon de plus pour se faire passer les sueurs parce que de parler d'Adélaïde ça leur fait monter le sang. Ensuite, ils vont se mettre à rire, puis à en rire, puis ils vont devenir vulgaires et on les verra tous, les jeunes, les vieux, le Céleste qui pue, l'Honoré, qu'on appelle mange-merde tellement il est avare, le Baptiste de la Gravière qui gobe les œufs de canard tout crus pour dégoûter les autres, on les verra tous se laisser aller à être grossiers. Ils prendront même à partie le vieux célibataire tout bossu et tout vérolé qui vit dans une bicoque au fond du vallon, et ils lui diront qu'il pourrait bien l'épouser, la fille de la Baraille, vu qu'il n'aura pas à faire le travail puisqu'un autre l'a déjà fait. Ils continueront ainsi de se saouler et en profiteront pour vider les rancœurs accumulées par leurs pères et leurs grands-pères.

C'est qu'ils n'avaient jamais pu rien dire sur la Baraille du temps de Mathurin, parce que c'était une force de la nature, ce vieux révolutionnaire, et il fallait pas lui causer trop fort. Ils disaient rien alors, même si des fois ils trouvaient les pièges vides, les leurs de pièges, pas les siens, tous vides juste après qu'il était passé par là. Et encore on parlera pas de comment il acheta les prés d'en haut, ces deux bons prés que tout le monde voulait mais que personne ne pouvait s'offrir, ni avec quel argent, ça nous remonterait trop loin. On n'en disait rien de tout ça, avant, mais quand même on n'en pensait pas moins.

C'est comme ça qu'ils étaient, les hommes du pays, du courage juste ce qu'il fallait, pas de quoi en revendre. En vérité, ce qu'ils espéraient tous, c'est qu'un jour la tentation de la chair lui reprenne, à la donzelle de la Baraille. Qui a péché péchera. Et comme les photographes ambulants ça ne courait pas les rues, cette fois, l'un d'eux risquait fort d'en profiter. S'offrir une beauté comme Adélaïde même pour une seule soirée, il y avait de quoi les faire rêver sous leurs bérets crasseux. Ils avaient beau faire semblant de ne pas y penser, ils ne pensaient qu'à ça, les yeux brillants d'envie et le pantalon dandouillant de saleté.

Les ragots devinrent si forts qu'ils arrivèrent jusqu'à la porte de la Baraille. La mémé eut d'abord une moue mitigée de hargne et de sagesse et elle entreprit un grand ménage dans la maison pour se calmer les nerfs. Finalement, à l'heure de la sieste, elle s'arma de la canne de Mathurin, mit son chapeau de paille et prit la route de Cassagnettes.

– Où tu vas ? lui demanda Adélaïde.

– À nos affaires, répondit-elle d'un ton sec, à nos affaires.

Puis elle s'en alla, martelant le sol de ses sabots ferrés, la tête droite, la lèvre pincée.

À hauteur de la traverse du Jatelin, elle se trouva nez à nez avec l'Ernest de la ferme du Maure, un brave gaillard un peu simplet qui s'était marié sur le tard avec une laideronne de la vallée d'Aujaguet.

– Bonjour, madame Maillefer, qu'il dit en voyant la mémé.

– Bonjour, Ernest, répondit-elle en continuant sa route.

– Alors, madame Maillefer, on m'a dit que l'Adélaïde...

La mémé se tourna d'un bloc.

– Chez nous, les « On » ils portent un nom, alors si ton « On » il a un nom tu le dis ou bien tu dis rien.

Elle fit une pause, le regardant droit dans les yeux. Il baissa la tête comme un galapiat pris en faute.

– C'est le César de la Bartasse qui me l'a dit.

– Et qu'est-ce qu'il t'a dit, le César de la Bartasse ?

– Il m'a dit que l'Adélaïde avait fait une bêtise.

– Eh bé tu lui diras, au César de la Bartasse, de s'occuper de ses cornes à lui avant de parler des bêtises des autres, parce que tu le sais, hé, qu'il porte des cornes, le César.

– On le dit, madame Maillefer, on le dit.

– Et puis tu leur diras aussi, aux Césars et aux autres, qu'Adélaïde, elle a pas fait une bêtise, elle a fait un enfant, et un enfant, chez les Maillefer, c'est pas une bêtise, c'est une bénédiction.

– Oui, madame Maillefer, je leur dirai.

– Pour sûr ! Pour sûr !

Et elle reprit son chemin, laissant Ernest dans une grande confusion de pensées.

Bien que sûre d'elle, elle évita quand même de passer devant le Jésus du mamelon car elle avait bien trop de colère contenue pour ne pas Lui lâcher quelques mots durs sur la situation. Ce faisant, elle arriva à l'église par la sente de derrière, sans se cacher, mais sans voir personne.

Le curé était dans la sacristie, occupé à remplir les burettes de vin de messe. Avant même d'ouvrir la bouche, la mémé poussa la targette de la porte sur le silence épais des murs saints puis, sans demander la permission, elle l'entreprit sur le but de sa visite.

– Curé, Adélaïde est enceinte.

Il me faut, avant d'aller plus loin, il me faut dire un mot sur le curé de Cassagnettes. La mémé et lui étaient non seulement du même pays mais également du même âge, ce qui, à une époque, les avait fait se côtoyer dans les mêmes prés à vaches. Ce curé-là, il était aussi petit que sa payse, aussi droit que madame Alice, aussi beau que Mathurin avait dû l'être, et on lui aurait donné le bon Dieu sans confession tellement il respirait la sainteté. Pourtant, dans sa jeunesse, il donna beaucoup de soucis à son évêque, d'abord en refusant de servir dans l'armée, ce qui ne se faisait pas, puis en révolutionnant avec les pauvres, ce qui se faisait encore moins. Pour compliquer la chose et narguer un peu plus l'autorité ecclésiastique, il célébra par une messe chantée le mariage d'une catholique, la mémé Petite, avec un protestant, mon grand-père Mathurin. L'évêché prit ce prétexte pour l'éloigner des grandes paroisses et l'enterrer vivant dans ce village de montagne où il retrouva, les desseins du Seigneur sont impénétrables, la mémé enceinte de ma mère et Mathurin survivant à sa révolution perdue. Avec le temps et l'éloignement notre brave curé s'était ramolli, n'aspirant plus qu'à se faire oublier du reste du monde, ce qu'il réussit à merveille. Voilà pourquoi la mémé, dans le secret de la sacristie, l'appelait simplement curé, ce qu'elle n'aurait jamais fait ailleurs.

– Curé, Adélaïde est enceinte.

– Ma fille, c'est pas une nouvelle, tout le village en parle.

– Vous voulez me contrarier un peu plus ?

– Pas le moins du monde.

– Alors m'appelez pas ma fille. Gardez ça pour vos grenouilles de bénitier.

Le curé ravala sa salive.

– Alors, Adélaïde, on la marie ou on la marie pas ?

– Pour se marier il faut être deux que je sache, et le deuxième, elle l'a dans le ventre.

L'homme se signa. La mémé respira fort puis reprit sa phrase.

– C'est pas pour lui trouver un mari que je suis venue, c'est pour que vous fassiez taire toutes ces jacasses qui piaillent à bouche que veux-tu. Parce que si je m'en mêle je vous promets d'ici peu une belle pagaille dans le pays.

– On ne met pas la pagaille si facilement que ça de nos jours.

Une vieille chaise s'écroula sous un coup de canne. La mémé prenait ses nerfs, et ça s'entendait.

– Curé, y a plus d'histoires de cul dans ce pays que d'hosties à la grand-messe du dimanche. Si vous voulez que je les sorte, ces histoires, c'est pas une pagaille que vous aurez, c'est une guerre !

Et elle débita au serviteur de Dieu quelques saletés sur les gens du village dont il n'aurait même pas voulu entendre parler à confesse. C'est qu'il faut pouvoir les absoudre, des noirceurs pareilles.

Mais ce brave curé, malgré tout ce qu'il venait d'apprendre, ne semblait toujours pas convaincu qu'il dût intervenir dans l'affaire d'Adélaïde.

– Elle a quand même péché, et, qui plus est, elle a péché publiquement, précisa-t-il.

– Ah ! répondit la mémé, c'est pas le péché qui est grave, c'est que les autres le sachent.

– L'exemple, c'est l'exemple, dit-il en appuyant sur les mots.

Alors la mémé s'approcha de lui et le regarda droit dans les yeux.

– Je vais t'en parler, moi, de l'exemple. Il paraît que la fille de la Marie de Laval, qui est née juste après ton départ de là-bas, il paraît qu'elle ressemble à personne de chez eux. Mathurin, avant de mourir, m'a même dit qu'elle a des yeux bleus, comme les tiens.

Le curé blêmit.

– Oh ! ça va ! Ça va ! reprit-il une fois son moment de stupeur passé, oh ! ça va ! Tu l'auras ton sermon, cabocharde. Mais on le baptisera catholique, le petit-fils de Mathurin, tu entends, catholique !

– J'y compte bien, curé, et même avec un beau baptême.

Un ange traversa la sacristie en souriant. La mémé posa sa canne, s'assit sur un vieux prie-Dieu, comme si de rien n'était.

– Comment vont nos rhumatismes, monsieur le curé ? reprit-elle.

– Comme les vôtres, madame Maillefer, répondit-il en branlant la tête.

Alors ils se mirent à rire comme deux vieux complices qu'ils étaient.

Le dimanche suivant, sous l'œil roublard de la mémé installée en face de la chaire, le missel sur les genoux et sa fille bien grosse à côté d'elle, l'homme de Dieu fit un sermon court mais tout à fait de circonstance. Le doigt pointé vers le ciel, le regard scrutateur et la voix tonnante, il commença ainsi son prêche.

– Que celui ou celle qui n'a jamais péché jette la première pierre.

La surprise fit son effet, et un frisson parcourut les échines tandis qu'un grand silence envahissait l'église. Comme me dira plus tard madame Alice en me racontant tout ça, on aurait entendu une mouche péter.

– Voyez-vous, mes chères ouailles, reprit le curé, un village c'est une longue histoire. Un village, ça vient d'un hier et ça va vers un demain. Le hier, on ne peut plus y changer grand-chose car ce qui est fait est fait. Mais le demain, il se prépare chaque jour que Dieu crée pour nous. Le demain, c'est une vendange à venir, des rosières à marier, une profession de foi à prononcer. Car un village, ce n'est pas seulement une placette, un clocher, une école, un curé, un maire ou une république, oh ! que non ! Un village c'est comme un être humain. Il a ses joies, ses peines, ses arrogances, ses faiblesses. Et tout ça, mes chers enfants, tout ça, ça nous donne quoi ?

Il attendit un instant. Personne ne répondit.

– Je vais vous le dire, ce que ça nous donne.

Chacun était suspendu à ses lèvres. Il puisa un souffle au fond de sa gorge, se mit le menton au ras de la chaire et prononça d'une voix caverneuse :

– Cela nous donne une âme.

Un deuxième frisson les fit tous grelotter de peur. Le

curé se releva, rajusta les manches de son aube et reprit d'un ton doucereux :

– Bien sûr, une âme, on se doit de la protéger des souillures. Bien sûr, l'arrivée d'un enfant sans père, ça peut vous la salir à jamais, cette âme.

L'assemblée se requinqua, persuadée que le sermon ne lui était pas destiné. Un sourire collectif et narquois s'abattit même sur les fragiles épaules d'Adélaïde. Elle se voûta sous le choc, mais d'un coup de coude la mémé la fit se redresser.

– Il est vrai, reprit le curé, il est vrai qu'un village peut ne pas s'en relever, de ces couches-là. Car soudain ce village, discret, aimable, débonnaire, s'accordant une petite foire par-ci, par-là, et encore uniquement si c'est le jour pour honorer un saint, ce village, se faisant de belles processions, avec tout l'ornement et les bannières et les chœurs, enfin tout ce qu'il faut pour être bon chrétien, eh bien, soudain, il voit son nom colporté d'une vallée à l'autre et sa réputation basculer vers le mauvais côté. Ailleurs, on va parler du bâtard à naître, et puis on dira qu'il y en a peut-être d'autres qu'on ne sait pas, et de fil en aiguille ce village tout entier deviendra une terre de bâtards.

Les hommes baissèrent la tête, les femmes se signèrent pour se protéger d'un tel malheur.

– On mariera plus son fils avec une fille de ce village-là. À la foire aux bestiaux, on évitera d'acheter une bête qui en vient, à moins que le prix soit bien bas, et puis on dira en riant que les femmes de ce pays, elles ont toutes le feu au cul, pardon, Seigneur, que les hommes n'y sont pas très malins et, pour finir, on le montrera du doigt comme s'il avait la peste, ce village. Lentement, ce sera la ruine.

On leur aurait annoncé la venue du pape à Cassagnettes, ils n'auraient pas eu l'air plus couillon. Le curé regarda vers la mémé Petite. Elle se mouchait le nez pour ne pas rire. Alors il reprit, d'une voix profonde :

– C'est grave. C'est très grave. Et pourquoi tout cela arrive ? Parce que l'on se complaît dans la médisance, parce que l'on manque de charité chrétienne, parce que l'on oublie son devoir. Celui qui critique sera critiqué, celui qui juge sera jugé, celui qui persécute sera persécuté.

Il reprit son souffle, observa ses ouailles et, sentant le terrain propice, il reprit, l'index pointé cette fois vers l'assistance :

– Mais ceux et celles qui pardonnent seront pardonnés.

Silence. Les fesses se trémoussent sur le bois, les chapelets de buis glissent entre les doigts. Les hommes, pour une fois, prêtent attention. On soupire.

– Cassagnettes ne veut pas être comme ce village-là, continua le curé. Fort heureusement, Cassagnettes a une âme solide et les gens d'ici savent accueillir les brebis égarées, leur faire une place dans leur cœur, en bons chrétiens qu'ils sont.

Il s'arrêta, prit un air guilleret, arrangea sa chasuble, fit semblant d'avoir fini, et tout le monde se sentit soulagé. Alors, au moment où ils s'y attendaient le moins, le prêcheur se ravisa. Sa voix ample et forte tomba de la chaire comme une pluie de grêlons, et chacun baissa la tête pour recevoir l'orage.

– Cassagnettes le donnera, ce pardon, et pas pour gagner son paradis, oh ! que non ! pas plus que pour sauver l'honneur du village, parce qu'il s'en fout, du premier comme du second, mais il le donnera quand même, simplement pour éviter la ruine, simplement parce que c'est son intérêt ! Amen.

Il connaissait ses paroissiens, monsieur le curé. De par chez nous, quand on parle intérêt, on comprend tout de suite.

Le village, en entier, changea tout aussitôt son fusil d'épaule, et les plus féroces dans la critique devinrent les plus coriaces dans la défense.

Comme pour la médisance, les femmes furent les premières à prendre parti. Elles découvrirent très vite qu'elles avaient tout à gagner dans ce pardon exigé. D'abord, elles pourront conseiller Adélaïde, l'appeler ma pauvre petite avec de grandes affectations dans la voix. Et puis elles pourront la plaindre, s'apitoyer sur son sort, gémir avec elle. Elles se créeront des devoirs de femme à son égard. Quand elles la verront s'asseoir au fond de l'église, toute seule, elles lui feront signe de venir devant, au premier rang, et elles se serreront pour lui faire une petite place, à ce péché ambulant. Ce faisant, elles se donneront de l'importance. Voilà ce qu'elles vont y gagner, dans ce pardon. De l'importance.

Les hommes suivront, en se disant que ça changera pas grand-chose parce que, de toute façon, l'Adélaïde, ils savaient bien qu'elle n'était pas pour eux. On trouve toujours un « parce que » quand on en a besoin. Alors, comme pour finir la conversation d'avant, ils expliqueront que si elle a fauté c'est à cause de tout ça et de rien du tout. Et ils lui pardonneront à leur tour, au nom de ce tout ça et de ce rien du tout.

Mais ce pardon, il venait pas du cœur. Il venait d'une obligation. Et quand vous êtes obligé de faire quelque chose, vous en calculez toujours le coût. Il fallait bien qu'Adélaïde, elle le paie un peu, ce pardon exigé. On n'allait pas le donner pour rien. On n'allait pas lui demander grand-chose, mais enfin, ce serait bien qu'elle montre un peu d'humilité dans son regard, un brin d'abattement dans sa démarche, des soupirs de détresse par-ci, par-là. Enfin, quoi, leur montrer qu'elle avait honte, quand même.

Pour faire bonne mesure, on aimerait bien aussi voir la mémé Petite se faire pitié. Mater la cabocharde de la Baraille, ce ne serait pas pour déplaire.

Voilà où il en était, le village. Il attendait maintenant que les deux femmes viennent le quémander, ce pardon. Ils avaient compté comme si c'étaient eux qui avaient fauté, sans se soucier de ce qu'en pensaient Adélaïde et la mémé Petite. Ils n'avaient pas compris qu'elles n'en avaient rien à faire de leur pardon, obligé ou pas, pas plus que de l'absolution du curé. Ce qu'elles voulaient c'était qu'on leur foute la paix, une grande paix bien grande. Ils avaient oublié, ceux d'en bas, que le sang des Maillefer, même abâtardi, ce n'est pas le sang de tout le monde.

Adélaïde, tout à son bonheur d'être enceinte, continua de se promener chaque jour de la sente de la Baraille jusqu'au fin fond de Cassagnettes, le ventre en avant, de quoi faire pâlir d'envie le coq prétentieux qui se pavanait au sommet du clocher de l'église. Elle exhibait sans honte aucune son état, et, chaque fois que l'une ou l'autre tentait de s'apitoyer sur son sort, elle laissait échapper un de ces éclats de rire dont elle avait le secret. Peu à peu, les gens du village prirent ombrage de son attitude qu'ils jugèrent déplacée. Elle n'avait pas de quoi être fière. Elle allait quand même accoucher d'un bâtard.

Voilà qu'elle aggrava encore la chose en annonçant innocemment que ce serait un garçon, sans demander auparavant l'opinion de la vieille Émilie, l'accoucheuse en titre du pays, celle qui avait prédit sans coup férir le sexe de tout ce que la commune avait mis bas depuis quatre décennies. Enfin, le jour où la Marthe, qui tenait le café-tabac-épicerie-tout-le-reste sur la place de Cassagnettes, demanda, pour faire la conversation de politesse mais aussi par sournoiserie, comment on le baptiserait, ce garçon, Adélaïde, sans penser aucunement aux conséquences, répondit du fond du cœur :

– Mais du même prénom que son père, Antonin, bien sûr !

Il ne fallait pas la prendre pour une bécasse qui se serait donnée comme ça au premier venu. Elle connaissait le père de son enfant. Mais le père, les autres ne voulaient pas en entendre parler. Le père, il fallait, pour faire bien dans l'histoire, que ce soit un voleur de jeunes filles vierges, un profiteur de foire, un bandit de grand chemin. La faute, il fallait que ce soit lui, et lui seul, qui la porte sur ses épaules. Adélaïde, la fille du village, on l'avait trompée, on l'avait salie. Sinon, comment la plaindre, comment lui pardonner ? Et maintenant elle lui donnait des lettres de noblesse, à ce père d'elle seule connu.

La Marthe prit cette réponse pour une insulte et ne nous adressa plus la parole. Ma mère ne changea rien à ses habitudes, souriant toujours comme si de rien n'était, ne s'occupant que de moi qui grandissais dans son ventre et laissant les ragots reprendre leur chemin. Mais elle ne se doutait pas que j'entendais déjà tout ce qu'ils disaient à son propos, ou faisaient semblant de ne pas dire, ce qui est pire. Elle ne savait pas non plus que je sentais son cœur battre de ce grand mal qu'ils lui faisaient et qu'elle cachait par fierté derrière son air heureux. Elle ne savait pas que cette douleur, je la partageais déjà avec elle et que toute ma vie je me battrais pour ne plus avoir mal comme ça.

La situation se dégrada rapidement. L'Ernest parla des cornes de César en plein café-tabac-épicerie et déclencha une bagarre monstre. On apprit, là-dessus, que la mémé Petite avait fait une visite au curé, et, ne sachant pas ce qui s'était dit, on raconta le pire. Enfin, pour l'accouchement, ma mère fit venir une matrone d'ailleurs plutôt que de prendre l'Émilie, et tout le monde cria au scandale.

Quand le garde champêtre, après ma naissance, vint lui demander de passer à la mairie pour signer le registre, la mémé répondit tout de go qu'elle ne remettrait jamais les pieds à Cassagnettes, pas plus vivante que morte.

– Des imbéciles pleins d'imbécillité, lui dit-elle, pas méchants pour deux sous, simplement bêtes à manger du foin.

Ce fut la goutte d'eau qui fit déborder le vase. On voulait bien pardonner à Adélaïde d'accoucher d'un bâtard, mais pas d'en être fière. On voulait bien que la mémé Petite soit une cabocharde, mais de là à vouloir faire la leçon aux autres c'était pousser le bouchon trop loin.

Tout le village se sentit agressé. Puis offensé. Puis honteux du bonheur qu'elles avaient de moi, mes femmes de la Baraille. Honteux de s'être laissé voler son droit de pitié, son droit de compassion, son droit de partager le malheur, son droit d'avoir des droits. Alors, bafoué dans son orgueil, il enterra son pardon inutile en attendant, de sa patience séculaire de paysan, que le jour vienne pour faire payer cet affront.

Voilà ce qu'elles ne comprirent pas, Adélaïde et la mémé Petite. Voilà ce qu'elles oublièrent de me dire, me laissant ramasser cet insoutenable héritage de leur trahison du village et de ma bâtardise honorée.

## 3

Le quotidien de ma mère et de la mémé avait pour seul horizon les maigres hectares de la ferme de la Baraille, une paire de vignes vieillissantes, une lambrusque qui rongeait la façade de la maison et que les poules picoraient allègrement, quelques morceaux de terre à blé mais également deux bons prés bien protégés du vent et du froid et dans lesquels des vaches belles et grasses trouvaient une pâture abondante d'un bout de l'année à l'autre. Tout cela était peu, mais, bien mené de main de maître, avait suffi jusqu'alors au bonheur de Mathurin et de la mémé.

Cela ne pouvait suffire à celui de leur fille. De Mathurin, ma mère avait hérité la prestance, le côté beau parleur mais aussi et surtout le goût de l'aventure. De la mémé Petite elle n'avait gardé que le plaisir de cuisiner, ce qu'elles faisaient toutes les deux à merveille. Dans les champs clos de notre fermette, entre l'étable et le poulailler, elle étouffait comme dans une prison. Elle voulait voir du monde. Elle voulait voir le monde.

L'été après ma naissance, elle se plaça chez des riches bourgeois de la ville qui possédaient une demeure sur la commune. En peu de temps, ses compétences indéniables devant le fourneau, soutenues par son entrain et sa belle allure, lui firent gravir les échelons pour se retrouver en charge de la cuisine. Tellement satisfaits de ses services, à la fin d'août, les bourgeois l'engagèrent pour leur maison de la ville.

Ainsi elle partit, ma mère, m'abandonnant entre les mains rugueuses et caressantes de ma mémé, et tout en moi et autour de moi se transforma dans ce départ. D'abord parce que cette séparation était dure pour la mémé et que sa tristesse cachée envahissait un peu tous les recoins de la maison. Elle savait bien depuis toujours que sa fille ne finirait pas ses jours à la Baraille, mais elle avait certainement pensé que mon arrivée retarderait ce départ. Il n'en fut rien, et sa peine fut d'autant plus grande qu'elle suivit un moment d'espoir.

Par bonheur, Adélaïde nous revenait le dernier dimanche de chaque mois quand le jardinier des bourgeois montait de la ville pour s'occuper de leur campagne. Elle profitait de la calèche jusqu'à Malbosc et de là, à travers les oliveraies gris d'argent et les champs jaunes de betteraves fourragères, elle gagnait à pied la Baraille en coupant court par la traverse du Jatelin.

Le samedi veille de sa venue, de bon matin, la mémé Petite lavait à grande eau le pavé de la cuisine, torchait à quatre pattes l'escalier qui montait à l'étage, ouvrait grands les volets peints en vert, allongeait les édredons de satinette rouge sur le rebord des fenêtres, dépoussiérait les entourages du lit et, enfin, sortait une paire de draps frais de l'étrange armoire en bambous tournés qui ornait majestueusement sa chambre et qui, aujourd'hui, trône dans la mienne.

Une fois le rituel du dernier coup de torchon accompli, elle se mettait à la cuisine, enfournant une fougasse bien remplie de lardons maigres qu'elle faisait d'abord sauter à feu vif, cuisant une miche de pain blanc qui nous revenait croustillante et dorée de son aventure dans la chaleur suffocante du four à bois, dépiautant un lapin dont elle faisait sécher la peau entre deux bâtons plantés dans la cour pour les donner ensuite à Télémaque le chiffonnier, le pauvre des pauvres, grâce auquel la vallée tout entière gardait bonne conscience en le nourrissant chrétiennement de quelques bolées de soupe chaude.

Encore tout petit dans mon panier suspendu à côté de la cheminée, à l'abri des bestioles rampantes et des coups de langue de Pataud, le chien du journalier, je m'empiffrais le nez de ces folies de ragoûts pleins de lauriers, de pommes de terre à l'huile d'olive, de pissenlits ramassés à la rosée, et tout ça brouillonnait dans ma tête et m'annonçait la nouvelle ; ma mère allait venir.

Je n'étais qu'un nourrisson, mais, par instinct, je savais déjà compter les jours et si, par malheur, les effluves annonciateurs tardaient trop, je chialais de bon goût jusqu'à ce que la mémé mette en train le premier fricot. Alors je retrouvais mes gazouillis et à mon tour me préparais pour la fête.

Immanquablement, le lendemain vers les dix heures, ma mère poussait la porte de l'enclos. Elle me prenait aussitôt dans ses bras, me couvrait de baisers chauds et parfumés, transformant ses chansons et ses mots d'amour en une litanie de caresses odorantes. J'étais tellement heureux de sentir sa poitrine amoureuse de moi que je me vautrais contre elle sans broncher, les yeux grands ouverts, pour lui voler chaque sourire, chaque mouvement de lèvres, chaque battement de paupières, me garnissant la mémoire d'elle pour en vivre jusqu'à sa prochaine visite.

De mon panier suspendu qu'elles balançaient à tour de rôle, et, plus tard, depuis cette chaise haute qu'un jour Adélaïde apporta de la ville et que je subis comme une torture, j'observais les deux femmes de ma vie d'alors, assises chacune d'un côté de la longue table de bois patiné, respectant la place de Mathurin comme s'il devait revenir à tout instant. Sans s'en douter, elles m'émerveillaient de tout ce qu'elles pouvaient se dire avec si peu de mots.

Souvent ma mère repartait à la nuit tombée mais parfois seulement le lendemain à l'aube. Alors, elle me prenait dans son lit jusqu'au matin et je m'endormais blotti contre son ventre, ma bouche cherchant encore son sein pour le téter.

Notre chambrette, nichée au-dessus de la salle commune entre les poutres de châtaignier centenaires, avec ses murs blanchis à la chaux et tamponnés à l'éponge bleuie dans une solution d'indigo vendue par un colporteur astucieux, notre chambrette résonnait de vide, et toute la maison avec.

Un jour, la mémé parut plus désorientée que d'habitude. Elle en oublia, pour la première et unique fois de sa vie, de visiter Mathurin. Enfin, au bout d'une longue semaine, son tabouret à la main, elle retourna s'asseoir au fond du jardin et, comme on dit, vida son sac.

– Mathurin, il faut que je te parle. J'ai pas voulu te donner du souci jusqu'à présent, mais je peux pas continuer comme ça. Maintenant, avec le petit sur les bras, il me faut prendre quelqu'un pour m'aider. Si je prends un du pays, il ira raconter à travers le canton tout ce qui se passe ici. Je vais donc trouver un journalier de la plaine, bien débrouillard, et comme je lui donnerai le couvert et le logement, ce sera ça de moins à payer. Mais je voulais te le dire. Je voudrais pas que tu voies passer un homme devant ton nez et que tu te demandes quelle mouche m'a piquée. C'est un homme pour labourer ta terre, Mathurin, pas ta femme.

Elle dévida sa tirade sans respirer et, enfin soulagée d'en avoir fini, elle resta silencieuse, les mains posées dans les plis de son tablier, une larme retenue dans le foisonnement des rides. Puis elle se releva, promenant son regard humide pardelà le mur de pierres sèches de l'enclos. Elle soupira longuement et, sans se retourner, rentra dans la maison.

Le journalier arriva. Adélaïde nous le ramena de sa ville pour le sauver d'une mauvaise misère qu'il traînait avec lui. La mémé Petite mâchonna des mots pleins de colère.

– Je savais pas qu'il y avait des bonnes et des mauvaises misères.

Ma mère répondit que l'homme était bon.

– Il est bon, c'est toi qui le dis, mais quand même, il a un passé, ronchonna la mémé.

– Il faut savoir aider, et pas s'occuper des racontars des autres, lui rétorqua Adélaïde.

Puis elle embrassa la mémé, c'était rare, mais ce jour-là elle l'embrassa.

– Les autres, ils feraient battre les montagnes entre elles si on les écoutait. On en sait quelque chose, toi et moi, hein ?

La mémé retourna la bûche du feu.

– C'est comme tu veux. De toute façon, c'est toujours comme tu veux. Mais le petit, qu'il y touche pas, tu entends, dis-lui bien qu'il y touche pas.

L'homme était resté assis devant la porte, à attendre.

– Vous pouvez mettre votre baluchon dans l'étable et vous y faire un coin, lui dit Adélaïde, après on mangera la soupe.

Ce soir-là, la mémé ne mangea pas à la table avec nous. Elle avait à faire dans la souillarde, elle avait à faire du bruit. Je ne comprenais rien à toutes leurs histoires. J'étais seulement content parce que j'allais pouvoir m'endormir contre le ventre chaud de ma mère.

Au matin, tout allait bien. L'homme coupait du bois à la hache, Adélaïde mettait son chapeau en chantonnant, et la mémé avait retrouvé sa bonne humeur. Tout allait bien.

Mais l'homme ne s'approchait jamais de moi. La mémé l'avait interdit. De lui, je connaissais seulement l'odeur que je retrouvais sur un coin de la table, dans l'ombre du mûrier, sous le manteau de la cheminée face au banc-saloir de Mathurin, noyée parmi les autres. Une odeur de chez nous, pleine, sauvage, paysanne. Elle ressemblait à celle de la mémé, à celle de l'étable, à celle des prés, à celle d'Adélaïde que je reconnaissais d'un mois sur l'autre quand elle nous visitait.

Un dimanche, certainement quelques mois plus tard, alors que ma mère s'occupait avec la mémé, attiré par le mystère des flammes dansantes, en rampant, je m'approchai de la cheminée. Au moment même où je tendais la main pour attraper le chaudron d'eau bouillante, au risque de le faire basculer sur moi, deux bras forts et vigoureux me happèrent et me soulevèrent du sol. Je découvris soudainement le visage de l'homme et, dans l'instant même, il me captiva.

Les autres visages de ma vie d'alors, je les connaissais par cœur. Celui de la mémé Petite, je le voyais passer et repasser, toujours à la hauteur de mon nez, soit qu'elle se penche pour me parler, soit qu'elle me soulève pour me déplacer. Je connaissais les contours de ses rides, le bruit de ses dents frottant l'une contre l'autre et le mouvement de ses yeux cherchant les miens pour les embrasser. Celui d'Adélaïde était moins marqué dans ma mémoire, mais je savais en reconnaître les paupières légères encadrant les yeux pétillants de bonheur, les sautes d'humeur s'évanouissant toujours dans un grand rire, les coquetteries imperceptibles.

L'homme, c'était différent. Ce que je vis avant tout, dans ses yeux, ce fut cette misère, grande, forte, violente.

Et puis tout au fond, caché par-derrière, de l'amour. Une immense quantité d'amour.

Je souris. Je sentais la chaleur brûlante du feu sur ma joue. Il me reposa à califourchon sur son genou, me retenant en équilibre d'une main ferme, me caressant lentement les cheveux de l'autre. Les doigts de ma mère étaient souples, ceux de la mémé, petits et rugueux. Les siens exprimaient à la fois la peur de faire mal et le désir d'aimer.

Ses yeux restaient fixés dans les miens. Ils étaient pleins d'une lumière douce et, par moments, ils s'auréolaient du rose pâle des flammes montantes. Nous nous regardions. Cela dura une éternité, mais même l'éternité a une fin.

– Antonin ! cria la mémé.

C'était la première fois qu'elle m'appelait par mon prénom, ou du moins que je m'en souviens, et cela me choqua autant que son cri. Ma mère se retourna à son tour et vit l'émoi sur mon visage. D'une voix calme elle me parla avec des mots d'enfant, puis elle s'approcha et tendrement me prit dans ses bras.

– On va ? demanda-t-elle à l'homme en souriant.

– On va, répondit-il, comme écrasé par la fatalité.

Puis il se leva, ramassa son bout de bois et sortit.

*Antonin Maillefer*

Je ne compris pas ce qui se passait, mais je sus tout de suite que l'on venait de m'enlever quelque chose d'important. Chez la femme, le corps tout entier est un réceptacle d'amour. Chez l'homme, une main, une seule main suffit, et cette main allait cruellement me faire défaut.

# 4

Sagement installé dans mon cocon de la Baraille, je vis les printemps colorés éclater sur les dernières neiges, les premières chaleurs d'été nous préparer des automnes pluvieux, et les hivers nous revenir sans crier gare, selon le rythme immuable des saisons qui réglaient notre vie comme une grande horloge.

Les visites mensuelles d'Adélaïde étaient nos vacances, et, chaque fois, elle s'extasiait de me voir un peu plus grand, un peu plus gros, un peu plus beau. Souvent elle ne restait que quelques heures et repartait le jour même, mais je trouvais mon bonheur dans le peu qu'elle me donnait.

Nous arrivâmes ainsi, la mémé Petite, les trois vaches et moi-même, folâtrant de saison en saison, nous arrivâmes donc au mois d'octobre de 1905. Édouard le journalier, en plus d'une odeur et d'un visage, s'était lentement fait une place et un prénom. La mémé avait changé dans sa façon de lui parler. Parfois, le soir, quand il mangeait sa soupe avec nous, elle me disait une gentillesse mais je savais qu'elle s'adressait à lui.

– Té, Antonin, tu as vu le fourrage s'il est bien beau. Comme du temps de ton papé, un beau fourrage bien travaillé.

Édouard ne répondait pas. Il souriait. Elle lui servait un autre morceau de lapin avec plein de sauce autour.

– Fais-toi encore une tranche de pain avec, ça te tiendra bien au corps, lui disait-elle un peu rudement.

Il faisait sa tranche. C'était un ordre.

Cet hiver-là fut particulièrement mauvais, même les œufs gelèrent dans le poulailler. Ma mère réussit à venir de sa ville pour voir si nous ne manquions de rien et si nous étions bien au chaud dans la maison.

– Il peut pas rester à dormir dans l'étable, lui dit la mémé en parlant d'Édouard ; même avec la chaleur des vaches, il y fait trop froid. C'est pas que ça me plaise de l'avoir ici, mais il faut être humain.

– Ce sera bien pour vous de l'avoir dans la maison, répondit ma mère, ça vous tiendra le cœur au chaud.

La mémé s'énerva un peu.

– Qu'est-ce que tu veux dire par là ?

– Pas plus, rétorqua Adélaïde, pas plus.

– J'ai pas encore décidé, mais si je décide, c'est juste pour les froids, et puis il fera son lit en bas, sous l'escalier.

Deux jours plus tard j'attrapai la grippe. Comme la chambre n'était pas chauffée, la mémé m'installa un lit devant la cheminée de la cuisine, puis elle dit à Édouard de déménager ses quelques nippes.

– Des fois que la nuit le petit soit pas bien et que je l'entende pas tousser, précisa-t-elle, tu garderas un œil dessus.

– On fera, qu'il répondit.

Elle entreprit de me soigner en m'appliquant des ventouses et des cataplasmes de moutarde, de quoi me guérir pour toujours de vouloir en attraper une autre, de grippe. Comme il n'y avait rien à faire dehors, Édouard restait tout le jour à tailler des bouts de bois pour en faire des anges, des vaches, des saintes vierges et même, une fois, un diablotin avec des cornes. Quand je toussais, il ne bougeait pas. Il attendait que la mémé lui dise, alors il venait me porter un verre de tisane et il repartait à son occupation. Puis, petit à petit, dès qu'il m'entendait, il venait de lui-même, il m'arrangeait le coussin, remontait la couverture sous mon nez. Moi, j'en profitais bien. Des fois, même, je faisais semblant de tousser, juste pour qu'il vienne s'occuper de moi. J'aurais passé l'hiver comme ça, avec une fausse grippe. Mais quand la mémé voulut me faire encore une série de ventouses, je décidai que j'étais guéri.

– Un peu d'air frais ça le requinquerait, dit Édouard.

La mémé ne répondit pas. Elle était occupée à ne rien faire, mais ça l'occupait beaucoup quand elle ne voulait pas entendre. Il m'habilla bien chaudement et nous fîmes le tour de la maison trois fois de suite. Il me tenait par la main, pour pas que je tombe.

– Tu es pas bien solide encore, faut être prudent.

En rentrant, il mit en cachette une rasade de vin dans mon assiette de soupe. Ça m'a fait un peu tourner la tête et je me suis endormi devant la cheminée sans m'en rendre compte. Quand je me suis réveillé, la mémé était assise sur le banc-saloir en train de repriser un vieux pantalon de Mathurin.

– C'est pour qui, mémé ?

– C'est pour traîner par là.

– Oui mais c'est pour qui ?

– Pour Édouard.

Il taillait ses bouts de bois au bout de la table. Il s'arrêta, leva les yeux vers elle, puis il reprit son occupation.

C'est à partir de ce jour que nous commençâmes, lui et moi, à faire des petites randonnées. Pas loin, juste vers le champ d'en haut, ou bien à la lisière du bois. Au printemps, il m'emmena voir dans une draille le bois qu'il coupait déjà pour l'hiver prochain. Nous partîmes tôt le matin en marchant dans la rosée encore givrée. L'herbe craquait sous nos pas et les premières sauterelles s'enfuyaient avec des petits bonds impossibles à suivre. C'est là que j'ai trouvé un foie de poule au milieu d'un pré. C'était tout mou, marron et visqueux comme un foie de poule. J'ai crié, me demandant comment une poule avait pu perdre son foie dans un pré et de si bon matin. Édouard retint son rire parce qu'il savait qu'on ne rit pas de ces choses-là. Il ramassa le foie et le mit dans sa musette. Trois pas plus loin, il y en avait un autre, puis un autre. Quand j'ai vu la demi-lune de foies de poules, j'ai rien demandé. Je les ai ramassés et le soir on a fait une belle fricassée de champignons. Après, chaque fois que la mémé tuait une poule, Édouard disait, pince-sans-rire :

– Té, y a un champignon dans la poule.

Moi je faisais semblant de ne pas me rappeler.

Maintenant il me prenait souvent avec lui, sauf à la rivière. La mémé avait dit : « Pas à la rivière. » C'était un « pas à la rivière » qu'on ne discutait pas. Moi, c'est là que je voulais aller.

Un soir, pendant qu'il préparait sa ligne pour la pêche aux goujons, je le bombardai de pourquoi et de comment sur cette rivière interdite.

– Les poissons, c'est comme des gros têtards ? Et les poissons-chats, ça a des pattes ?

Et ceci, et cela. Édouard parlait peu. Il disait seulement : « Faut voir », ou bien : « C'est pas dit », ou encore : « On fera. » Ce soir-là ses yeux brillèrent comme des lucioles. Le brillant de derrière la misère.

Plusieurs fois il commença une phrase, mais la mémé regardait, alors les mots restaient sur ses lèvres.

– Antonin, va te coucher, c'est ton heure.

– Encore un peu, mémé.

– Tu m'écoutes !

J'allai donc me coucher, pas content, mais il fallait obéir. Je dormais encore profondément quand j'entendis une voix dans mon sommeil.

– Antonin ! Antonin !

La mémé aussi entendait des voix. Quand elle en parlait, ma mère lui répondait : « Tu es comme la Jeanne. »

Maintenant j'étais comme Jeanne et la mémé, j'entendais une voix.

– Antonin ! Antonin !

J'ouvris un œil. C'était Édouard, assis sur le bord du lit, qui me regardait d'un air timide.

– Dis, tu veux aller à la pêche ? me demanda-t-il.

– À la pêche, avec toi ?

– Faut voir, qu'il me répondit.

C'était tout vu. Je glissai du lit et enfilai mon pantalon. Il se pencha pour m'aider à chausser mes souliers de la ville, comme disait la mémé Petite, parce que c'étaient des souliers à lacets et pas des galoches. J'étais debout et Édouard se tenait accroupi devant moi. Je le voyais sourire. Je ne le voyais pas sourire sur son visage parce que, étant debout, je le voyais par-dessus son crâne. Mais son sourire était tellement grand qu'il lui remontait jusqu'aux cheveux. Voilà pourquoi je dis que je le voyais sourire.

– J'ai pas de canne pour pêcher.

– Faut voir.

Nous descendîmes à la cuisine. La mémé Petite, déjà debout, toujours debout, tartinait un gros tas de beurre sur une rôtie.

– Mémé, mémé, je vais à la pêche !

– Tu pourrais demander !

Elle était pas contente.

– Mange ta tranche de pain et bois ton chocolat.

Devant la cheminée, Édouard attisait le feu. Il tourna la tête par-dessus son épaule, me fit un clin d'œil et cacha un gros sourire en regardant vers les flammes. J'en fis de même en cachant le mien dans le bol de chocolat que j'avalai à toute vitesse.

– C'est ça, maintenant étouffe-toi pour aller vite, maugréa la mémé.

Je m'arrêtai pour reprendre ma respiration mais aussi pour essayer de comprendre pourquoi elle était si hargneuse de bon matin, elle qui partageait toujours mes bons mots et mes blagues et qui disait que j'étais plus intelligent que ses trois vaches réunies. Et ce matin, alors que s'annonçait un événement de grande importance, elle faisait sa tête des mauvais jours. Je levai les yeux de mon bol pour l'observer.

Sur la table, il y avait une tige de bambou avec, à hauteur de la poignée, un fil qui s'enroulait sur un petit moulin de buis taillé et, à l'autre extrémité, un crochet de fer à double dent. Une canne à pêche.

– Alors, ça fera ? questionna Édouard en retournant vers la cheminée.

J'en oubliai la mauvaise humeur de la mémé. Je me rongeais les doigts d'émotion, ne pouvant pas parler, mon regard allant de la canne à Édouard, d'Édouard à la canne.

– C'est pour moi ? lui demandai-je finalement.

Mais il ne me répondit pas, parce que je crois que s'il avait ouvert la bouche il aurait pleuré. Son visage avait changé depuis la veille, on aurait dit le visage de quelqu'un qui reçoit un cadeau. C'était ça, il venait de recevoir un cadeau, et son cadeau, c'était ma joie. Ça le rendait fou de bonheur, d'un bonheur sans mot, calme, profond, et même, je ne savais pas pourquoi, douloureux.

La mémé Petite me ramena les pieds sur terre.

– Tu dis pas merci ?

Je pris ma canne d'une main, Édouard de l'autre, et nous sortîmes aussitôt, car il est des moments où les silences suffisent. Édouard et moi, nous savions cela. La mémé nous rejoignit sur le pas de la porte, son regard soucieux scrutant le jour levant.

– Attention ! dit-elle à Édouard.

C'était sec, mais la voix tremblait.

– On fera, répondit-il.

– Que Dieu t'entende, cracha la mémé.

Puis, à pas lents, en écrasant les gouttelettes de rosée qui tapissaient l'herbe du jardin, elle se dirigea vers le petit tas de terre de Mathurin et, là, se mit à marmonner entre ses dents.

J'étais trop à ma joie du moment pour prêter attention à leurs querelles de grandes personnes. Nous prîmes par la sente du Rebours, moi portant fièrement ma ligne, expliquant déjà comment j'attraperais tous les poissons de la rivière, de celle-là et des autres, et qu'il faudrait la charrette pour les ramener à la ferme, Édouard essayant de me convaincre d'en laisser pour les lendemains et les pêcheurs d'alentour, mais je me foutais bien des lendemains qui n'étaient pas aujourd'hui et des pêcheurs que je ne connaissais pas. Il décida pour un emplacement parmi les roseaux, avec une petite plage de galets, sachant d'ores et déjà que ma passion pour la pêche ne survivrait pas au lever du soleil. Une heure plus tard, tout penaud devant les deux misérables vairons que j'avais pris, je décidai que cette rivière n'était pas une bonne rivière, qu'en plus les poissons devaient tous dormir à cette heure-ci. Édouard rangea les cannes, s'assit sous un arbre, son couteau à la main, et se mit à tailler deux planchettes de bois.

– Toi, creuse un petit ruisseau, avec du fond, d'ici à là, me montra-t-il du doigt.

J'avais bien trop posé de questions pour vouloir en poser une de plus. Je creusai, enfouissant mon embarras au plus profond de la rigole. Quand il eut fini de tailler, il s'approcha de moi. Alors je m'aperçus qu'il parlait, je veux dire avec des phrases, lui qui ne parlait jusqu'alors qu'avec des mots.

– Tiens, disait-il, là on va creuser plus, puis on mettra deux pierres plates sur les rebords, et entre les pierres on posera la branche avec les palettes, et quand les palettes toucheront l'eau, elles se mettront à tourner, et nous aurons un moulin, comme celui de la Bartasse, mais en plus petit.

De l'entendre parler, ça me donnait des forces nouvelles et je creusais encore plus.

– Pourquoi on fait comme ça ?

Il m'expliquait, vite je posais une autre question et il m'expliquait à nouveau, de plus en plus content de me faire comprendre toutes ces choses qu'il savait. C'était tellement bon de l'entendre dire.

Puis le moulin tourna ses palettes, et nous nous mîmes à rire, à courir dans l'eau en faisant des gerbes devant nous. Lui faisait semblant de vouloir m'attraper et moi je faisais semblant de tomber pour qu'il me prenne dans ses bras forts et me soulève dans l'air comme un fétu de paille et me rattrape dans ma chute d'oisillon tout neuf. Tout brillait dans le soleil enfin levé sur le toit des arbres et tout encore, les fougères, les roseaux, les avines, les lapins, tout riait, de ce rire de folie, parce que le bonheur, à un moment, c'est comme la folie, c'est tellement fort que ça éclate de partout.

J'étais mouillé, trempé jusqu'aux os. Édouard ouvrit sa gibecière et en sortit une chemise de coton. Je me déshabillai, enfilai la chemise trop grande, et, de ses grosses mains, il me frictionna bien fort. Je cachai ma tête dans le creux de son cou et timidement je posai un baiser. Bien au chaud de ses bras, je m'endormis comme un songe.

Lorsque j'ouvris les yeux, une heure plus tard, il me tenait toujours contre lui. Je lui fis un autre baiser sur la joue, mais le goût m'en revint salé sur les lèvres.

À dater de ce jour, nous fîmes de longues randonnées tous les deux. La mémé Petite paraissait maintenant bien contente de se débarrasser un peu de moi et de mes sempiternelles questions. C'est ainsi qu'Édouard m'apprit le nom des arbres et les couleurs du vent, la vitesse des nuages et le bruit de l'herbe qui se couche sous les pas. C'est avec lui que je découvris les premières rosées, les neiges vierges du matin, les lunes pleines de mystères d'ombres blanches, le nom des jours et les proverbes venus de la nuit des temps. Une fois aussi, il me fit regarder vers le ciel à travers un verre noirci à la fumée, m'expliquant comment le soleil allait disparaître en plein jour, et que le bon Dieu n'avait rien à voir là-dedans.

Nous fîmes ainsi un bonhomme de chemin ensemble, Édouard et moi, lui qui n'avait pas fini de grandir et moi qui commençais tout juste.

# 5

Autant l'hiver fut froid, autant l'été nous arriva dans une grande vague de chaleur en plein mois de juin. À l'ombre du mûrier dont les fruits rouges tournaient déjà au noir, la mémé Petite installa cette moitié de tonneau cerclé de fer, encore coloré de sa dernière vendange et tout étonné d'avoir été sauvé du rebut. Dès le matin elle le remplissait de quelques seaux d'eau fraîche tirée du puits et lui se gonflait d'orgueil d'être utile à nouveau. Ce n'est qu'après la sieste, si j'avais bien dormi, que je pouvais, en récompense, me prendre pour Diogène et barboter dans l'eau tiède, seulement vêtu de ma plus belle nudité. Me tenaient compagnie les deux bateaux taillés dans une écorce de liège par Édouard et offerts en cadeau pour mes six ans.

Ce jour-là, un jour a priori comme les autres, j'étais bien trop absorbé par le mystère du flottement pour avoir noté la présence, à trois pas de mon bassin, d'une personne étrangère à mon monde habituel.

Droite comme une barre de fer, sèche comme un sarment de vigne, austère dans cette robe noire que je lui verrai sur le dos pendant vingt ans, madame Alice m'observait d'un air sinistre, ce qui était sa façon naturelle de dissimuler son intérêt.

Dès que j'aperçus cette femme de noir vêtue, je m'enfonçai, au péril de ma vie, dans les profondeurs insondables de mon baquet, réglant d'un seul coup le mystère du flottement des corps, oubliant courageusement mes navires de guerre à la surface des eaux. Seule ma tête dépassait. La visiteuse resta plantée, soudain embarrassée d'être là.

Depuis la porte de la maison, les mains sur les hanches et la moue agressive, la mémé Petite observait la scène.

– Bonjour, dit l'étrangère.

– Bonjour, répondit froidement la mémé.

Les deux femmes se toisaient, l'une petite et fière, l'autre immense et dominatrice. Elles se toisaient, raides dans leur corps et rigides dans leurs pensées.

– Je suis l'institutrice de Cassagnettes.

– Comme si c'était quelque chose de nouveau, rétorqua la mémé.

Il y avait de l'orage dans l'air. Je restai à l'abri de mon tonneau, ne comprenant rien à ce qui se passait.

– Je veux dire par là que je suis venue pour le petit, reprit la femme.

– Eh, bien sûr ! Y a personne d'autre ici, maintenant !

– Comme il a déjà tourné ses six ans, continua-t-elle sans prêter attention à la hargne de la mémé, il faut l'inscrire à l'école.

Puis, comme pour s'excuser, elle précisa :

– C'est la loi.

– Ah ! fit la mémé, si c'est la loi, y a rien à dire.

Elle se tourna vers moi et, revêche, me cria :

– Antonin ! Antonin ! Sors de là. Viens dire bonjour à madame l'institutrice de Cassagnettes.

La moquerie pointait son nez sous le sarcasme. Je ne bronchai pas. Je ne savais pas ce qu'était une institutrice et je n'avais pas envie de savoir. La mémé s'irrita.

– Tu entends, sors de là !

– Non ! Pas devant elle, lui rétorquai-je en m'enfonçant davantage dans l'eau, pas devant elle, je veux pas qu'elle voie mon cul.

Madame Alice, sans aucun doute surprise par ma mimique, fit alors une réflexion sur les culs de la famille dont je ne compris pas tout à fait le sens, mais, au rictus déformant le visage de la mémé, je compris que l'affaire était d'importance. Un moment de silence plana autour de nous. L'eau de mon tonneau cessa de faire des vagues, Pataud se glissa la queue entre les pattes et même les cigales s'arrêtèrent, pour un instant, de se gratter le ventre.

– Tout le monde sait bien que les enfants de l'amour sont les plus beaux, poursuivit la femme en me regardant, et c'est pas celui-là qui fera mentir.

Puis elle renchérit, cette fois en patois, faisant un grand sourire à l'adresse de la mémé :

– Quel bijou, mais quel bijou !

La mémé Petite ne put s'empêcher de sourire à son tour.

– Allez, sors de là, fais-nous-le voir, ce joli cul, m'ordonna finalement la visiteuse.

Les cigales reprirent leur chant strident, Pataud relâcha sa queue, et l'eau de mon bassin frétilla de plaisir sous l'attaque des deux navires de guerre. L'orage était passé. Il semblait que l'inconciliable venait de se réconcilier.

Je sortis de mon bassin, mais, refusant d'exposer cette partie de mon corps qui semblait tant les préoccuper, j'enfilai ma culotte, le derrière collé au tonneau, le reste leur faisant face. La pudeur a parfois d'imprévisibles tournures.

Toutefois, la peau rose de mes fesses, aussi mignonnes soient-elles, ne justifiait pas, par un jour de grande chaleur, le déplacement de l'institutrice depuis son école de Cassagnettes jusqu'à la ferme de la Baraille. L'enjeu, beaucoup plus important, était ma personne tout entière.

Je devais, annonça l'Alice, je devais rejoindre le rang des bons élèves de la République, car l'instruction, si elle n'est pas indispensable pour un paysan, me dit-elle, n'en est pas moins nécessaire à la compréhension des choses du progrès. De toute façon, l'école ayant été rendue obligatoire pour les enfants de la patrie, grâce à des hommes comme mon grand-père qui se sont battus pour le bien du peuple, je n'avais pas le choix, et mes mères et grands-mères non plus.

Nous étions maintenant assis sur le banc du jardin,

madame Alice, les trois poils de son menton que je lorgnais de travers, et moi-même. La mémé se tenait à distance en faisant une tête d'enterrement. Quand elle entendit parler de Mathurin, elle revint vers nous, chiffonnant son tablier d'une main, pointant l'autre, menaçante et fermée, vers le ciel, puis, sans prononcer un mot, elle rentra dans la maison. La porte se claqua d'un grand coup de pied. Madame Alice se serra dans sa robe noire, se pinça les lèvres et reprit son explication.

Donc, la rentrée aura lieu à la fin de septembre, tout de suite après les vendanges pour lesquelles tous les gamins de la commune sont encore requis. Mon nom était déjà inscrit dans l'unique classe de l'école, sur le banc des petits, installé comme de bien entendu au premier rang de cette nouvelle série de cancres auxquels elle allait tenter d'enseigner, comme elle le faisait depuis des temps immémoriaux, l'écriture ponctuée, le calcul avec ses règles au nombre de trois, l'histoire de ce prétentieux de Vercingétorix et de ses Gaulois pas très propres, celle des Romains avec leur manie de construire des ruines un peu partout, sans parler de la géographie avec ses pôles, ses mers innombrables aux noms imprononçables, comme la mer Tyrrhénienne, avec deux « r » et trois « n », s'il vous plaît, et des lacs qui vous distraient toute une classe dès qu'on en parle, comme le Titicaca, qui s'écrit exactement comme il se prononce.

Voilà comment, d'une tirade implacable, l'institutrice m'expliqua que j'allais devoir faire matin et soir, proprement culotté, mon casse-croûte bien plié dans mon sac, entre un cahier de leçons de choses, une boîte de crayons et un abécédaire tout neuf, le trajet sinueux qui va de la Baraille à Cassagnettes.

La mémé, revenue de son inexplicable colère, argumenta que j'étais trop petit pour ce long chemin, que la nuit tombait tôt dès octobre, qu'il faisait bien froid pour un gamin de mon âge et qu'en plus tous ces mots m'embrouilleraient les sens et me donneraient des fièvres. Mais rien ne fit plier la représentante de la loi sur l'instruction publique et gratuite, et je dus promettre de ne pas pleurer, de ne pas chahuter, de demander le petit coin en levant le doigt et, ajouta la mémé après que l'institutrice eut terminé :

– Promets aussi d'écouter les conseils de madame Alice comme si c'était le bon Dieu qui te parle.

La républicaine Alice se mordit la lèvre supérieure, claqua de la langue. La mémé, sous ses aspects simplets, était une fine mouche.

Cette conversation, tout en éveillant ma curiosité naturelle, me jeta dans un profond émoi. Quand je vis la mémé, après le départ de l'intruse, se diriger vers le petit tas de Mathurin et se mettre à pleurer, mon trouble atteignit son comble. Je la regardai, ébahi de la voir ainsi sangloter, répétant comme une litanie :

– J'ai pas pu, mon Mathurin, j'ai pas pu m'empêcher d'y penser. Et quand j'y pense, ça me fait encore mal. Eh oui, ça me fait encore mal.

Elle reprit son souffle, se perdit dans le lointain pour un instant, puis revint poser son regard sur la dalle de pierre.

– Pourtant, dans le fond, je sais bien qu'il ne s'est rien passé entre elle et toi, reprit-elle, mais l'idée est là, plantée dans ma tête de cabocharde.

Pataud, assis au pied du banc, la regardait avec autant d'effarement que moi. Je m'approchai de lui, le pris par le cou en lui glissant à l'oreille :

– Bouge pas, Pataud, elle pleure parce qu'elle a mal.

Il remua la queue et, un peu tracassé, sortit du jardin. La mémé vint s'asseoir sous le mûrier, essuyant encore quelques larmes du revers de son tablier. Elle ressassait ses souvenirs, les bons et les mauvais. Je pris une tige de bois qui traînait par là et entrepris de faire des ronds et des dessins dans la terre.

C'est que, quand quelqu'un comme la mémé a mal, il faut rien faire que de rester tranquille et le laisser seul.

Le même soir, ne pouvant rien faire pour guérir sa peine, je lui fis un gros baiser sur la joue et gagnai ma chambre sans la faire mettre en colère. Je me déshabillais pour me glisser dans mon lit lorsque les propos de madame Alice me revinrent à la mémoire. Alors je fermai doucement la porte et là, seul et tout nu, je me contorsionnai pendant au moins dix minutes devant la glace de l'armoire en bambous, admirant mes fesses, les comparant à celles beaucoup plus proéminentes de la visiteuse, trouvant bien du plaisir à me répéter ce qu'elle avait dit.

– J'ai un joli cul ! J'ai un joli cul ! chantais-je avec prétention.

Terrible chose que l'orgueil anatomique. Le dimanche suivant, alors que je jouais dans le jardin, j'entendis la mémé et ma mère rire aux éclats. Je m'approchai en sourdine et, juché sur le seau à traire retourné, je vis, par la fenêtre de la cuisine, la mémé Petite se tortillant, mimant mon attitude devant la glace, tandis que ma mère, perdue dans un rire fou, se frappait les cuisses de ses mains dégantées.

De voir les deux femmes que j'aimais se gausser de moi me donna un grand coup au cœur. Ce fut plus qu'un gros chagrin, ce fut une trahison. Et cette trahison faite à ces six années de bonheur que je venais de leur donner allaient ternir l'amour innocent et sans limites que je leur portais. Ne m'avait-elle pas dit, la toute ridée, celle qui maintenant se trémoussait du cul, ne m'avait-elle pas dit une fois que j'étais la prunelle de ses yeux, la joie de sa vieillesse ? Et l'autre, celle avec des chapeaux à plume et des cuisses en peau de tambour, que j'étais son lendemain radieux, sa force de vivre et tout le tralala ?

Voilà que maintenant elles étaient là, s'amusant et riant de moi. Comment pouvaient-elles à la fois m'aimer et se moquer ainsi ? Elles m'avaient menti. C'était ça, elles m'avaient menti. Je ne pouvais trouver d'autre réponse.

Un sentiment de grande révolte m'envahit. Un trou immense se creusa là, juste sous le côté gauche de ma poitrine, m'empêchant de respirer. Je découvrais le mensonge. Je ressentais une indescriptible douleur et je me mis à les haïr. Une larme, que je ne pus retenir, entailla ma joue d'une trace brûlante, semblable à une blessure de guerre.

Il me fallait trouver un exutoire à ma douleur, une vengeance pour me soulager. Et vite.

Le lendemain matin j'attendis que la mémé soit occupée à trifouiller dans sa cuisine et alors je bondis dans le jardin et me mis à pisser sur ses fleurs.

« Pisse, je me disais, pisse, qu'elles en crèveront ! »

Puis, ma culotte à moitié baissée entravant la course, je courus après une poule et je réussis à lui pisser dessus. Elle ne s'en remit jamais. Après, quand elle me voyait approcher, elle s'étouffait de caqueter et s'enfuyait en voletant. Je n'étais pas peu fier de mon exploit.

Quelques jours plus tard, à la nuit tombée, mon désespoir ayant atteint son comble, je sortis en cachette et pissai sur le petit tas de terre de Mathurin. Mais ce soir-là, en me couchant, j'ai pleuré, parce que Mathurin, lui, il ne m'avait rien fait.

Je compris alors que je ne pouvais pas me venger sur ma mère ou la mémé Petite. Il m'aurait fallu choisir entre mon amour et ma haine, ce qui m'était impossible.

Il me restait donc à trouver un moyen de punir cette noire Alice, puisque de toute façon elle était à l'origine de mes malheurs.

– Je te reverrai en septembre, m'avait-elle dit en partant.

C'était où, septembre ? Certainement trop loin. Je ne pouvais pas attendre aussi longtemps et en plus être dans une école inconnue, pleine de pièges comme ceux que la mémé posait un peu partout dans la maison pour attraper les souris, les cafards et, ajoutait-elle en me regardant bien droit dans les yeux, les voleurs de confiture.

Ma vengeance était ici et Alice dans son école, ce qui rendait difficile de concilier les deux. Je me mis à gamberger, guettant par-dessus le muret pour voir si elle ne reviendrait pas, par hasard, et, comme il n'y avait personne dans le chemin, je jetais des pierres vers le village en criant des mots que j'inventais comme des insultes.

– Patate ! Haricot vert !

Un après-midi, j'en trouvai même un qui m'apparut comme un triomphe. Je descendis jusqu'au premier tournant, grimpai sur le talus, m'assurant de droite et de gauche que j'étais bien seul et, mettant mes mains en porte-voix, je hurlai à la ronde :

– Épluchiure de mouche ! Épluchiure de mouche !

Puis je partis en courant de peur que quelqu'un ne m'ait entendu.

Édouard, se doutant que quelque chose me travaillait, prit sur lui de m'emmener pour une promenade vers le pré aux vaches. Chemin faisant, je trouvai un hanneton, lequel, sans penser à mal, se faisait un festin de tendres bourgeons de ronces. Édouard me l'attrapa avant qu'il ne s'envole et j'en fis mon compagnon de jeux, oubliant pour un moment ma haine des autres. Mais, à notre retour à la Baraille, la cruelle vérité refit surface car la vengeance est une sale affaire qui ne vous quitte pas comme ça. Je redevins hargneux et abandonnai le pauvre hanneton entre les grosses pattes de Pataud, cherchant de mon côté un prétexte pour ruminer.

Dès que nous fûmes à table, je pensais à renverser ma soupe de betteraves, mais la mémé me regarda en coin et je compris que ce n'était pas le jour de provoquer une colère, ce qui ne fit que m'agacer un peu plus. J'étais dans cet état d'esprit lorsqu'elle posa une omelette et un beau morceau de lard devant mon nez. Soudain je vis, bien dressés sur la belle couenne toute brillante, je vis ces trois poils, raides, durs, noirs, oubliés par le couteau-rasoir du tueur de cochon et qui ressemblaient à s'y méprendre aux trois poils du menton d'Alice. Mon cerveau ne fit qu'un tour.

Je me jetai sur la grande fourchette à deux branches qui trônait en permanence sous le manteau de la cheminée, j'embrochai l'horrible bout de viande et le précipitai dans le chaudron d'eau chaude, rêvant d'ébouillanter la femme en noir avant de lui raser le menton comme on le faisait au cochon mort.

– Meurs ! Meurs ! Cul de malheur ! hurlai-je. Cul de beurre ! Cul de malheur !

La mémé, alertée par mes cris, se précipita sur moi, et, voyant son souper flotter dans la mélasse du chaudron, me donna une belle paire de gifles.

– Va te coucher ! Et sans manger, tu entends ! me cria-t-elle.

Bien que surpris, car elle ne m'avait jamais frappé jusqu'à ce jour, bien que surpris, donc, je redressai fièrement la tête et, exultant de joie, m'accompagnant d'un rire sarcastique, je montai dans ma chambre savourer l'extraordinaire plaisir de ma vengeance enfin assouvie.

Je me croyais quitte, après la visite d'Alice, de toute invasion citadine dans mon domaine secret de la Baraille. Mais il n'en fut rien. Je coupais l'herbe du jardin pour nourrir les lapins lorsque j'entendis derrière le mur le halètement poussif d'une bête blessée.

Tel un lézard se faufilant invisible sur la branche du lierre, je contournai lentement l'enclos, pour trouver, en fait d'animal blessé, un curé assis sur la borne vermoulue qui marquait l'entrée imaginaire de la Baraille.

À vrai dire je n'avais jamais vu de curé, si ce n'est le jour de mon baptême, mais la mémé m'en parlait si souvent que je reconnus tout de suite celui-là. Non pas à sa robe noire, car après tout madame Alice en portait une également, ni à son chapeau rond duquel pendent deux misérables rubans, puisque Télémaque le chiffonnier en avait un presque le même et définitivement beaucoup mieux garni, mais surtout à cet air mystérieux et absent qui fait la différence entre un homme et un curé. En plus de ça, celui-ci me parut tellement vieux et ridé que j'eus peur de le voir mourir sur la borne, et ça m'aurait bien embêté de devoir l'enterrer dans le jardin, juste à côté de Mathurin, ce qui leur aurait retourné les sangs à tous les deux.

Je m'avançai donc vers le serviteur de Dieu, mon innocence de colombe sur les lèvres, mais prêt à donner du pied en cas d'agression. Quand je fus tout près de lui et vis son visage violacé, sa respiration haletante, ses yeux effrayés par l'apparition imminente des portes du ciel, je compris qu'il se mourait de sécheresse et que tout danger était écarté.

– De l'eau, me dit-il dans un souffle, de l'eau.

Je courus vers le puits et revins aussitôt avec la louche émaillée pleine d'une eau aussi pure que mes intentions avaient pu être mauvaises. Monsieur le curé but à grandes gorgées, alternant les glouglous profonds et les râles superbes, pendant qu'avec son chapeau je lui faisais de l'air autour de la tonsure.

Enfin il reprit une respiration normale et, s'appuyant sur mon épaule, gravit les derniers mètres qui le séparaient de la cuisine. La mémé revenant juste de traire nos trois vaches, à savoir la Janette, dorée comme une moisson, la Rosine, belle comme une églantine, et la Calude, qui devait son nom à son incommensurable bêtise mais produisait un lait divinement crémeux, la mémé donc, en trouvant le curé affalé sur une chaise, crut qu'un malheur venait d'arriver. Mais il la rassura très vite, lui expliquant que je l'avais, avec l'aide du bon Dieu, sauvé d'une mort certaine.

– Voilà un petit bien dégourdi que vous avez là, lui dit-il.

– Il a de qui tenir, répondit-elle aussitôt.

– Ça, je vous le fais pas dire.

Puis il se tourna vers moi et me tendit la main.

– Viens un peu par ici. Alors, tu as commencé l'école ?

– Oui, monsieur.

– On dit monsieur le curé, me précisa la mémé.

Il sourit.

– C'est pas grave, il apprendra. Eh bien, maintenant, il te faut venir à la messe le dimanche.

– C'est où la messe ?

– À l'église, me répondit-il un peu surpris.

– Ah, ça, non, je veux pas aller à l'église.

– Et pourquoi donc ?

Je réfléchis un tout petit peu, mais pas assez, avant de répondre :

– Parce que c'est plein de grenouilles dans le bénitier.

– Antonin ! cria la mémé, Antonin !

– Quoi ! C'est toi qui me le dis tout le temps.

Monsieur le curé, lui, s'occupait à devenir rouge. Il se dressa, tout noir dans sa soutane, furieux jusqu'au bout des ongles.

– Ma fille, dit-il à la mémé, vous me faites regretter mon sermon d'il y a six ans.

– Curé, répliqua-t-elle, c'est trop tard pour les regrets, mais encore temps pour le petit de changer de religion.

Fallait pas la chatouiller avec des orties, la mémé.

– Il y en a bien assez d'un parpaillot dans ta famille, qu'il rétorqua.

– Y en a bien assez d'un cabotin de curé dans la tienne, renchérit-elle.

Ils étaient debout, face à face, se toisant l'un l'autre, se demandant lequel des deux allait gagner la partie, puis, se connaissant trop bien, d'un bel ensemble ils se mirent à rire.

– Quel sale caractère vous avez, dit le curé, vous ne changerez pas.

– Y a pas de bonne raison pour. Un peu de café, mon père ? ironisa la mémé.

– C'est pas de refus, ma fille !

Il retrouva sa chaise, son souffle et son sourire.

– Bon, maintenant, à nous deux, me dit-il, tu sais au moins faire tes prières ?

La conversation reprit. La mémé se fit commère, aimable, enjôleuse, presque, et je me dis qu'elle devait avoir une idée derrière la tête, ce qui était le cas, car, bien que mariée avec un réformé républicain et révolutionnaire, et bien qu'elle ne pratique pas, elle avait gardé l'amour du décorum de la religion catholique. Elle imagina tout de suite, je le vis dans ses yeux, elle imagina son petit-fils vêtu de la longue robe rouge et du surplis de dentelle blanche des enfants de Marie, et pourquoi pas, également, portant, honneur suprême, l'immense cierge pascal de la résurrection du Christ en chantant l'Alléluia d'une voix fluette de soliste.

Noyée dans sa rêverie, la fermière de la Baraille se laissa emporter par un moment d'orgueil.

– Il ferait aussi un beau servant, susurra-t-elle pudiquement.

– Et pourquoi pas ? Et pourquoi pas ? répondit notre curé. Et pourquoi pas ? Et pourquoi pas ? insista-t-il d'une voix affectée pour ne pas paraître révolté par tant d'audace.

C'est que tu avais oublié, mémé chérie, qu'un bâtard ça peut se baptiser, ça peut faire sa communion, ça peut même se marier dans les coulisses de l'église, mais ça ne s'expose pas devant l'autel, et surtout pas dans la splendeur des fêtes de Pâques.

# 6

Ce fut bientôt le temps des vendanges et ce fut alors le temps de l'école. La veille du grand jour, je me couchai tôt et dormis comme un loir. Au matin, frais et dispos, j'avalai un grand bol de lait au chocolat que la mémé faisait cuire à feu doux et dans lequel je trempai une large tartine de pain bis, couverte d'une couche épaisse de beurre fraîchement baratté.

– Mange un peu plus, que la route est longue, me dit-elle en coupant une deuxième tranche.

Elle me gavait comme une oie, cachant ainsi son souci de me voir partir pour la première fois.

– Édouard va t'accompagner jusqu'à la croisée des chemins.

– Non, je veux aller seul.

– Juste un bout de chemin.

– Bon, si tu veux, mais juste un peu.

– Tu es content d'aller à l'école ?

– Oui, mémé, tu m'as déjà demandé trois fois.

– C'est pour être sûre. C'est bien que ça te plaise.

C'est vrai que j'étais content. À l'encontre de beaucoup d'enfants et avant même d'y avoir mis les pieds, je sublimais cette aventure qu'était l'école. Je devais cette sérénité à la mémé, car, malgré les propos tenus à madame Alice, depuis que j'étais tout petit elle n'avait cessé de me rabâcher :

– Tu iras à l'école un jour et tu deviendras un monsieur.

Tu apprendras à lire et à écrire : comme ça, quand je serai bien vieille, tu m'écriras des lettres.

– Mémé, tu sais pas lire !

– Non, mais c'est pas obligé de savoir lire pour recevoir des lettres. Je les mettrai sur la table, à la place de ton assiette, et puis j'irai les faire voir à ton pépé, et je lui dirai : Té, c'est le petit qui écrit, il dit qu'il va bien.

– Mais pourquoi je t'écrirai, puisque je te verrai tous les jours ?

– C'est toi qui le dis ; moi, je sais bien qu'un jour tu partiras.

Elle s'est trompée. C'est elle qui m'a quitté, mais, pour respecter son vœu, je lui écris tous les jours un peu.

– Où est Édouard ? Vite, je vais pas arriver à l'heure.

– Je sais pas où il est ! me répondit la mémé.

– Tant pis pour lui, je pars tout seul, lui dis-je en m'approchant pour l'embrasser.

À ma grande surprise, elle jeta son châle de laine crocheté au petit point sur ses épaules et saisit la canne de toutes les circonstances exceptionnelles.

– Où tu vas, mémé ?

– Je vais voir si tu es vraiment assis au premier rang, dans cette école.

Et je partis donc pour Cassagnettes, ma mémé d'une main et ma musette de l'autre, bien engoncé dans mon sarrau noir, martelant le sol de mes galoches neuves.

Premier départ à la découverte d'un monde nouveau. Un monde si grand que je n'aurais pu l'imaginer dans mon univers de la Baraille. Je sais aujourd'hui qu'il faisait en tout et pour tout huit kilomètres de long, quatre pour aller et quatre pour revenir, mais ce que je trouvai au bout de ce chemin fut mille fois plus important que tout ce que je découvris depuis. Et aucun royaume féerique, aucun continent, aucune mer, pas même l'idée de la Voie lactée, n'a jamais pu surpasser cette incroyable aventure de huit mille cent quarante et un petits pas, comptés et recomptés par temps de pluie, de neige et de soleil, notés sur le talus du chemin par tout un système de pailles, bouts de bois, pierres rondes ou carrées, marques célestes toujours dissimulées aux regards inquisiteurs, chacune d'elles ayant ses codes, ses valeurs et ses disparitions inexplicables. Mais leur signification, au fil des ans, n'a jamais varié d'une longueur de pouce, quoi qu'il arrive. Et c'est ainsi que j'appris à compter, sur le bord du chemin, dix par dix, puis cent par cent, et finalement ce chiffre fou à vous tourner la tête que j'inscrivis un jour sur le tableau, pour la plus grande fierté de madame Alice, rendant muets d'étonnement la classe de cancres et monsieur l'inspecteur du primaire en visite dans notre hameau.

Je partis, disais-je, un peu gêné, au premier abord, d'aller à l'école encore caché dans le giron de ma grand-mère. Mais, chemin faisant, elle se mit à parler, à rire, et j'étais maintenant pas peu fier de voir la vieille femme gambader allègrement dans la caillasse de la draille, bien plus excitée que je ne l'étais moi-même, cachant dans ce flux de paroles une tristesse que je ne lui connaissais pas. Sous ses pas cahoteux, elle voyait fuir les ans, tentant de les rattraper en marchant vite, en parlant fort, en partageant mon lendemain qui n'était déjà plus le sien. Elle paraissait forte de nature, la veuve de la Baraille, mais souvent, quand elle me prenait dans ses bras, me berçant encore comme un nourrisson, je sentais bien son besoin de s'accrocher à cette faible branche que j'étais, besoin qu'elle seule savait transformer en affection.

Quand nous arrivâmes devant la porte de la maison-école, elle s'arrêta tout net, comme prise dans un bloc de plâtre. Je sentis sa main moite s'enrouler autour de mes doigts, puis lentement glisser hors de la prise que je tentais de resserrer, s'évadant pour aller se cacher dans le châle de laine.

– Allez, vas-y tout seul, tu es un grand garçon maintenant.

J'insistai pour qu'elle m'accompagne à l'intérieur.

– Viens, mémé, viens voir mon banc.

« Je crois que j'aimerais pas beaucoup la voir, pas encore », se dit-elle, parlant certainement d'Alice.

Puis elle me répondit, avec un regret dans la voix :

– L'école, tu sais, c'est plus pour moi, je suis trop vieille. Mais, toi, apprends tout ce que tu peux, parce que le savoir, ça te fait toujours paraître moins bête.

Et elle repartit, me laissant en compagnon de jeux le rêve de petite écolière qu'elle n'avait jamais été.

La salle de classe me parut immense. Comme promis, j'étais bien assis au premier rang, ce qui n'était pas difficile car il n'y en avait que deux, partagés par une allée centrale de trois pas de large. À droite, le rang des petits et, derrière, le rang des filles. À gauche, le rang des moyens, et au fond celui des grands. En tout, douze élèves, neuf garçons et trois filles. Ce n'est pas moi qui ai compté, je ne savais pas encore compter tout ça, c'est un grand, le Marcel. Tout de suite je sus qu'il ne m'aimait pas et tout de suite je compris que je ne l'aimais pas non plus. Il n'avait pas une odeur de chez nous. Il sentait la viande rouge. Dans nos fermes on ne mangeait pas de la viande rouge. On n'allait pas tuer une vache ou un bœuf pour se faire une daube. La viande rouge, il fallait l'acheter, et quand on parlait d'acheter, c'était une autre histoire. Le Marcel, son frère travaillait à l'abattoir de la ville et tous les samedis il rapportait des gros morceaux de bidoche et ils faisaient une ripaille en famille, à celui qui en boufferait le plus. Le lundi, ils avaient tous la peau du visage marbrée de veines sanguinolentes, et par leurs pores s'écoulait une odeur grasse, lourde comme un pain de saindoux. C'est peut-être pour ça que je ne l'aimais pas, mais je n'aurais pas dû le lui dire. À la récréation, entouré des autres, il vint vers moi.

– Et toi, le nouveau, tu t'appelles comment ?

– Antonin.

– Antonin quoi ?

– Eh bé, Antonin, pardi.

– C'est tout ? Bon, alors tu es rien si t'as pas de nom.

Les autres se mirent à rire. À rire de moi, comme la mémé et Adélaïde. Ils parlèrent entre eux, ils dirent des mots que je ne comprenais pas. Dans ma Baraille, là-haut, on n'avait pas besoin de tous ces mots pour parler. On disait oui, on disait non, on disait : « Tu en veux encore » ou bien : « Va chercher une bûche. » Puis on appelait les poules en perchant la voix, « piu-piu-piu ». Voilà. Ici, ils parlaient sans arrêt, puis après ils se battaient. L'un pleurait et les autres riaient. Maintenant il me fallait un nom sinon ils allaient rire de moi tout le temps.

– Antonin de la Baraille.

– De la Baraille ? Tu t'appelles Antonin de la Baraille.

– Si tu veux.

– Je vais te faire voir ce que je veux.

Il s'approcha de moi, menaçant, et c'est là que je fis l'erreur.

– Va te laver, tu sens pas bon, que je lui dis.

Des fois on ferait mieux de se boucher les narines.

« Va te laver, tu sens pas bon. » C'est ce que me disait la mémé quand je l'aidais à lever les œufs dans le poulailler. Pas de quoi s'énerver. Le Marcel fit un pas de plus, me regarda en silence et, presque sans bouger, me fila une taloche à me tourner la tête devant derrière. J'eus mal, très mal, mais pas seulement sur la joue. J'eus mal tout à l'intérieur de moi, dans le coin de ma poitrine, parce que, mis à part la mémé Petite, personne ne m'avait jamais frappé, et elle, je le savais bien, c'était parce que je l'énervais. Mais quand un étranger vous bat, et qui plus est sans raison, c'est comme si on volait un morceau de vous.

Les autres élèves se remirent à rire. Je restai figé, des larmes dures coincées dans les coins extérieurs des paupières, des questions sans réponse plein la tête sur le pourquoi et le comment. Heureusement pour moi, madame Alice nous appela pour rentrer en classe. La récréation était terminée.

Pour le reste de la journée, je me fis tout petit dans mon coin, tentant d'éviter les provocations, mais je ne pus résister à l'envie de tremper mon doigt dans un encrier, pour voir. J'ai vu. Une belle tache est restée trois jours accrochée autour de l'ongle, avec une traînée mauve-noir descendant tout le long jusqu'au poignet. Quelle guigne.

Dès la fin de la classe, chacun se rua vers la porte, le sac sur l'épaule et la tête farcie d'adverbes, de règles à suivre, de verbes à conjuguer, et, pour nous les petits, de lignes droites et courbes qui ne menaient nulle part. Encore absorbé par l'étude de l'indestructible tache violacée qui rongeait le bout de mon doigt, je sortis le dernier, après que madame Alice m'eut recommandé de fermer la grille de la cour derrière moi et de ne pas traîner en route avec les autres voyous.

C'est alors que je la vis, cette dame. Debout, immobile, avec sa robe de serge bleue dont les plis, en retombant presque jusqu'au sol, découvraient des bottines noires, la taille retenue par un ruban large en faille mauve, le corsage rehaussé d'une dentelle frisottée comme je n'en revis plus jamais et, embrassant ses cheveux liés en un savant chignon, un indescriptible chapeau surmonté d'une plume sans aucun doute inconnue à tous les oiseaux du département. Elle souriait. Elle me souriait. Cette grande dame, c'était ma mère, venue exprès de sa ville pour partager mon premier jour d'école. De tous les cadeaux offerts et reçus depuis, ce fut le plus beau, ce fut le plus tendre.

Ma main dans sa main, nous prîmes le chemin de la Baraille, moi racontant cette immense aventure de ma première classe, et elle me faisant répéter et répéter encore comme si elle n'avait pas compris et qu'il était important qu'elle sache.

– Mets-toi là, me dit la mémé, en montrant du doigt la place vide de Mathurin, mets-toi là, parce que, maintenant, l'homme, ici, c'est toi.

J'avalai la soupe d'orge perlée, blanche comme la neige, onctueuse comme une gâterie, assis sur une jambe repliée sous moi pour me grandir, non plus à côté de ma mère ou en face de la mémé, mais entre les deux femmes, tout seul au bout de la table, et ce soir-là je voulus bien oublier leur trahison pour ne recevoir que l'amour qu'elles me donnaient.

# 7

Nos enfances sont pleines de mots inexpliqués. Mots du cœur mais aussi mots du quotidien. Dans notre cocon de pierres sèches de la Baraille, les mots du cœur ne se disaient pas. Ils se trouvaient dans la sagesse de la mémé, les visites fantasques de ma mère, les caresses de la flamme quand le soir je m'endormais entre les coups de langue de Pataud et le grincement de la chaise d'Édouard, assis au coin du feu à sculpter ses bouts de bois. Ces mots-là étaient enfouis dans les ressacs de l'âme, et les prononcer eût été leur enlever leur mystère d'amour. Mais l'enfant que j'étais ne le savait pas encore. En découvrant le monde, j'allais découvrir, cruellement, qu'il était d'autres mots que ceux silencieux du cœur et ceux du vocabulaire famélique de la Baraille.

Tout commença au premier jour de catéchisme. Mlle Gardit nous fit faire le tour de l'église qu'elle appelait la maison de Notre Père. Tous les trois pas, elle nous faisait arrêter pour une génuflexion, une explication larmoyante, une prière à l'un des saints en plâtre peinturluré, ce qui semblait la combler de bonheur. Enfin nous arrivâmes devant l'autel que flanquait, de chaque côté, un ange grassouillet, aux ailes déployées et à l'air tout aussi mystérieux que renfrogné.

– Les anges vivent dans le ciel, nous expliqua la demoiselle. Dieu les a chargés de surveiller les petits enfants et de les punir, sévèrement, s'ils ont de mauvaises pensées.

Je ne savais pas ce qu'était une mauvaise pensée, mais je

savais que je ne voulais pas être puni par ces anges-là qui me paraissaient redoutables. Le soir même, semblant de rien, je demandai à la mémé.

– Tu as pas besoin de savoir, me répondit-elle, tu es trop petit.

Elle devait sentir que je la haïssais encore par moments. J'attendis donc que ma mère nous rende visite et lui posai la même question.

– Oh ! me répondit-elle, la vie est faite comme ça. Il y a les bonnes et les mauvaises pensées, les bonnes et les mauvaises actions, les bonnes et les mauvaises solutions, et tout ça, c'est trop compliqué pour toi.

Les grandes personnes, c'est toujours comme ça. Quand elles ne savent pas, elles en rajoutent tellement qu'on y comprend plus rien. Maintenant, il y avait toutes ces bonnes et ces mauvaises choses qui me tournaient dans la tête et toutes ces punitions qui me pendaient au nez. Ça me tracassait de plus en plus. Le mieux, me dis-je, pour ne pas être puni, c'est de ne rien faire. Je m'assis sur une chaise, dans un coin de la cuisine, et restai là, les bras le long du corps, le regard aussi fixe que possible, sans ouvrir la bouche. Au bout de deux heures, la mémé s'énerva.

– Tu vas bouger de cette chaise, oui ou non ? Si tu veux jouer au puni, je vais t'en donner une bonne, de punition. Tu seras content, après.

Maintenant j'étais perdu. Je reste assis, sagement, sans faire de bruit, et elle veut me punir, alors que, quand je renverse un peu de ma soupe de betteraves pour en avoir moins à manger, elle me dit simplement de faire attention ou de pas manger si vite. Si je mange vite, c'est parce que je n'aime pas. Plus vite c'est mangé, plus vite c'est chié. Et ça, ça mérite pas une punition ? Alors, où c'est que c'est bon, où c'est que c'est mauvais ? Je ne comprendrai jamais. D'ailleurs, je ne chercherai même plus à comprendre, je ferai juste comme ça ira dans ma tête.

De toutes les façons, c'est ce que la mémé dit tout le temps à ma mère quand elle revient de sa ville.

– Il est comme toi, il en fait qu'à sa tête, mauvaise graine !
Et ma mère de répondre :
– C'est de la graine de Maillefer.

Si je n'avais pas résolu le mystère des mauvaises et bonnes pensées, je m'étais, en tout cas, créé des points de référence qui me satisfaisaient pleinement. Ainsi, la soupe de betteraves, les rats qui nous bouffent le grain, et le vieux Céleste qui pue comme la peste faisaient partie des mauvaises choses, tandis que la confiture de mirabelles, les baignades dans la rivière et me curer le trou de nez en cachette tombaient sous le coup des bonnes. Je continuais donc mon bout de chemin sans plus trop me soucier lorsqu'un deuxième mot nouveau vint me travailler l'esprit.

À l'école de madame Alice, une animosité, encore inexplicable pour moi, semblait me séparer des autres garçons de la classe. Je ne comprenais rien à leur façon de faire et je les trouvais grossiers et rustres. Un jour, face à l'ennemi commun, je les découvrirai fidèles et courageux, mais pour le moment je me sentais mal à l'aise en leur compagnie. Je voulus me rapprocher des filles, parce que, ayant été élevé par des femmes, je me sentais peut-être plus proche de leur féminité naissante. Bien mal m'en prit. Il n'y a rien de plus retors qu'une pisseuse de dix ou douze ans. Celle que je trouvais la plus attrayante me dépassait d'une demi-tête, portait un bonnet de coton frangé d'une dentelle, des cheveux noirs de jais nattés dans le dos et tombant jusqu'à la taille. Mon imagination me fournit le seul compliment que je connaissais alors. Je lui dis :

– Tu as de beaux cheveux, comme ma mère. Je peux les toucher ? lui dis-je.

C'est ce que je murmurais toujours à Adélaïde quand elle dénouait son chignon avant d'aller se coucher. Je caressais les longs fils noirs et épais, me faisant des moustaches, une perruque, ou bien me cachant dans les volubilis qui gambillaient sur les épaules dénudées, et elle me répondait invariablement :

– Ils sont comme les cheveux de Mathurin. Ne le dis pas à la mémé, ça la contrarie, mais les femmes étaient folles de lui à cause de ses cheveux. D'ailleurs, tu en as hérité toi aussi. Elles seront folles de toi, quand tu seras grand.

Puisque les femmes allaient être folles de moi, autant que je commence par cette grande de l'école.

– Tu as de beaux cheveux, lui dis-je, comme ma mère.

– Je te parle pas et tu me parles pas.

– Et pourquoi ?

– Parce que !

– Parce que quoi ?

– Tu es bête !

– C'est pas vrai.

– Si, c'est vrai, tout le monde le dit, ne me parle pas ! Et puis je veux pas ressembler à ta mère.

– Elle est belle, ma mère.

– Ta mère, elle fait la garce à la ville.

Bon, je me dis, si c'est ça être folle d'un homme, la mémé n'aurait pas dû se faire de souci pour Mathurin. Qu'est-ce que c'est une garce ? Je ne peux pas demander à la mémé, elle va encore me dire que j'ai pas besoin de savoir. Une garce, c'est peut-être son travail à la ville qui s'appelle ainsi. À écouter cette fille à la natte, on dirait que c'est pas bien d'être garce à la ville. En tout cas, celle-là, je ne lui parlerai plus. J'irai parler à l'autre, celle avec des lunettes à ne pas voir une charrette au milieu du chemin, et laide, en plus, laide comme un pou. Je m'approchai d'elle gentiment, en faisant un grand sourire, mais vraiment grand, parce que je me disais, s'il n'est pas très grand, elle ne le verra pas.

Elle ne m'a pas vu arriver. Ces espèces-là réagissent aux sens, pas à la vue. Dès qu'elle me perçut, elle se mit à pousser des cris, seulement des cris, mais horribles, comme un porcelet qu'on égorge ou une douzaine de rapaces découvrant un charnier. Je me jetai de côté juste au moment où elle se retourna vers moi, les dents en avant. J'avais jamais vu des dents comme ça. Longues, mais longues à vous sarcler une vigne. Puis elle s'arrêta de crier et courut s'enfermer dans la salle de classe.

Le lendemain, nous apprîmes par son frère, le Méjean, le plus grand et le plus cancre de l'école, mais le plus débrouillard aussi, nous apprîmes que la peur avait provoqué une crise comme elle avait déjà eue. En plus, nous expliqua-t-il, elle était devenue femme cette nuit-là et elle avait saigné de partout. Je ne comprenais rien à tout cela. Je souriais. Il est venu vers moi, le Méjean, et il m'a filé une taloche. Je savais pas d'où ça me tombait dessus, ni pourquoi. J'ai encaissé sans répondre, mais de nouveau à l'intérieur de moi il y a eu cette douleur. Putain, je me suis dit, juré que ce sera la dernière, la der des ders, le prochain qui s'approche trop près, je tape avant même qu'il ouvre la bouche.

Fort heureusement, j'aimais l'école. J'apprenais plein de choses nouvelles et rien ni personne ne m'aurait retenu de cavaler tous les matins, dans la neige et le froid, jusqu'à mon banc du premier rang et d'en retirer un grand contentement. Mais hélas, même ce simple bonheur était trop bon pour pouvoir durer et, sans que je m'en doute, le venin de la médisance, sournoisement, creusait lentement son sillon. Il suffit d'un autre de ces mots inexpliqués pour qu'il m'atteigne et me foudroie.

# 8

Je faisais si bien mes barres et mes lettres rondes que l'institutrice me surnomma le phénomène. Un autre mot nouveau dont je ne savais pas trop le sens mais qui me mettait encore un peu plus à part des autres. Elle ne se doutait pas, la brave Alice, en le prononçant pour me faire plaisir, qu'elle ouvrait ainsi la porte à la méchanceté la plus vile, à une guerre sans merci dont je voyais seulement poindre la première armée ennemie encore vêtue, celle-là, de culottes courtes et de galoches de bois.

J'étais un phénomène, et être un phénomène, cela fait des jaloux. À l'heure de la récréation, dans cette école qui comptait maintenant seulement onze élèves, se formèrent très vite deux camps d'une inégale fortune. L'un alignait dix des combattants et l'autre un seul : le gamin de la Baraille.

Je n'étais pas un enfant doux. Je dirai même que je me découvrais un certain goût pour la bataille. Je n'aurais pas attaqué le premier, mais je sais aujourd'hui que mes yeux vifs, mes lèvres muettes, mon corps tout entier portaient le défi. Ce n'était pas de l'arrogance, seulement de la provocation silencieuse. Aux sarcasmes et jeux de mots j'allais répondre par la violence, oubliant la sagesse de mon sang paysan et me jetant dans la bagarre comme un vaurien de la ville. Je voulais les détruire, avec la seule aide de mes poings, ne me doutant pas encore qu'il y avait d'autres moyens pour dominer et asservir.

Ils prirent donc l'habitude de m'appeler phénomène, et ce mot me colla à la peau comme une sangsue. La mémé avait raison, il est des mots qui vous donnent la fièvre. Les autres élèves avaient des surnoms. Marcel, on l'appelait Tourne-vire parce que tous les trois pas il se retournait sur lui-même pour regarder en arrière, alors Tourne-vire, ça s'expliquait. Méjean, on le nommait Peupeu. C'est comme ça qu'il commençait toutes ses phrases. Même la fille à qui je ne parlais pas avait un sobriquet, Souillon, parce qu'elle se prenait pour une princesse, alors, pour l'énerver, ils l'avaient baptisée Souillon. Mais phénomène, c'est pas un sobriquet, c'est même pas une insulte. C'est une négation.

– Oh, toi, tu es un phénomène, y a plus rien à dire, t'es pas normal, c'est tout.

Et chaque fois je répondais :

– Je suis pas un phénomène, je suis comme tout le monde.

Puis je m'énervais, et alors je leur criais des mots connus de moi seul et ça m'énervait un peu plus de les voir en rire.

– Tu vois bien que tu es un phénomène, tu sais pas parler comme nous.

Je ruais, je frappais, je prenais des coquards et le soir, sur le chemin de la Baraille, je m'appliquais des compresses de feuilles d'arbousier et de terre glaise pour estomper les hématomes.

Un dimanche, ma mère ouvrit la porte de la chambre au moment où je posais mon pantalon pour aller dormir. Elle poussa un cri en voyant la tache bleue qui formait une carte géographique sur ma fesse droite. Elle appela la mémé, et il me fallut exposer encore une fois mes fesses à la risée populaire. Adélaïde voulut savoir. Tout. Je ne répondis pas. Finalement elle se tourna vers la mémé.

– Mais dis-lui quelque chose ! toi, il t'écoute.

– Il grandit, répondit la mémé.
Et elle regagna sa cuisine.

Certes, je grandissais. En quelques mois j'avais dépassé le stade des barres bien dessinées et des lettres rondes bien rondes, et madame Alice ne cessait de me citer en exemple. J'étais, et serais toujours, un bon élève. Mais, après un certain temps, d'être un bon élève ne fait plus de vous un phénomène. Vous êtes simplement un bon élève. Le phénomène, lui, il possède cette chose différente que les autres savent et que lui ignore. Alors, pour m'enrager un peu plus, on me posa d'abord des questions sur la mémé Petite et Mathurin, puis sur Adélaïde et sa ville, et enfin sur mon père. Je fus le premier surpris de découvrir qu'il n'y avait pas de père dans ma vie. Les autres avaient un père, moi, je n'en avais pas.

Il me fallait trouver quelque chose qui remplace ce père absent. C'est pas facile à remplacer, un père absent. J'avais beau me creuser la tête, je ne trouvais rien qui me satisfasse. Je restai dans mon coin de la cour, contrarié, avec personne à qui parler de mon souci.

J'en étais là de mes pensées, quand un rayon de soleil, tombant au pied d'un arbre, me renvoya un éclat lumineux. Je tendis discrètement mon museau. Trésor parmi les trésors, pour moi qui ne possédais rien d'autre que deux bateaux en écorce et une vieille grand-mère édentée, je vis une agate de verre ruisselante de couleurs, perdue dans le creux d'une racine. Je m'approchai à pas feutrés, craignant de la voir disparaître. Mes yeux brillaient d'envie. Je ramassai la bille de mes doigts rapides et la dissimulai dans la poche de mon paletot.

Lequel de la bande des dix me vit ? Dieu seul le sait. Toujours est-il que la troupe s'agglutina autour de moi et voulut, à force de cris, me faire avouer mon larcin. J'étais bien trop fier pour cela. Ils eurent beau me traiter de voleur, accapareur, mange-merde et tout le reste, je restai fièrement adossé au platane, protégeant mon bien comme j'aurais protégé ma vie. Hélas, je n'étais pas encore taillé pour la lutte.

Les deux plus costauds se jetèrent sur moi, me firent lâcher prise, et la bille, traîtreusement, s'échappa et roula au sol. Ils s'en emparèrent, continuant néanmoins de me rouer de coups, puis, me laissant pantelant contre mon arbre, ils se disputèrent pour savoir lequel d'entre eux devait garder le butin.

Mais je n'allais pas en rester là, et, fidèle à ma promesse de ne plus recevoir de coups, je me relevai pour repartir à l'attaque et réclamer mon bien.

– Rends-moi l'agate, c'est moi qui l'ai trouvée, elle est à moi.

– Oh, l'Antonin de la Baraille, t'as rien à toi ici, rien de rien.

Nous étions face à face, le Marcel et moi, lui me dominant de toute sa hauteur et moi l'exaspérant de mon air morveux.

– Moi j'ai plus que toi, si tu veux savoir, que je lui répondis.

Il se mit à rire, et les autres en firent autant.

– Eh, vous entendez, l'Antonin, il a plus que moi, qu'il dit, et qu'est-ce que tu as de plus que moi, eh ! T'as même pas de père.

Je vis rouge. Je me mis à hurler.

– Si, j'ai un père, si, j'ai un père !

– Et comment il s'appelle, ton père ?

Les pères, ça a un nom. Il fallait savoir que les pères, ça a un nom. Mis à part celui de Mathurin, je ne connaissais qu'un seul nom d'homme.

– Édouard. Mon père il s'appelle Édouard !

Il y eut un silence. Ils s'arrêtèrent de ricaner et attendirent, me dévisageant, figés comme des momies. C'était sorti comme ça, sans réfléchir. Le Peupeu ouvrit sa main, laissa tomber l'agate sur le sol.

– Tiens, ramasse-la, me dit-il.

Puis, le regard plein de mépris, il me cracha :

– Bâtard !

Ce fut tout. Ce mot inconnu m'atteignit en plein cœur. Les autres attendaient, fixant la bille, fixant l'espace qui me séparait d'eux, et cela dura une éternité. Puis une rumeur envahit le silence, s'amplifia, et ils s'éparpillèrent dans la cour en chantant :

– Édouard ! Édouard ! C'est le père du bâtard ! Édouard ! Édouard ! C'est le père du bâtard.

C'était fini. J'avais perdu. Un mot venait de m'anéantir. Et ce mot, simple, banal, allait me poursuivre, me posséder, me détruire, mais aussi me forcer à lutter, et à vivre. Car la lutte vous pousse vers la vie, c'est le repos qui vous tue.

J'aurais dû relever le défi. J'aurais dû ramasser l'agate, lentement, puis me ruer sur Peupeu, ou sur un autre, et la lui foutre dans la bouche, ou bien lui crever un œil. Voilà ce que j'aurais dû faire si je n'avais pas été lâche. Ils s'y seraient mis à plusieurs pour me tabasser, me mettre en pièces. Ils m'auraient finalement laissé pour mort sous l'ombre du platane, mais j'aurais moins souffert de cette mort-là. Et maintenant, là, tout seul sur mon chemin caillouteux de la Baraille, je cherchais le moyen de revenir en arrière. On ne revient jamais en arrière. Le passé, il vous colle à la peau, que vous le vouliez ou non. Alors, de rage, pour me punir, je me jetai dans un buisson de ronces et, libérant la fureur contenue, je m'égratignai tout le corps, mélangeant mes cris de haine à mes larmes.

En arrivant à la Baraille je pissais le sang d'un peu partout. Quand elle me vit sanguinolent, la mémé s'affola. Elle se mit à caqueter et à tourner en rond, allant de la cheminée à sa chambre, déchirant en bandelettes quelques vieilles toiles de drap pour me transformer en momie vivante, remuant l'eau du chaudron. Effrayée et perdue.

– Taisez-vous ! lui ordonna Édouard d'un ton sans réplique.

Elle s'assit sur le banc-saloir de Mathurin et se prit la tête entre les mains, effondrée. Avant, je la voyais toujours allant et venant sans cesse, se baissant, se relevant, et maintenant elle était là, ratatinée sur elle-même, les coudes appuyés sur les genoux, la tête écroulée entre les doigts usés, et, pour la première fois, je la découvris vieille, et de la découvrir vieille me remplit de peine. Je m'approchai d'elle et lui touchai l'épaule.

– C'est rien, mémé, ça me fait pas mal, c'est rien.

Elle ne répondit pas tout de suite, puis elle releva son visage fatigué et me donna un baiser sur le front.

– Il faut que ta mère se décide, je peux plus continuer.

Et, comme toujours dans ses moments de détresse, elle sortit et s'en alla parler à Mathurin.

Édouard me fit asseoir sur la table et s'occupa de nettoyer mes blessures, calmement, sans parler, comme toujours. Moi je le laissais faire. J'attendais seulement que quelque chose se passe car il se passe toujours quelque chose dans les moments de grand silence. Soudain l'idée me vint, cette idée que je cherchais partout était là, devant moi, toute simple, tellement simple que j'en avais le tournis. Elle devint immense devant mes yeux. Parfois on va chercher bien loin ce que l'on a sous le nez. Édouard et Adélaïde, j'allais marier Édouard et Adélaïde.

Et voilà. Adélaïde reviendrait à la Baraille, la mémé Petite pourrait se reposer, Édouard remplacerait Mathurin, et on mangerait tous les quatre ensemble. Et pour que tout ça arrive, il fallait d'abord qu'Édouard devienne mon père, parce que, quand même, je pouvais pas marier ma mère avec un étranger. Et quand il sera mon père, il viendra une fois me chercher à l'école, et alors ça clouera le bec à tous ces peigne-culs qui se moquent de moi.

Il fallait maintenant que je lui dise, à Édouard, qu'il allait devenir mon père. Le crier sans réfléchir à toute la classe, ç'a été facile, mais l'annoncer froidement à l'intéressé, c'est pas la même chose. Il faut bien choisir son moment. Peut-être, pensais-je, si on va à la pêche, ou aux champignons, ou lever des pièges, ce sera mieux qu'ici, avec la mémé qui va entendre et me faire taire. Et puis lui dire qu'il va être mon père, qu'il l'est déjà pour toute la classe, c'est une affaire d'hommes.

J'attendrai demain, ou bien dimanche, juste avant qu'Adélaïde arrive, et comme ça, après, je pourrai le claironner à toute la maisonnée.

Quand on a une idée, il ne faut jamais attendre, il faut s'en servir tout de suite, sinon elle se perd.

Édouard finissait de panser ma jambe droite, celle qui avait le plus d'égratignures.

– Antonin, si quelqu'un te fait ou te dit quelque chose de pas bien, tu sais que tu peux m'en causer.

– Oui, Édouard.

Mon cœur tambourina. « C'est le moment, me dis-je, c'est le moment. »

– Je ferai ce que je peux, même si je peux pas faire beaucoup, qu'il ajouta.

Moi et mes questions, toujours un pourquoi et un comment à la bouche, jamais le bon.

– Pourquoi tu peux pas faire beaucoup ?

Imbécile que j'étais, il me suffisait de dire :

« Mais si, Édouard, tu peux faire beaucoup. »

« Et qu'est-ce que je peux ? » qu'il me répondrait.

Alors je dirais, innocent, le nez en l'air :

« Té, par exemple, tu pourrais me mener à l'école, et les autres ils croiraient que tu es mon père. »

Et ça aurait été fait. Mais non, au lieu de tout ça, je demandai :

– Pourquoi tu peux pas faire beaucoup ?

– Hé, pitchounet, parce que je ne suis pas ton père.

Je serrai les poings, je crissai des dents. Tout disparut dans un tourbillon d'étoiles et je n'entendis plus que le bruit de ma nuque tapant violemment le bois de la table. Je crus que la mort frappait à ma porte et je me dis que c'était bien ainsi.

Mais même la mort ne voulut pas de moi. Je rouvris les yeux, un torchon d'eau glacée sur le front, un coussin sous la tête. Mon sang battait fort dans mes tempes, mon corps rompu gisait sur la table de la cuisine, mes poings serrés étaient devenus inutiles. Il y avait comme un grand vide au fond de moi, et les cris qui montaient de ma poitrine s'étouffaient sur mes lèvres.

Alors je compris tout. Antonin le voleur d'agate, Antonin le phénomène, Antonin de la Baraille ne sera jamais le fils d'aucun père. Il ne sera jamais rien d'autre qu'un bâtard.

Je n'allais pas vivre comme ça. Il me fallait faire quelque chose, oui, bien sûr, quelque chose, mais quoi ? M'enfuir au bout du monde, là où personne ne savait qui j'étais ? Ailleurs, je pourrai devenir voleur, assassin, et alors ils diront que si j'ai mal tourné c'est pas tout à fait de ma faute, parce que, avec une mère comme la mienne et un père photographe ambulant, c'était prévisible que je tourne mal, c'est que mauvais sang ne ment pas. Et si je deviens un monsieur, un curé, peut-être même garde champêtre, ils diront que j'ai bien fait de partir, parce que avec ce qu'on sait de moi et de ma famille je ne pouvais pas faire grand-chose de ma vie en restant ici. D'une façon ou d'une autre, toute la saga des Maillefer reviendra sur le tapis.

Alors partir ne servira à rien, il me fallait rester, rester et devenir plus fort qu'eux.

# 9

Quelques jours après l'histoire de l'agate, n'ayant personne à qui parler de mes soucis, je fis pour la première fois un brin de causette au Jésus qui habitait en plein vent, sur le mamelon, juste à la croisée des chemins de Malbosc, Cassagnettes et la Baraille.

Ce Jésus ne m'était pas tout à fait inconnu. De fait, même, depuis que j'allais à l'école, je passais tous les jours devant Lui, mais je faisais semblant de ne pas Le voir parce que, avec Ses yeux larmoyants levés vers le ciel et Sa couronne d'épines laissant couler des traînées de sang rouillé, Il me faisait un peu peur. Il arriva que ce soir-là, un soir plus triste que les autres, au moment précis où je dépassais le mamelon, d'un bout de rayon le soleil, en se couchant, Lui caressa le nez, et cette caresse changea tout dans Son visage. Maintenant Il souriait. Je restai deux minutes à Le regarder, puis, timidement, je m'assis sur la pierre moussue de Son piédestal.

– Je m'appelle Antonin, que je Lui dis, je suis de la Baraille, c'est pour ça que je passe tout le temps par là. La Baraille, c'est à ma mémé. C'est pas grand, mais bien tranquille quand même.

Maintenant qu'Il savait qui j'étais, je pouvais Lui raconter mes soucis.

– Je vais à l'école de madame Alice.

Il fronça les sourcils.

– Mais je vais aussi au catéchisme de Mlle Gardit.

Il se dérida. Je pouvais continuer.

– Tu comprends, Lui dis-je, quand les gamins de l'école m'attaquent, que je leur réponde ou pas, ils continuent quand même. Alors, franchement, je sais plus quoi faire. Je crois que je vais avoir une autre grippe. C'est pas que j'aime les cataplasmes de moutarde, mais j'en ai marre des torgnoles.

Ça me faisait du bien de Lui parler, même s'Il ne répondait pas. Je pris ainsi l'habitude de m'arrêter souvent, Lui racontant une bêtise de la mémé, une visite de ma mère, les bouts de bois d'Édouard, glissant un mot sur mes devoirs, mes bonnes notes. Un soir enfin je me jetai à l'eau.

– Tu sais que je T'aime beaucoup.

J'attendis un peu. Il faisait un temps doux, un temps pour se faire des confidences, et je crois bien qu'Il attendait ça.

– Et Toi, Tu m'aimes un peu ?

Il ne me répondit toujours pas, mais je me dis que pas de réponse, c'est bonne réponse. On s'arrange toujours comme on peut. Le lendemain, pour fortifier notre amour, je Lui portai des fleurs. Il était tout content, et moi aussi. Je ne Lui dis pas que je les avais volées dans le jardin de la mémé, j'avais bien le droit d'avoir des petits secrets.

Et voilà que Mlle Gardit jeta la confusion en nous parlant d'un autre Jésus. Il s'appelait Jésus de Nazareth, Il était roi mais n'avait pas de château. Pour enquiquiner les Romains de madame Alice, Il se promenait sans sandales sur une mer peinte en rouge. Il était tellement fort qu'Il pouvait faire du vin avec de l'eau ou encore mettre des jambes à un cul-de-jatte. On appelait ça des miracles. C'était en quelque sorte Son travail, de faire des miracles. Pour qu'un Jésus vous en fasse un, il fallait être bien sage, faire ses prières comme il faut et, surtout, L'aimer très fort.

Je compris tout de suite, et, pas plus tôt le catéchisme fini, je me précipitai vers mon Jésus du mamelon. Il était là, à m'attendre, comme toujours.

– Jésus, je Lui dis d'emblée, Jésus, Tu sais que je T'aime beaucoup, je Te l'ai dit l'autre jour, Tu sais aussi que je fais mes prières comme il faut et que je vais au catéchisme.

Je passai sur l'école républicaine de madame Alice, ça aurait pu l'indisposer.

– Maintenant j'ai besoin que Tu m'aides. Ceux de l'école continuent de m'embêter, alors, j'ai pensé que si Tu pouvais me faire grandir un peu, ça m'arrangerait bien pour me défendre. Juste un peu, d'une main de plus en hauteur. Allez, de deux mains, deux mains et je serai un grand. À y être, Tu peux me faire un peu plus fort aussi puisque ça Te coûte rien.

Je Lui racontai mon charabia avec un air contrit. J'avais l'impression qu'Il savait que je Lui mentais, parce que, dans le fond, je ne voulais pas grandir pour qu'ils ne m'embêtent plus, je voulais grandir pour leur casser la gueule.

– Jésus, continuai-je, ce miracle, si Tu peux me le faire vite, ce serait bien, comme par exemple pour demain matin. Et puis, si je suis plus grand, ça me sera plus facile pour Te mettre des fleurs sur la pierre d'en haut, parce que maintenant il faut que je m'étire comme un jobard.

Si je voulais qu'Il aille vite, il fallait bien qu'Il y trouve Son compte, alors j'ai pensé que le coup des fleurs, ça Lui plairait.

Je rentrai soucieux à la Baraille, me demandant comment annoncer l'affaire à la mémé parce que je ne voulais pas qu'elle se retourne le sang en me voyant grand d'un seul coup.

– Mémé, il faut que je te dise quelque chose.

– Oh, toi, tu as toujours quelque chose à dire, me répondit-elle rudement.

Elle était pas d'humeur, mais je la connaissais. En insistant un peu, elle prendrait bien le temps de m'écouter.

– Oui mais c'est important.

– Eh bé, si c'est important, ça peut attendre demain. Maintenant, va manger ta soupe, ça te fera grandir.

Elle devait être sorcière par moments. J'avalai deux

bolées de soupe de betteraves pour donner un petit coup de pouce au Jésus et je décidai d'attendre le matin pour parler du miracle. J'eus bon nez.

Le lendemain, la peur me prit quand il me fallut sortir de mon lit. Si des fois Jésus s'est trompé, me dis-je en me réveillant, s'Il m'a fait seulement avec un long cou, ou des grandes jambes, ou gros comme un éléphant, j'aurai l'air malin. Je me tâte, je m'étire dans tous les sens, ça va. Je me lève lentement.

– Antonin, dépêche-toi, c'est l'heure, me crie la mémé.

Je respire fort, je garde les yeux fermés, j'avance à tâtons et me plante devant la glace de l'armoire.

– Antonin !

Mémé, tu vas avoir une sacrée surprise. Je compte.

– Un, deux, trois !

J'ouvre les yeux d'un seul coup, je regarde, je suis toujours aussi petit. Je reste là, planté comme un idiot. Mon Jésus m'a abandonné, Il ne m'aime pas comme je le croyais ; même, Il ne doit pas m'aimer du tout.

Je ne dis rien à la mémé. Je m'assis à la table et elle me servit mon chocolat chaud. Me regardant en coin, elle poussa le bol vers moi.

– Alors, cette chose importante, c'est quoi ?

– C'est rien, mémé, j'ai oublié.

– Tu vois, ce qui paraît important aujourd'hui, ça l'est déjà plus demain, y a qu'une chose importante à ton âge, c'est l'instruction. Il faut apprendre, et pour apprendre bien, faut pas s'occuper de ce que disent les autres, faut travailler son devoir et être propre, c'est comme ça qu'on va de l'avant.

Elle repartit vers la cheminée, se pencha en avant, tirant la crémaillère plus au-dessus de la flamme.

– Dans la vie, tout ce qu'on a, on le sue.

Elle fit une pause.

– Tu entends, on le sue, y a pas de miracle.

Je replongeai mon nez dans le bol de chocolat. Maintenant, j'en étais sûr, la mémé était sorcière.

Le Jésus du mamelon me décevait beaucoup et, puisqu'Il me laissait tomber, je me devais de Lui rendre la pareille. Maintenant, pour aller à l'école, je L'évitais en empruntant un autre chemin plein de ronces, mais je préférais m'égratigner que de Lui dire bonjour. Ce fut notre première fâcherie, ça n'allait pas être la dernière.

Pendant ce temps, à l'école, la tension montait. Je devenais le souffre-douleur attitré des grands et des petits. Aussi, il fallait que je fasse quelque chose pour changer ça, et il me fallait le faire vite.

C'est quand on veut aller vite que l'on fait des bêtises, et il me faudra beaucoup de temps et de courage pour réparer celle que j'allais faire.

# 10

Cette brave demoiselle Gardit connaissait les saints du paradis comme moi les cailloux de la route, un par un. Elle pouvait vous raconter comment on les avait brûlés, empalés, écartelés, tout ça avec de grands frissons d'horreur suivis de grands moments d'extase quand enfin ils partaient pour le paradis, entourés d'anges sonnant de la trompette. C'était pas toujours drôle, mais elle aimait ça.

Parmi tous les saints et les saintes qu'elle citait, elle avait comme préférée la Vierge Marie, pas celle en blanc et bleu du bas-côté de l'église, mais une autre qui monte et descend du ciel comme vous allez de Cassagnettes à Malbosc. Si vous lui faites de belles prières, nous dit-elle, elle peut vous obtenir un miracle du bon Dieu car elle Lui parle tout le temps à l'oreille. Vu mon expérience avec le Jésus, côté miracle, ça suffisait pour le moment.

Elle nous parlait donc de sa Vierge Marie lorsque la Mélanie, la plus vieille des filles du catéchisme et qui allait faire sa grande communion pour Pâques, la Mélanie, donc, leva le doigt pour poser une question.

– Mademoiselle, c'est pourquoi qu'on l'appelle Vierge, la Marie ?

La demoiselle vira instantanément au cramoisi, fit trois signes de croix successifs, reprit ses esprits et finalement répondit :

– D'abord on ne dit pas la Marie, car c'est une sainte.

Elle est la maman de Notre-Seigneur Jésus-Christ, alors il faut dire Notre Mère la Sainte Vierge Marie.

Elle croyait s'en être tirée à bon compte, mais l'autre restait là, bécasse, le doigt en l'air.

– Ma mère m'a dit qu'on l'appelait la Vierge parce qu'elle avait fait le Jésus toute seule, sans avoir besoin d'un homme, continua-t-elle.

Dans un geste de grand désespoir, Mlle Gardit leva les bras au ciel avant de tomber à genoux devant l'autel. La Mélanie baissa son doigt, le reste des enfants pouffa de rire et moi, soudainement, je compris tout. Ma mère, elle aussi, m'avait fait sans homme. J'étais donc le fils d'une vierge, le fils de la vierge Adélaïde.

J'en ressentis d'abord une grande fierté, mais, tout aussitôt, je fus envahi d'une aussi grande peur. Si nos mères nous ont faits sans homme, alors le Jésus, c'est également un bâtard. Voilà, peut-être, pourquoi on l'a foutu à la croisée des chemins, dans le vent et le froid ? Et s'il leur prenait l'idée, à ceux de l'école, de me faire subir le même sort ? D'un seul coup je me vis avec des clous dans les pieds et une couronne de chardons sur le crâne, et j'en eus des tremblements. À mon tour je levai le doigt, tenaillé par la crainte.

– Mademoiselle, les bâtards, on les met tous sur une croix ?

– Antonin ! Antonin ! Oh, mais Antonin ! Il faut être un grand saint pour monter sur la croix. Mais où allez-vous prendre ces questions ?

Je me rassis avec un fort soupir de soulagement. Je n'étais pas un grand saint, les grands saints ça pisse pas sur les poules.

– Mes enfants, reprit la demoiselle, Jésus a donné Sa vie pour nous sauver. C'est pour ça qu'Il est mort, par amour pour nous, alors, à notre tour, il nous faut mériter l'amour de notre prochain. Il nous faut aider ceux qui nous entourent à porter leurs peines, et plus la peine sera lourde, plus ils vous aimeront. Maintenant, prions.

Je me remettais tout juste de ma crucifixion quand elle m'assena ce coup sur la tête. Mon cœur s'arrêta un instant de battre, mes yeux s'embuèrent de larmes car maintenant je savais ce que je voulais. Je voulais simplement que les autres m'aiment, de gré ou de force.

Pour être aimé, il faut porter leurs peines, venait de dire Mlle Gardit, et plus il y en a, plus on vous aime. Des peines, ça manquait pas, j'en connaissais même des grosses.

– Merde, disait tout le temps le Peupeu, ça me porte peine tous ces devoirs.

Et les autres de renchérir :

– C'est bien vrai, on peine dessus et ça sert à rien.

Cette peine-là, moi je l'aimais. Je pouvais la porter toute à moi seul parce que j'étais un bon élève, je peux même dire le meilleur, toutes divisions confondues, alors, leurs devoirs, il ne m'en coûterait pas trop de les faire pour eux.

Je me mis à rêver d'un seul coup à tout cet amour que je recevrais bientôt en échange, et à la fin de ma rêverie ils m'aimaient tellement qu'ils voulaient tous se marier avec moi. J'en bondis de joie sur mon prie-Dieu en riant comme un niais. Toute la classe éclata à son tour, mais, cette fois, Mlle Gardit perdit son sang-froid.

– Antonin ! Antonin ! Vaurien !

Pour elle, vaurien, c'était un gros mot. Elle se signa deux fois et m'envoya au piquet avec un Notre-Père et une neuvaine à la Vierge, la vraie, pour demander pardon de ma conduite.

– Et de plus, je le dirai à monsieur le curé, ajouta-t-elle.

Mais je ne l'écoutais plus. J'avais une préoccupation bien plus importante. Il me fallait trouver une grosse peine à porter, et le plus vite possible parce que j'avais un grand mal d'amour en retard.

Je jetai mon dévolu sur le Marcel Tourne-vire, le plus coriace et le plus cancre de tous. Si ça ne suffisait pas, je pourrais toujours en rajouter un autre, mais je voulais quand même pas trop d'amour d'un seul coup. À la récréation, je pris mon courage à deux mains et m'approchai de lui.

– C'est vrai que ça te peine pour faire tes devoirs ?

Il me toisa, remonta sa lèvre inférieure sur la supérieure. On aurait dit un cochonnet, mais je me gardai bien de rire.

– De quoi je me mêle, gratte-cul.

– C'est seulement parce que j'aurais pu t'aider, répondis-je sans relever l'insulte.

– M'aider à quoi ?

– À faire ton devoir, pardi, mais seulement si ça te peine vraiment beaucoup.

Je voulais être sûr de mon coup et pas me prendre une petite peine de rien du tout.

– Beaucoup, si ça me peine beaucoup tu veux savoir, pauvre crétin, mais c'est pas beaucoup que ça me peine, c'est à chier que ça me peine, qu'il me répondit.

Sa réponse me rassurait, c'était bien la peine qu'il me fallait.

– Bé alors, je t'aiderai.

– Et qu'est-ce que tu veux en échange ?

– Rien.

Je n'allais pas lui dire que je voulais qu'il m'aime, il se serait méfié.

– Rien ? qu'il me dit d'un air suspicieux.

– Rien, mais si tu veux, on pourra devenir copains.

– Toi, mon copain ?

– Eh bé, oui !

Il prit le temps de réfléchir, en me scrutant de haut en bas.

– D'accord. Tiens, qu'il me dit en me donnant son cahier crasseux, fais voir d'abord ce que tu sais faire.

Je m'assis à même le sol et entamai son devoir. En quelques minutes, j'imitais à s'y méprendre son écriture de chat galeux.

– C'est bien, l'Antonin, c'est bien, qu'il me dit, on va être copains, toi et moi, je le sens.

Il me tapa amicalement sur l'épaule et je le crus sincère.

Le jour suivant, en me rendant à l'école, je le trouvai à hauteur de la traverse du Jatelin, assis sur une borne et paradant d'un air jovial. Je me réjouis de le voir, me confortant dans l'idée que j'allais enfin être aimé, ce qui était bien mal connaître la nature humaine.

– Salut, l'Antonin, tu vas être content, tu vas pouvoir m'aider.

Il sortit son cahier de sa musette.

– Tiens, dit-il en me le tendant, la vieille m'a donné cinquante lignes de punition à faire pour demain.

Et soudain son visage changea de sourire. Il me regarda droit dans les yeux, me prit la tête entre ses mains grasses et continua d'une voix méprisante :

– Alors tu vas me les faire, l'Antonin, tu vas me les faire, ces cinquante lignes, puisque tu es mon copain, sinon, je t'étripe les intestins, tu entends, copain de merde.

– T'as pas besoin d'être méchant pour me dire ça ; moi, faire tes devoirs, ça m'embête pas, bien au contraire, que je lui répondis.

Il haussa les épaules et retrouva le ton arrogant que je lui avais toujours connu.

– Tu es bien un mange-merde, me dit-il.

Puis il descendit le chemin sans plus s'occuper de moi.

Je m'étais fait avoir et je me sentis pris d'une énorme colère froide, une de ces colères qui vous durent au moins dix ans. Je ramassai mon cartable et fis demi-tour vers la Baraille. Dans le jardin, la mémé faisait sa causette à Mathurin, aussi c'était pas le moment de passer ma colère sur une poule. Il fallait pas non plus qu'elle me refasse le coup du miracle et découvre ce qui me trottait dans la tête, car ça n'avait rien à voir avec l'amour du catéchisme de Mlle Gardit.

Dès que je serai grand, me disais-je, je lui casserai la gueule, au Tourne-vire, ensuite je lui ferai faire toutes les corvées, y compris ramasser le fumier de la bergerie, puis je l'enfermerai dans l'appentis du cochon, avec seulement une bolée de soupe de betteraves et un vieux quignon de pain. Je lui interdirai de se laver, comme ça il attrapera plein de puces et de punaises, et ça lui bouffera tout le dedans en passant par les trous de nez.

– Antonin ! Qu'est-ce que tu fais là ? me demanda la mémé.

– Je cherche une chose.

– Quelle chose ?

– Une chose !

Et sans même rentrer dans la maison je repartis en courant vers l'école. Sur Son mamelon, le Jésus regardait passer les chèvres au lieu de S'occuper de mon miracle. Je me plantai en face de Lui. Les dernières fleurs que j'avais posées à Ses pieds étaient fanées depuis bien longtemps déjà et personne ne les avait remplacées.

– T'as vu les fleurs, elles sont toutes pourries. Eh bé, Tu te les gardes comme elles sont, parce que moi, j'ai autre chose à faire que de Te garnir les orteils.

Je repris mon chemin, toujours dans ma colère, et je crois bien, j'en suis pas sûr mais je crois bien, qu'Il me posa alors une question.

– Et qu'est-ce que tu as de si important à faire, Antonin ?

Je m'arrêtai d'un bloc. J'attendis qu'Il répète mais Il ne répéta pas et ça me mit encore plus en colère qu'Il parle dans mon dos.

– Qu'est-ce que j'ai à faire ? Tu veux savoir ? Je vais Te le dire : je vais grandir tout seul, comme ça je ne devrai rien à personne, et après, je leur casserai la tête, et puis je les clouerai sur une croix. Voilà ce que je vais faire. Qu'ils m'aiment ou pas, j'en ai plus rien à foutre, Tu entends, plus rien à foutre !

Et sans attendre qu'Il me réponde je repris mon chemin. Mais, cinquante mètres plus bas, mon courage m'abandonna et je fondis en larmes. Comme je ne voulais pas arriver à l'école en pleurs, je coupai court par une sente et rejoignis la rivière. Je passai le reste de la journée assis au bord de l'eau, bien caché dans des herbes hautes, ruminant des plans d'attaque, d'invasion, de défense, et quand le soleil commença sa descente par-delà les montagnes de l'Adret, ayant vomi mon fiel dans le courant d'eau fraîche, je me sentis calme, je dirais même d'un grand sérieux.

C'est que je venais d'apprendre une grande leçon sur la vie. Je savais maintenant qu'on ne peut pas se faire aimer par force. L'amour, c'est comme le bonjour, on vous le donne ou on vous le donne pas. Il faut faire avec ou il faut faire sans.

La mémé m'attendait sur le pas de la porte. Elle ne dit rien, mais pour sûr elle savait déjà que je n'étais pas allé à l'école. Elle avait dû le voir dans son chaudron de mélasse. Le soir, après le souper, comme de coutume, elle s'assit sur le banc-saloir de Mathurin, et, sous le prétexte de me faire tourner une grosse bûche, elle m'attira auprès d'elle.

– Viens là, près de moi. Va, maintenant que tu es grand, tu me fais plus de poutous comme avant, tu l'aimes plus pareil, ta mémé.

– Mais si, je t'aime bien pareil.

– Eh bé, si tu m'aimes pareil, tu devrais pas avoir de secret pour moi.

– Mais j'ai pas de secret pour toi, mémé.

Elle me tenait serré contre elle, dans le creux de ses bras, sa bouche près de mon oreille. Elle me susurra :

– Alors, parle-moi de cette chose que tu cherchais ce matin.

J'attendis un instant, hésitant encore avant de me livrer, mais la faiblesse est parfois doucereuse.

– C'est à l'école.

– Qu'est-ce qu'il y a, à l'école, ça te plaît pas ?

– Mais si ! C'est à cause des autres.

– Quoi les autres ?

– Ils m'aiment pas.

Elle ne répondit pas tout de suite, elle cherchait une chose difficile à trouver. J'attendis patiemment qu'elle me dise tout ce que je voyais dans ses yeux et qu'elle ne disait jamais. Elle resserra ses bras autour de moi.

– Nous on t'aime, ça devrait bien te suffire.

– Oui, mais les autres, c'est pas facile d'être avec eux tout le temps.

Elle se pencha pour remuer un tison.

– Patience et longueur de temps font plus que force et que rage.

– Qu'est-ce que ça veut dire, mémé ?

– Ça veut dire qu'un jour ils t'aimeront, mais il te faudra beaucoup de patience avant.

Elle se redressa et ajouta en bougeant la tête :

– Et encore plus après.

D'une main douce elle caressa la canne de Mathurin, toujours accrochée à un clou du banc.

– Dis, mémé, il en avait de la patience, ton pépé Mathurin ?

– Patient comme une araignée, mais quand c'était son droit, plutôt se faire tuer sur place que de reculer d'un pas, et pour son droit à lui comme pour celui des autres.

Elle se mit à glousser, fit tourner la canne dans l'air.

– Ouille que ouille, elle en a rossé quelques-uns, celle-là.

Puis elle remit son bras autour de moi.

– C'était un homme bon, tout fait de bon, trop bon, même. Les gens ont pas compris ce qu'il faisait pour eux. Alors, après, il a été déçu, il lui est resté que la colère, et sa montagne.

Il y eut un grand silence avec seulement le craquement du bois dans la cheminée. Un chien hurla.

– Ouh ! Ouh ! fit la mémé en me soufflant dans l'oreille, ouhouh, c'est le loup, ouhouh, qui te mange le tripoux.

Elle me chatouilla, et je mis à gigoter dans tous les sens.

– Tu es comme ton papé, il pouvait pas supporter la chatouille. D'ailleurs, tu as toute sa patience, mais toi, en plus, tu es rusé, c'est pour ça que tu gagneras. Patient et rusé, ça vous donne plus de force que des gros bras.

La patience, je connaissais. La nature m'en avait généreusement pourvu. Chez moi, en plus, elle se nourrissait là-haut, dans le calme de notre fermette, dans la lenteur des choses du quotidien, dans cette attente des dimanches de ma mère, dans ces mots d'amour jamais dits mais toujours présents, dans la brique chaude du lit, dans la tranche de pain blanc ou même dans l'horrible soupe de betteraves.

Il me manquait la ruse.

Un soir qu'Édouard soignait notre jument, celle dont personne ne se rappelait plus l'âge tant elle était vieille, je m'enhardis et vins le trouver dans l'étable.

– Ça va, Édouard ?

– On fait aller.

– Je peux te poser une question ?

– C'est bien la première fois que tu demandes la permission.

– La ruse, tu sais ce que c'est, toi ?

Il s'arrêta un instant, me regarda droit dans les yeux, puis, sans plus s'occuper de moi, il reprit son travail.

– Alors, ma belle, dit-il à la jument, on a fait une bonne journée de labeur, hé. Ah çà, si on t'avait pas, on serait bien dans le pétrin. Y en a pas une autre comme toi dans le pays, brave, courageuse, forte comme un bœuf que c'est un plaisir de te voir tirer sur le harnais.

Il se pencha et lui caressa la croupe.

– Regarde-moi cette croupe, Antonin, regarde comme c'est du beau. Allez, ma bichonne, tu as bien gagné ton repos, c'est que demain faut être solide de nouveau.

Il lui donna une tape et la jument poussa un petit hennissement de plaisir.

– À demain, ma belle, qu'il lui dit amoureusement, à demain.

Nous sortîmes dans la nuit. Édouard s'assit sur le muret de pierre pour regarder les étoiles.

– On a un beau ciel, il fera chaud demain. C'était quoi ta question ?

– Je croyais que tu avais oublié, c'est à propos de la ruse.

– Ah oui ! Dis-moi, tu crois que c'est vrai ce que j'ai dit à la jument ?

– Pour sûr que non, c'est un mensonge.

– Eh bé, non, c'est pas un mensonge, c'est ça une ruse.
– Une ruse ?
– Que oui, une ruse, insista-t-il en regardant à nouveau le ciel. Il fera beau demain. Une ruse, reprit-il, c'est quand on fait ou dit le contraire de ce qu'on pense pour tromper son monde. La jument, elle croit ce que je lui dis, ça lui fait du plaisir, et alors demain, elle va se prendre pour un étalon et me donner toute sa force. C'est pas très beau de ruser, mais comme ça on a ce qu'on veut avoir. Qu'est-ce que tu veux en faire, de ta ruse ?
– C'est pour l'école, pour me défendre des autres.
– Ah ! c'est pas la même ruse que pour la jument, mais quand on en connaît une, on les connaît toutes, tu vas trouver tout seul.

La chose n'était pas si simple qu'il y paraissait. Toute la nuit, je calculai, allant de la ruse à la patience, de la patience à la ruse. Au matin, quand je descendis pour déjeuner, Édouard me regarda d'un air curieux.
– Alors, tu as trouvé ?
– Pas encore.
– Ça va venir.

Ça ne vint pas, et j'avais beau me creuser la cervelle, il me manquait toujours quelque chose.

Cela dura deux automnes, deux hivers et un printemps avant de trouver. Pratiquement deux ans de galères, d'humiliations, cachant ma peur et ma solitude par des faux sourires sur les lèvres, des airs de bonheur à deux sous, laissant les égratignures que les autres me faisaient devenir profondes comme des ravines. Mais la patience des Maillefer ne m'abandonna jamais et, un beau matin, la ruse me vint, dans le moment où je l'attendais le moins.

# 11

Ne pouvant lutter contre une classe entière, je dus me soumettre aux moindres volontés de Peupeu et des autres. Presque chaque soir, après la classe, j'emportais leurs cahiers et, dans la nuit de la Baraille, je faisais leurs devoirs de français, de calcul, d'instruction civique. J'apprenais leurs leçons pour les souffler pendant les compositions, je nettoyais la classe, garnissais le poêle pour eux. À l'automne, je ramassais les feuilles dans la cour, sous leurs rires et leurs sarcasmes. L'hiver, je servais de cible sous les boules de neige. Au printemps je subissais la torture des premières orties, mais je supportais tout, sans rechigner, leur faisant même croire que j'étais content.

– Alors, l'Antonin, tu as fait mon devoir, me demandait le Marcel Tourne-vire quand j'arrivais, donne, fais voir !

Et les autres riaient. Je baissais la tête, je souriais, j'attendais patiemment sans trop savoir ce que j'attendais.

Fort heureusement, tous les soirs je retrouvais les câlineries de la mémé, les conversations avec Édouard et les jeux avec Pataud. Et, régulièrement, les rires de ma mère qui me donnaient le courage de résister.

– Ça va à l'école ? me demandait-elle tout le temps.

– Bien sûr que ça va, je suis toujours le meilleur.

– Je suis fière de toi, me répondait-elle en m'embrassant, et la mémé aussi.

– Lui dis pas trop, ça lui tournera la tête, ronchonnait la mémé en me faisant une grimace pleine de coquineries.

Mais c'est vrai que j'étais le meilleur. Car, sans s'en douter, en m'obligeant à faire leurs devoirs, les autres élèves me rendaient un grand service. Je lisais les livres de classe des moyens et des grands, je m'appliquais dans leurs leçons et, en fait, ils dépendaient plus de moi que moi d'eux.

Madame Alice, au cours d'une leçon d'histoire, allait me permettre d'en prendre pleinement conscience et de remporter ma première victoire.

Un jour de ce deuxième printemps, elle nous parla encore une fois des Romains des temps anciens, lesquels n'étaient pas encore catholiques, comme l'Église.

– Ils écrasaient les peuples, les maltraitaient, les transformaient en esclaves, nous expliqua-t-elle. Alors les peuplades occupées se sont organisées, elles ont redressé la tête et fait une révolution.

Elle pouvait pas les sentir, les Romains. Pour elle, ils étaient la plaie du monde.

– Ils ont bafoué la liberté, mais rappelez-vous bien ceci, personne ne peut prendre la liberté d'un homme. C'est le principe de la république. Il ne doit plus y avoir d'esclave, chaque homme est un homme libre.

Puis elle nous donna notre lot de devoirs quotidiens et comme de coutume je glissais dans ma sacoche ceux du Tourne-vire, sans parler des quelques punitions à faire pour les autres cancres.

Ce jour-là j'eus plusieurs quintes de toux, ce qui laissa supposer qu'une sale grippe risquait de me clouer au lit. En sortant de l'école, le Marcel vint directement vers moi.

– Attention à toi, l'Antonin, t'as pas intérêt à être malade, tu entends, l'esclave. Nous, on a besoin de toi.

La voix menaçait, comme toujours. Aussi, toute la soirée, en caressant Pataud, je ruminai contre madame Alice, parce qu'elle se foutait bien le doigt dans l'œil en disant qu'il n'y avait plus d'esclaves. Et moi, alors, elle ne voyait pas ce que j'étais ? Bien sûr que non, pour elle comme pour ma mère et ma grand-mère, j'étais le meilleur élève de l'école et ça leur suffisait. Et voilà que le lendemain matin, à ma grande surprise, je me levai tout guilleret en repensant à la phrase du Marcel.

– Nous, m'avait-il dit, nous, on a besoin de toi.

Ce « besoin de toi » emplit d'un seul coup toute ma chambre. C'est ça qu'il avait dit, le Tourne-vire, ils avaient besoin de moi, ils avaient besoin d'Antonin le bâtard.

– Ça a l'air d'aller, ce matin, me dit Édouard en me voyant chantonner.

– Édouard, j'ai trouvé.

– Qu'est-ce que tu as trouvé ?

– La ruse, pardi ! J'ai trouvé.

– Ah bon ! répondit-il, pensif.

Bien sûr que j'avais trouvé. Pendant deux ans, tout au long de ces hivers de misère, de ces printemps galeux, j'avais tenu le rôle d'esclave, me rendant, inconsciemment, indispensable. Voilà. Je leur étais devenu indispensable, c'était ça, la ruse. Maintenant, je les tenais à ma merci.

La tête claire, le cœur léger, un vrai sourire dans les yeux, je pris le chemin de l'école. Je chantais à tue-tête et gambadais tout en faisant voler quelques pierres du chemin. Heureux comme un pinson.

Je saluai le Jésus, dis bonjour à quelques abeilles, poursuivis un lapereau et décidai de m'octroyer un jour de vacances supplémentaire. Je ne pouvais résister à ce double bonheur d'être à la fois libre et indispensable, et la seule idée de les imaginer tremblant de peur devant madame Alice, leurs leçons pas sues, leurs punitions pas faites, me remplit de joie.

La nature en plein délire printanier m'invita à partager ce grand moment avec elle. La rivière devint belle dans son lit, les peupliers s'argentèrent sur les berges, les ronces s'ouvrirent sur mon passage et les poissons me saluèrent en faisant des cabrioles dans l'eau. Tout, autour de moi, me disait que j'avais gagné. Il me fallait simplement le faire savoir à qui de droit.

Le mercredi suivant, madame Alice demanda à ce grand dadais de Marcel d'expliquer la règle de trois. Il se retourna vers moi et attendit, comme toujours, que je lui souffle la réponse, mais, à son grand étonnement, je le regardai droit dans les yeux, sans broncher.

– Madame Alice ! Madame Alice ! Est-ce que je peux répondre ? criai-je à pleins poumons pour ne pas perdre courage.

Et de débiter cette règle de trois, arrogant, fier, devant toute la classe médusée, ne jetant plus un seul regard du côté de mon bourreau.

Je savais bien ce que me réservait la suite, et, dès que nous fûmes dans la cour, le Marcel s'approcha de moi, me regarda silencieusement, leva la main et me fila une taloche à vous tourner la tête devant derrière. Je n'étais pas encore assez fort pour lui rendre la pareille, mais, au lieu de prendre mon air marri comme d'habitude, je me mis à rire à pleines dents.

– T'en veux une autre, qu'il me dit nerveusement. T'en veux une autre pour te faire rire un peu plus ?

– Vas-y ! Tape, vas-y !

Je le narguais, et qui plus est devant tous les autres élèves. Il leva à nouveau la main, mais devant mon effronterie il attendit un instant, se demandant si c'était du lard ou du cochon.

– Vas-y ! Allez, vas-y ! insistai-je en exultant de joie.

– Marcel ! cria madame Alice, viens ici !

– Je t'aurai plus tard, murmura-t-il en baissant le bras.

– Comptes-y, lui répondis-je fièrement.

Tellement j'avais eu peur, mes genoux s'entrechoquaient comme des castagnettes. Mais je venais de remporter ma première bataille. Il me fallait maintenant gagner la guerre.

C'est alors que ma mère, innocemment, vint à ma rescousse en me ramenant de sa ville un cadeau aussi merveilleux que saugrenu.

Une tribu de gitans.

# 12

Au milieu de toutes les tempêtes qui déferlaient dans ma pauvre vie d'alors, il n'y avait qu'un seul moment d'accalmie : la visite d'Adélaïde le dernier dimanche de chaque mois.

Dès le matin, quand son jour arrivait, je me glissais furtivement dans le pré derrière la maison, et de là je montais, par sa plus faible hauteur, sur le mur de pierre qui entourait l'enclos. Alors, cahin-caha, je me déplaçais vers le seul coin duquel l'on pouvait voir la vallée. Installé à califourchon, je ne quittais plus des yeux le chemin qui venait de la plaine.

Soudain je la voyais, fourmi trottinante, perdue derrière un arbre, un tournant, un creux de la route qui me la volait pour un instant, puis je la devinais aux mouvements des herbes hautes que son souffle déplaçait comme une brise, perdue une dernière fois dans l'ombre du rocher de la Jasse qu'il fallait contourner pour arriver au pied de la Baraille. Éternelles minutes d'angoisse pendant lesquelles mes yeux tentaient de percer la roche tandis que mon cœur s'inondait en battant la chamade.

Enfin elle était là, à quelques dizaines de mètres de moi, encore plus belle que l'autre fois, un nouveau ruban dans les cheveux, un nouveau bonheur sur les lèvres, un nouveau sourire irisant son front, et je frappais des mains en criant :

– Maman ! Maman !

Bien sûr elle m'entendait, me voyait, même, mais elle

faisait semblant de regarder ailleurs ou bien elle traînait derrière les haies d'aubépines, et moi, maintenant debout sur le mur, au risque de tomber dans le tas de fumier, j'avançais à pas comptés vers le portillon de l'enclos, et, quand j'arrivais au bout du mur, elle était déjà là, les bras tendus pour me recevoir.

La journée se faisait de petits bouts de rien qui étaient des miracles d'occupations, car je voulais tout lui faire voir et elle voulait toujours tout savoir de moi. Mes cahiers d'école la rendaient fière par leur propreté. Elle s'extasiait sur mes devoirs, écrits maintenant à la plume et à l'encre, et elle poussait des oh ! et des ah ! de satisfaction et de curiosité sur chacune des explications que je fournissais. Je jouais au savant, moi qui ne savais rien, et elle jouait à l'ignare, elle qui ne savait pas grand-chose.

Et puis, tard dans la soirée, épuisé d'avoir tant dit et tant fait, je me glissais dans le lit et attendais, en luttant contre le sommeil, qu'elle vienne se coucher à son tour. Au bruit de son pas dans l'escalier, je jouais au dormeur, du moins le croyais-je, car en fait je m'endormais avant même qu'elle atteigne la porte de la chambre. Mais je plongeais dans le sommeil rassuré par sa présence, sachant qu'elle allait me blottir entre ses bras et que jusqu'au matin elle me garderait là, sans bouger, couvrant mes rêves de sa tendresse de mère.

À l'aube, elle me transportait de notre lit commun dans celui de la mémé Petite et, si je sentais les draps plus rêches, l'odeur plus forte et la peau moins douce, je retrouvais la même chaleur d'amour.

Alors elle m'embrassait, d'un baiser du matin qui ne me réveillait pas, ou bien je ne voulais pas qu'il me réveille, prolongeant ainsi le temps de sa visite et ne voulant pas savoir qu'elle s'en allait. Mais ce baiser je l'enfermais précieusement en le recouvrant de ma main, car il était différent de ceux qu'elle me donnait en arrivant ou dans la journée. Un baiser qui part, c'est toujours un baiser triste.

C'est un de ces dimanches-là, alors que je me tenais sur mon muret à l'attendre, que j'aperçus un mouvement anormal sur la route de Malbosc. Au même moment, ma mère apparut au bas de la traverse du Jatelin, me faisant de grands signes de main pour que je la rejoigne. Je sautai de mon mur et dévalai la sente. Elle me couvrit de baisers, puis, tout excitée, m'entraîna sur une petite colline qui dominait le vallon.

– Viens, me dit-elle, viens voir ce que je te ramène de la ville.

Le soleil n'était levé qu'à moitié, laissant encore traîner quelques ombres froides dans le fond des ravins, mais sur la route, en pleine lumière, tirées par de vieux canassons empanachés d'orgueil, s'avançaient quelques pauvres mais combien belles roulottes, colorées d'arc-en-ciel, évoluant au rythme lent d'une mélopée mauresque et des cris joyeux d'une flopée d'enfants.

Le cadeau d'Adélaïde. Et ce cadeau grimpait lentement la côte toute bordée de genêts d'un jaune prophétique qui accompagnaient la route depuis Malbosc jusqu'à Cassagnettes. Avec le printemps la nature s'était parée des ors célestes pour m'annoncer la nouvelle.

Georges, le gadjo, le rouquin, Georges, mon ami le gitan, venait d'entrer dans ma vie.

# 13

Ce groupe de romanichels rempailleurs de chaises, rémouleurs de couteaux, diseurs de bonne aventure et à l'occasion magiciens de poulaillers, s'installa à l'entrée du hameau, sur un terrain communal pauvre en herbe, exposé à tous les frimas, mais le seul qu'il leur soit permis d'utiliser. Dès le premier jour de leur installation un grand remue-ménage parcourut la route, car toutes les âmes charitables du pays se liguèrent pour obtenir l'interdiction de séjour de ces vagabonds sur le territoire de la commune. Monsieur le maire, ceint de l'écharpe tricolore, légalement escorté de Léon le garde champêtre, se déplaça depuis Malbosc pour faire valoir la force de la loi. Le curé s'allia, pour une fois, au pasteur réformé, afin de ramener les ouailles excitées dans le chemin de la charité chrétienne.

Nos gitans étaient, a priori, d'honnêtes citoyens, vivant du produit de leur travail, connus pour leur passivité débonnaire, et rien ne permettait de leur supprimer le droit à l'usage d'un terrain dont personne, par ailleurs, ne voulait. Il y eut bien le vieux Camille, celui de la magnanerie, pour affirmer, soutenu par une poignée de bigotes disgraciées par la nature, qu'un papier notarial faisait état d'un droit ancien des pauvres de la commune sur ce terrain. Mais quand monsieur le curé lui demanda s'il faisait partie de ces pauvres-là, lui qui possédait trente hectares de vignes, d'oliveraies et de mûriers, le Camille mangea sa barbe et rentra chez lui. Quant aux bigotes, elles retournèrent, sous l'œil vigilant de l'Église catholique et du culte luthérien, elles retournèrent donc à leurs messes basses, ce qui les occupait au moins autant que les messes chantées.

Ils s'installèrent, les gitans de nulle part, et Georges entra dans ma vie, avec son air dégingandé, ses yeux toujours en action et, surtout, son incroyable tignasse couvrant, selon les heures du jour et son humeur du moment, tous les roux de la nature, depuis le brillant marron de la châtaigne jusqu'au rouge brûlant des grappes du groseillier, sans oublier les abondances colorées de l'automne quand les dernières cajoleries du soleil le disputent, sur les feuilles fragiles, aux premières gouttelettes de pluie. Car Georges était roux. Roux de cheveux, roux de poils, roux de peau, et, comme je n'en avais jamais vu auparavant, ce fut pour moi une sublime découverte. Je n'étais plus le seul à être un phénomène. Je n'étais plus le seul à être différent.

Quand il vint s'inscrire à l'école et que madame Alice l'installa, malgré sa taille et son âge, sur le banc des moyens, à côté de moi, je passai la première heure de classe à le regarder, oubliant de répondre à l'appel de mon nom, laissant couler l'encre de ma plume, ne voyant que cette obsédante bizarrerie de la nature. Mais très vite j'oubliai, si tant est que l'on puisse l'oublier, la couleur fracassante de sa coiffure, découvrant sous les reflets soyeux des éphélides de son visage les raisons inéluctables de mon amour naissant.

Car mon premier grand amour, peut-être le seul de ma vie à l'exception de celui que j'eus pour ma Marilou, mon premier fut pour ce déclassé, ce laissé-pour-compte, cet autre enfant égaré dans un monde d'adultes et que j'attendais depuis longtemps, sans être bien certain qu'il viendrait un jour.

Je me souviens de cet émoi, si puissant qu'il traversa les ans sans perdre une once de sa force. Madame Alice finissait de parler d'une règle perdue dans les oubliettes de l'histoire.

Un silence prosaïque régnait dans la classe. Ma tête reposait dans la paume ouverte de ma main droite, mes yeux tentant de maîtriser la multitude de roux qui se pavanaient dans la tignasse de Georges dont la silhouette se découpait dans l'encadrement lumineux de la fenêtre. Mon regard s'envola bien au-delà, dépassant la cour, le muret d'enceinte, la haie de peupliers qui s'accompagnait de la rivière, les vignes en escalier qui gravissaient lentement la colline. Je flânais dans une rêverie.

– Antonin ! Antonin !

Ma tête chavira dans le vide, mes yeux lâchèrent la tignasse, mon regard se posa sur le bois usé du bureau.

– Alors, Antonin, tu nous fais un rêve d'amour ?

– Oui, madame Alice.

Ce fut un rire général. Je dus rougir, blêmir, que sais-je ?

– Allez, va prendre l'air, ça te ramènera sur terre.

Je sortis, honteux, ravi, heureux, pleurant, riant, enfin quoi, amoureux, d'un amour qui n'avait rien de comparable avec ceux que je connaissais déjà. Car, dans mes amours d'alors, il y avait bien entendu celui pour la mémé Petite, le plus fort, fait d'habitudes, de soupes chaudes, de caresses rugueuses. Il y avait l'amour d'Adélaïde, le plus subtil, fait d'apparitions miraculeuses, de départs furtifs, de cadeaux inutiles, de caresses chaudes, de rires fous. J'aimais bien aussi Édouard, quoique j'aurais pu l'aimer davantage s'il avait voulu. Il y avait aussi le curé, et madame Alice, et le Jésus du mamelon. Mais à tous ces gens-là je ne disais pas tout de moi, je me gardais des secrets de l'un ou de l'autre. Georges, c'était autre chose. Tout de suite j'eus envie de tout lui raconter. Par exemple, que j'avais pissé sur les poules et sur le tas de Mathurin, et aussi que j'allais à la rivière tout seul en cachette de la mémé. Et puis qu'Édouard c'était pas mon vrai père comme je l'avais dit aux autres. Peut-être même je lui dirai également que la bonne sœur de Malbosc n'est pas mariée avec le Jésus de l'église comme veut nous le faire croire Mlle Gardit, mais je crois pas que cela l'intéressera vraiment.

Voilà, Georges, je savais que je lui raconterais tout, parce que cet amour que j'avais pour lui, il avait déjà le même pour moi. On n'eut pas besoin de se le dire, on le sentit tout de suite, tellement ça remplit d'un seul coup le vide qui traînait en dedans de nous.

Depuis que j'avais refusé de souffler la règle de trois, l'attitude de certains élèves avait considérablement changé. Seul le Marcel tentait encore de me faire payer cher mon arrogance, mais je m'arrangeais pour ne jamais être seul face à lui, sans pour autant lui faire voir que je le craignais encore.

L'arrivée de Georges détourna son attention de moi. Escorté par le Méjean, Peupeu et un troisième élève dont le nom m'échappe, le Tourne-vire s'attaqua verbalement à la crinière du nouveau venu.

– Hé ! poil de carotte, tu viens d'où ?

Georges ne répondit pas.

– Alors, tu réponds pas, tu es muet comme une carpe en plus d'être une citrouille ? insista l'autre.

Tranquillement assis au pied de l'unique platane, le nouveau venu tentait de déchiffrer péniblement le livre de lecture du cours moyen, lui qui était déjà en âge de passer le certificat de fin d'études. Je restai dans mon coin, l'observant à la dérobée, ne sachant comment l'approcher tant j'étais ému par ce qui m'arrivait. La cloche sonna et nous reprîmes nos places sur le banc. De toute la classe, il ne dit pas un mot. Ce n'est qu'à la fin de la journée, alors que je rangeais mes affaires dans ma sacoche, qu'il me demanda si je n'avais pas un vieux cahier à lui donner.

– J'ai pas un vieux, mais je peux te donner un neuf.

– Non, qu'il me dit, les neufs, c'est trop cher, je pourrai pas te le rendre.

– Eh bé, ça fait rien, tu me donneras autre chose à la place.

– J'ai rien, qu'il me répondit, mais rien de rien.

– C'est pas grave, ça me fait plaisir quand même de te le donner.

Alors d'une main il fouilla dans sa tignasse et s'arracha un cheveu. Je le regardai, éberlué.

– Tiens, me dit-il, je te donne un cheveu, les cheveux roux, c'est rare.

Et il sortit, son cahier neuf sous le bras et mon amour en bandoulière.

J'enfermai le cheveu roux dans une feuille de papier sur laquelle j'écrivis son nom et je cachai le tout au fond de mon plumier, puis je pris la route de la Baraille et me surpris en train de siffloter un air de rigodon.

Il était déjà tard le soir, mais je pris malgré tout le temps de m'arrêter pour saluer mon Jésus du mamelon. Hypocritement, je Lui dis d'abord que je L'aimais toujours autant, comme Adélaïde et la mémé Petite. Il eut un regard suspicieux, alors je me mis en devoir de Lui expliquer que maintenant il y avait Georges, en plus, mais que cela ne changerait rien à mon habitude de venir Lui parler. Il me parut rassuré. Je restai un peu plus longtemps que de coutume, et, avant de Le quitter, je Lui glissai quelques fleurs des champs entre les orteils. Je crois bien qu'Il me sourit, à moins que ça L'ait chatouillé.

Le lendemain, Georges ne me parla presque pas. Il s'appliquait sur son cahier neuf, écoutait les explications de madame Alice, et à la récréation restait seul dans son coin avec son livre de lecture. Les autres élèves tentèrent de l'attirer dans quelques guet-apens, mais il ne broncha pas de son platane. Alors ils reprirent leurs habitudes.

Je savais, quant à moi, que le temps était venu de relever définitivement la tête. Je savais surtout que quelqu'un me regardait, quelqu'un que je ne voulais pas décevoir, quelqu'un qui ne pourrait m'aimer que si j'étais fort comme lui. Ma décision était prise. J'allais gagner, seul et tout de suite. Je m'approchai du Marcel.

– Alors, Tourne-vire de merde, ton père va être content de ton zéro en calcul ?

– Toi, la ramène pas, tu vas voir ce qui va t'arriver un de ces quatre matins.

– Et pourquoi attendre ? lui répondis-je en prenant la pose.

Il fit un pas vers moi. Je souris. Dans mon dos, je sentais Georges assis au pied de l'arbre, recroquevillé, les muscles tendus comme un chat prêt à sauter sur une souris. Le Marcel s'en aperçut également. Il leva la main pour me frapper, mais, voyant que je ne bronchais pas, il cracha à mes pieds en me traitant de mange-merde, de moins que rien et, bien sûr, de bâtard. Puis il s'éloigna, en maugréant que ça n'allait pas s'arrêter là. Je me retournai vers Georges. Il était plongé dans son livre de lecture comme si rien ne s'était passé.

À la nuit tombée, je pris le chemin de la Baraille, escorté par les insultes de Marcel et de quelques autres qu'il avait rameutés. Je dois bien avouer que je n'en menais pas large, mais je ne pouvais plus reculer. Soudain, je sentis la troupe se rapprocher dans mon dos, leurs mains chargées de pierres, leurs têtes remplies de haine. Malgré ma peur, je restais calme, un calme profond fait de la certitude que plus rien de mauvais ne pouvait m'arriver. En passant devant le Jésus, je Lui fis un clin d'œil, comme pour m'excuser de ne pas pouvoir Lui parler. Il me répondit en me faisant voir, d'un signe de tête, la direction du pré au chêne. Je fus bien étonné de Le voir me répondre pour une fois que je ne Lui disais rien, mais je suivis Son instruction, et, plutôt que de prendre le chemin normal, je m'enfonçai un peu plus dans le bois.

« Il est fou, pensai-je, Il est fou de me faire passer par là, avec eux derrière moi. Ils vont me tuer, c'est sûr. »

Pas si fou que ça, le Jésus du mamelon, car voilà qu'au bout de la sente, juste avant la clairière du chêne, apparut la tignasse rougeoyante de Georges. Il était assis, comme dans la cour, au pied d'un arbre, son livre de lecture posé par terre, son cahier tout neuf à la main. Je continuai mon chemin et sentis que derrière moi les autres ralentissaient, puis s'arrêtaient. Même le Marcel, avec son courage à la noix. Alors Georges se leva, lentement, calmement, ses cheveux prenant des reflets enflammés, et, avant même qu'il ait bougé un petit doigt, le Tourne-vire raclait déjà l'herbe du fossé. La troupe des moineaux, affolée par la rapidité de l'attaquant, s'enfuit à travers champs tandis que Georges, tel un pantin de foire lâché de ses ficelles, sautait, courait, matraquait, se jouant des coups, et en quelques minutes, comme cela fut écrit par ailleurs, le combat cessa faute de combattants.

Planté au milieu du chemin, mon cartable à mes pieds, incapable de dire un mot, ahuri, j'attendais. Le Marcel se releva, contourna le gitan et tenta alors traîtreusement de lui assener un coup de poing sur la nuque. Mon sang ne fit qu'un tour. Je bondis sur lui, et, malgré sa force, il ne put que succomber sous la rapidité du choc. Je ne suis plus d'un tempérament hargneux, mais je mentirais en disant que je n'eus pas de plaisir à le tabasser pendant qu'il gisait face contre terre, les bras en croix, un peu aidé quand même par Georges qui le retenait.

Trois ans de galères, deux minutes de violence. Ce fut tout. Une vie nouvelle m'attendait, là, sur le bord du chemin, et je n'avais plus de temps à perdre.

Je me relevai, ramassai ma sacoche. Georges posa son bras sur mon épaule, presque gêné par sa tendresse neuve, et ainsi nous prîmes la traverse du Jatelin et gagnâmes la Baraille, comme nous le ferons si souvent par la suite, jusqu'à ce jour de 1943 où, à ce même endroit, les cheveux roux se teinteront, au nom de cette souveraine liberté, de traînées rouge sang coulant d'un front ouvert.

# 14

Après la bataille du chemin, Marcel, voulant malgré tout sauver l'honneur, s'en alla trouver Georges sur son territoire de gitan et lui proposa un pacte de paix. Les grands, dit-il, se doivent de donner le bon exemple. Georges, avec son éternel sourire d'ange satanique, accepta sans poser de condition. À dater de ce jour, ma bâtardise et sa chevelure disparurent des conversations. Pour assurer notre tranquillité, nous partagions un peu les jeux des autres, mais, dès la classe terminée, nous faisions bande à part. Nous étions de la même race d'hommes, exclusifs et solitaires.

Le mois de juillet arriva et avec lui le temps des vacances. À la campagne, la fin de l'école annonçait surtout le temps des gros travaux. Les garçons allaient aux champs, réparaient les talus, nettoyaient les granges tandis que les filles gardaient le bétail, s'occupaient de traire, de cuisiner, et tout un chacun retrouvait les occupations de la ferme, gagnant sa part du pain quotidien.

Mais ce temps-là annonçait aussi le temps des fêtes, des escapades vers la rivière, des dimanches de belles robes, des papotages devant l'église ou sous les platanes de la placette, des soirées de promenades pour retrouver une bande d'un village voisin. Pour les plus grands, c'était également le temps des amourettes derrière les buissons, des baisers volés et des promesses éternelles. Plus d'une bergère sans troupeau trouva ainsi son berger et la lune regardait ailleurs pour ne pas les gêner dans leurs cachotteries.

La Baraille avait besoin de tous les bras disponibles, et j'accomplissais ma tâche sans rechigner car j'aimais autant le travail de la ferme que celui de l'école. La mémé s'occupait de sa basse-cour et du jardin, bêchant, arrosant, grattant les lignes de salades, de pommes de terre, de tomates, faisant les confitures pour l'hiver, remplissant la réserve de toutes les senteurs de romarin, de laurier, de figues séchées. Le soir venu, elle s'asseyait sous le mûrier, s'endormant par moments, la tête penchée en arrière, le visage rayonnant de quiétude, contemplant dans son demi-sommeil la belle journée de travail terminée.

Édouard disparaissait le matin et ne revenait que le soir, menant par la bride notre vieille bourrique qui n'en pouvait plus de tirer la charrette chargée de bois, de foin, de gerbes de blé. Mais, dès qu'elle sentait son avoine et sa litière, elle reprenait de la vigueur et serait rentrée dans l'écurie sans même nous laisser le temps de la dételer si on ne l'avait retenue par quelques bonnes paroles.

– Ho ! là ! lui disait Édouard, brave bête, du beau travail aujourd'hui, du beau travail.

Il lui caressait le museau, et elle se prenait pour Pégase.

Georges n'avait pas de ferme, mais il avait une famille de frères et de sœurs qui n'en finissait pas de s'agrandir. La mère faisait des hottes en osier pour les vendangeurs et des marmots pour la tribu. Les hottes, elle avait la réputation de les faire légères et de bonne qualité. Les marmots étaient connus pour être des vauriens, sauf Georges, car lui, c'était un enfant trouvé, un gadjo, pas un gitan.

Il me raconta ainsi son histoire, un soir que nous lambinions le long de la rivière. Ne pouvant avoir d'enfant, ses vieux faisaient un pèlerinage aux Saintes-Maries-de-la-Mer lorsqu'ils le trouvèrent, abandonné par les siens sur le bord de la route. Il avait juste quelques jours et attendait que les loups viennent le manger. Les roulottes passèrent à ce moment-là, alors il brailla tant qu'il put et ils le ramassèrent.

– Un vrai miracle, me dit-il.

– Je crois pas aux miracles.

C'est que je savais de quoi je parlais.

– Tu as raison, ils m'ont ramassé à cause de mes cheveux roux parce qu'ils croyaient que c'était un porte-bonheur. Tout de suite après, ils se sont mis à faire des mioches à la ribambelle, mais les porte-bonheur, ça marche pas à tous les coups, m'expliqua-t-il. Pour les hottes, ça a bien pris, tant elle en fait, tant elle en vend, et cher, mais pour les mioches ça a raté, tant elle en fait, tant ils valent rien. Il faut que je les tienne à l'œil sans arrêt.

Il pouvait pas les piffer. L'été, il les emmenait le long de la rivière pour couper des roseaux. Entre le père qui rempaillait des chaises et la mère pour ses hottes, il leur en fallait une quantité incroyable. Les gamins devaient couper, nettoyer, aplatir, faire sécher des centaines de tiges de toute dimension. Les fines pour les chaises des riches, les moyennes pour les hottes, les grosses pour les pauvres. Les très grosses, Georges s'en servait pour taper sur ses frères quand il en attrapait un en train de chaparder. Il le frappait à le laisser raide sur place, et tous le craignaient comme la foudre.

– Pourquoi tu les aimes pas ? je lui demandai une fois.

– Parce que si je les laisse faire, me répondit-il, ils cracheraient sur leurs vieux. Les vieux, il faut les respecter.

J'étais fier d'avoir un ami pareil.

Au milieu de tout ce travail, nous avions encore le temps de nous retrouver. Georges venait à la Baraille ou bien me rejoignait dans un champ et il se mettait au travail avec moi ; comme ça, nous pouvions parler. Un jour, il me dit :

– Antonin, il faut que tu m'aides pour l'école.

– T'aider ? moi ? mais tu es bien assez fort comme ça.

Il savait que je mentais pour lui faire plaisir, parce que c'est vrai qu'il ne connaissait pas grand-chose.

– Antonin, dis pas des bêtises. Mon certificat, si tu

m'aides pas, je l'aurai jamais, et quand même, je le voudrais bien. Pour l'honneur de mes vieux.

Alors, on se pressa de couper l'herbe pour les lapins, puis je pris mes cahiers de l'école et nous nous installâmes sous le mûrier. La mémé pointa son nez à la lucarne de la cuisine.

– On joue à l'école, c'est moi le maître.

– Oh ! répondit-elle, je savais bien que ça lui tournerait la tête, tous ces chiffres et tout ça.

Édouard arriva sur ces entrefaites. Il sourit en nous voyant.

– C'est mieux que d'aller fumer en cachette, qu'il dit en regardant Georges.

– Fumer ? Ah bé ! Ah bé ! il manquerait plus que ça, bougonna la mémé.

– Merde, m'a soufflé Georges, celui-là il sait tout.

– Il sait quoi ?

– Rien, rien, tu verras plus tard.

Et voilà comment, à la rentrée de septembre, Georges se retrouva sur le banc de ceux qui préparaient le certificat d'études. Quand madame Alice lui dit qu'il avait bien appris, il se sentit fier comme Artaban, et moi encore plus que lui. De mon côté, grâce à son amitié, je devenais, comme disait la mémé, un véritable petit bonhomme.

L'hiver revint, avec son chargement de givre et de neige, puis ce fut déjà Noël. Adélaïde avait passé l'été près de chez nous, dans la maison des bourgeois, mais n'était venue nous voir que deux fois seulement tant elle travaillait. Depuis son départ pour sa ville, ses visites s'espaçaient de plus en plus, soit qu'il fasse mauvais temps, soit qu'elle soit fatiguée, soit autre chose dont elle ne parlait pas.

Malgré cela, chaque chose était à sa place dans ma vie, et mon petit monde respirait la bonne santé. Il ne manquait rien à mon bonheur.

C'est alors que, sans crier gare, la mémé Petite mourut, comme ça, au matin qui suivit l'anniversaire de mes neuf ans.

# 15

Déjà, ce jour avait été plein de surprises. D'abord à cause d'Adélaïde qui n'était pas venue depuis novembre et que je n'attendais pas avant la fin de janvier, si la route le permettait, car, à l'époque, il n'y avait pas de ces engins mécaniques qui vous poussent la neige sur les bas-côtés, en même temps, soit dit en passant, que toutes les saletés qui ensuite vous bouchent les écoulements pendant des mois.

En me réveillant, ce dimanche 10 janvier, je fus étonné de constater que le jour était déjà bien avancé. D'habitude, la mémé m'appelait, certes un peu plus tard que les jours d'école, mais suffisamment tôt afin que je puisse faire une grande toilette avant de descendre à Cassagnettes pour la messe et le catéchisme. Je me levai et m'aventurai vers la cuisine. Le baquet d'eau chaude de mon bain dominical trônait dans son coin et, sur le fourneau, mon chocolat faisait des bulles dans sa casserole.

– Ah ! te voilà, dit la mémé d'un air un peu renfrogné, tu peux plus te lever, maintenant !

– Tu m'as pas appelé, lui répondis-je.

– Je t'ai pas appelé ! Je t'ai pas appelé ! Mais tu es sourd, j'ai pas pu te réveiller tellement tu dormais serré.

Je fis une moue parce que je trouvais bizarre de ne pas l'avoir entendue. Je ne savais pas encore qu'elle venait de mentir, certainement le seul mensonge de toute sa vie, mais le bon Dieu ne devrait pas avoir de mal pour le lui pardonner sans qu'elle ait besoin d'aller à confesse, car c'était un mensonge de bonne intention.

– Dépêche-toi de te laver, que j'ai besoin de ton aide.

– Et la messe ?

– La messe, la messe, tu feras une prière plus longue avant de te coucher, ça remplacera.

Je ne perdais pas au change, ça pouvait aller. Je plongeai dans mon baquet d'eau, regardant avant d'en ressortir rose et nu qu'il n'y ait personne alentour. Seul Pataud, le chien d'Édouard, se chauffait devant la cheminée. Ma toilette expédiée, je m'assis pour boire mon chocolat. La mémé sortit alors de la souillarde, préoccupée, allant de la cheminée à la fenêtre, de la fenêtre à la porte et recommençant son tournis en sens inverse. Soudain, elle me cria, comme quand je faisais une bêtise :

– Antonin ! Va me chercher des œufs au poulailler.

– Y en a un plein panier sur le pétrin, que je lui répondis.

– Tu fais ce que je te demande. Oh ! mais tu es pas possible aujourd'hui.

Quelle mouche l'a piquée pour qu'elle soit ronchon comme ça ? me demandai-je en allant chercher les œufs. Je revins de ma levée et trouvai la mémé, accroupie devant l'âtre, touillant nerveusement dans le chaudron tandis qu'Édouard, assis sur la chaise, sifflotait en taillant ses bouts de bois. D'habitude, le dimanche, il descendait au village, ou ailleurs, et quand il revenait, à la nuit tombée, il allait se coucher directement dans son lit fermé sous l'escalier alors qu'aujourd'hui il restait là, à côté de la mémé, et ça me parut tout drôle.

– Bonjour, Édouard, que je lui dis.

– Bonjour, petiot, qu'il me répondit.

Pataud, couché en travers du foyer, rêvait à la chienne de la Bartasse, sa fiancée depuis l'automne dernier. Je m'approchai pour lui donner une caresse, mais la mémé le repoussa brusquement d'un coup de torchon, en jappant après lui.

– Oh ! et celui-là qui est tout le temps au milieu.

Il ne dit rien, Pataud, il se traîna lentement vers la porte, me regardant d'un air de dire que ça ne tournait pas rond dans la maison ce matin.

Puis la mémé, d'un ton sec, m'expédia à la chambre prendre ma chemise propre. De coutume, elle la posait sur le dossier d'une chaise, bien repassée, et je n'avais pas le droit de la mettre avant d'avoir enfilé mon pantalon, mes souliers, ma liquette de flanelle, enfin tout cet attirail qui fait des dimanches des jours endimanchés. Aujourd'hui, tout était différent.

Je grimpai l'escalier, j'entrai dans ma chambre, la tête baissée, fulminant un peu, tout juste prêt à me mettre de mauvaise humeur.

Soudain, sautant comme un diablotin, ma mère apparut de derrière le lit. Je poussai un cri. Elle cria de m'entendre crier. La mémé Petite, qui me suivait en riant sous cape de m'avoir bien joué, surprise à son tour par nos cris, joignit le sien aux nôtres et soudain nous nous écroulâmes dans un grand fou rire et de grandes embrassades. Édouard, attiré par nos éclats de voix, arriva dare-dare. Quand nous vîmes son air éberlué, nous eûmes une deuxième crise de rire, ma mère se tenant au bois du lit, la mémé assise sur la dernière marche, et moi naviguant de l'une à l'autre en faisant le pitre. Il maugréa dans sa barbe quelques jurons en patois de la plaine, ce qui nous amusa un peu plus, et s'en retourna à ses bouts de bois sculptés.

Ma mère, tout heureuse de m'avoir surpris, me prit dans ses bras et me berça comme quand j'étais petit. La mémé s'approcha de nous, caressant ma nuque d'un geste timide, laissant sa main glisser sur ma joue, embroussaillant mes cheveux de ses doigts émus, les yeux, encore mouillés de rire, se promenant comme une musique de rigodon entre le visage déjà flétri de sa fille et celui tout juste hâlé de son petit-fils. Enfoui dans l'amour de ces deux femmes, je me sentais à la fois pleinement rassuré et pleinement effrayé par un tel bonheur.

Longtemps plus tard, je me souviendrai de la mémé dans ce moment, de cette grande tristesse qui lui barrait le front et que je voyais pour la première fois.

J'étais bien le seul à avoir oublié mon anniversaire. Après nos rires, ma mère me fit asseoir sur le bord du lit et me commanda de fermer les yeux très fort. J'entendis un bruit de papiers que l'on froisse. Ça me rendit nerveux.

– Qu'est-ce que c'est ? Qu'est-ce que c'est ?

– Attends, n'ouvre pas ! dit-elle en riant.

– Chut, chut, fit la mémé en passant sa main devant ma figure pour s'assurer que je n'y voyais pas.

– Ouvre maintenant !

J'attendis, parce que c'était tellement bon de vouloir savoir que je préférais attendre encore.

– Mais ouvre ! me supplia ma mère.

Elle avait bien plus d'impatience que moi, alors j'ouvris les yeux et découvris sur le lit une chemise blanche toute brodée, un gilet rayé avec plein de boutons sur le devant, un pantalon long en velours côtelé bleu, une paire de souliers à lacets, des bretelles à crochets, enfin, quoi, tout un tas de trucs pour enfants riches de la ville.

Mon sourire disparut, ma gorge se noua, des larmes coulèrent sur mes joues. Pas des sanglots, non, mais juste un pleur silencieux.

– Eh bé, c'est la surprise qui te fait pleurer ? me demanda ma mère.

Je lui répondis d'un pâle sourire. Elle ne me comprit jamais vraiment, ma mère. Moi, ce que je voulais comme cadeau, c'était tout bêtement une orange. J'en avais jamais vu et c'est ça que j'espérais. La mémé Petite sauva la situation.

– Faut pas mettre un vêtement pareil pour aller traire les vaches, faut le mettre que pour les grands jours, des grands jours comme aujourd'hui, dit-elle en insistant.

Je m'approchai du lit, pris la chemise et la tendis à ma mère.

– Maman, tu m'aides à la mettre ?

Et Adélaïde, tout heureuse, m'habilla en pantin de foire.

La seule visite de ma mère m'aurait suffi comme cadeau, si seulement elle était venue seule, mais elle arriva avec ce fameux jardinier des bourgeois dont elle parlait tout le temps. J'aimais le bonhomme avant même de le connaître, car grâce à lui, et à sa charrette, ma mère pouvait venir nous voir plus facilement. Bien m'en avait pris de l'aimer d'abord parce que lorsque je vis ses bacantes toutes tournicotées, son nez morveux et sa lippe pleine de prétention, je me pris à le détester dans l'instant, au point que j'en oubliai même d'ouvrir le paquet qu'il me portait. La mémé me regarda, avec dans son regard quelque chose de suppliant qui me troubla.

– Dis merci au monsieur, me demanda-t-elle.

Je dis merci, en souriant, pour faire croire à la mémé que j'étais content, mais je vis bien que mon sourire ne la trompait pas.

Le cadeau du moustachu s'appelait le jeu du Nain jaune. Il fallait lire tout un livre pour comprendre avant de pouvoir jouer, être au moins deux et ne pas bouger, enfin, quoi, un autre machin impossible quand on vit à la Baraille. Dans le fond j'étais satisfait que son jeu soit inutile, ainsi je n'aurais pas à mentir pour le laisser au fond d'un tiroir.

Mais la journée ne faisait que commencer et les surprises allaient défiler sous mes yeux, ponctuées par nos exclamations de joie, car il semblait bien que cette fête était notre fête à tous. Ma mère déplia la nappe, l'unique nappe de la maison, brodée par une lointaine aïeule disparue, ne nous laissant pour souvenir que deux initiales entrelacées dans un charivari de feuillages et de fleurs au point de tige. Après avoir répandu la blancheur des broderies sur le bois de la table, Adélaïde disposa les assiettes assorties à la soupière bleue, et le compte m'en parut étrange. C'est alors que la porte s'ouvrit et que madame Alice apparut, noyée dans son grand châle, toute vêtue de noir, avec son air obscur de croque-mitaine, à demi morte de froid, mais déjà toisant de son œil scrutateur les moustaches sournoises de l'inconnu. Le vent glacial qui parcourut la pièce ne vint pas entièrement de la porte entrouverte et j'en conclus que cette animosité évidente était due à la longueur des bacantes de l'homme, en tout bien supérieures aux trois poils du menton de l'institutrice. Je fus bien content de la découvrir jalouse, tant il est vrai que je n'avais toujours pas digéré l'affaire des jolis culs.

La plus étonnée fut Adélaïde. Elle resta figée sur place, son regard allant de l'institutrice à la mémé et refaisant le chemin en sens inverse. La mémé s'avança au-devant de la visiteuse. Il y eut un moment de silence, puis elles ouvrirent les bras en même temps et se donnèrent une grande accolade, la mémé, toute petite, debout sur la pointe des pieds, et madame Alice, toujours immense, penchée vers elle.

Ma mère en lâcha le verre qu'elle tenait dans la main, et il se brisa sur le sol.

– Ah, ça alors ! Ça alors ! répétait-elle.

– Voilà ! dit la mémé, le passé est enterré. Alice, vous savez où est le café, faites comme chez vous.

Puis, brusquant sa fille, elle continua.

– Oh ! mais reste pas là comme une gourde, on dirait que t'as rien d'autre à faire que de me casser la vaisselle.

– C'est du verre blanc, un mariage dans l'année, annonça ma mère en se baissant pour ramasser les morceaux.

– Parle pas de malheur, lui répliqua la mémé, on sait...

Elle n'eut pas le temps de finir sa phrase. La porte s'ouvrit à nouveau, et, mon Dieu ! de toutes les surprises, je crois bien que ce fut la plus drôle. Tout bien timide, sa tignasse virant vers la paille séchée, ce gadjo de Georges se tenait debout dans l'encadrement, sa casquette d'une main, portant de l'autre un bouquet de fleurs aussi fraîches qu'une figue sèche mais aussi rouges que la peau de ses joues.

– C'est pour vous, dit-il à ma mère en lui tendant le bouquet.

– Peut-être bien qu'on l'aura, ce mariage dans l'année, plaisanta la mémé.

Le gitan chercha un trou de souris pour se cacher dedans, alors, pour le sauver de sa gêne, je le pris par la main et le tirai vers ma chambre.

– Viens voir mon cadeau, lui dis-je, viens voir.

Une fois en haut, il ne put se retenir de me conter son histoire. Il avait aperçu ma mère lors de sa dernière visite, et depuis, ébloui par sa beauté, il en rêvait nuit et jour. Ce matin, en route pour la Baraille, elle s'était arrêtée au campement des gitans pour l'inviter à mon anniversaire. Dès qu'elle fut repartie et qu'il fut remis de son émotion, il se précipita au cimetière, et là, à la barbe du curé et de ses ouailles, il vola ce bouquet de fleurs éternellement belles dans son cœur et porteuses de tous ses espoirs d'amour. Car Georges était amoureux, d'un amour immense, violent, secret, à vous faire prendre des rougeurs quand on vous en parle, à vous empêcher de faire vos devoirs comme il faut, à vous donner des nuits blanches. Il ne m'en avait jamais rien dit jusqu'alors, mais, maintenant que je l'avais vu avec son bouquet de fleurs ridicules, je comprenais tout.

J'étais pas content. J'étais pas content parce que, quand même, pour mon anniversaire, mon ami, mon seul ami, aimait plus ma mère que moi. J'en voulus presque à Adélaïde de l'avoir invité, parce que chacun d'eux prenait ma place dans le cœur de l'autre et, de sentir cette chose qu'il y avait entre eux et que je ne partageais pas, ça me rendait malade.

Je découvris un sentiment nouveau. J'étais jaloux, et, qui plus est, deux fois jaloux. Mais cette jalousie ne pouvait briser l'amitié qui nous liait, Georges et moi, et, surtout, cette jalousie ne pouvait survivre aux mots d'amour qu'il avait pour ma mère.

– Té, il me disait, quand je la rêve, elle est tellement belle que je veux plus me réveiller. Je crois que je voudrais mourir, oui, c'est ça, me réveiller mort.

– Couillon que tu es, on peut pas se réveiller mort.

Et je me mettais à rire en faisant le mort qui se réveille.

Mais lui ne riait pas. Il ne pouvait pas rire en pensant à Adélaïde, il restait sérieux comme un pape.

Certes, je me sentais heureux de cet amour qu'il portait à ma mère, mais j'en éprouvais également de la crainte, car, à travers les yeux de Georges, je découvrais que d'autres pouvaient l'aimer plus fortement que moi et peut-être même un jour me la prendre à jamais.

– Tu y comprends rien, tais-toi, tu y comprends rien, qu'il me disait, le gadjo, quand nous nous promenions dans la montagne et qu'il me parlait d'elle, tais-toi, c'est pas une chose pour en rire.

Il s'allongeait sur le dos, l'œil gauche ouvert sur les étoiles ou le ciel bleu, l'oreille droite aux aguets, la tignasse en feu. Ensuite il se roulait en boule autour d'une fleur et il l'embrassait en poussant de grands soupirs. Je m'allongeais à son côté, ma tête dans le creux de mon coude, rêvant de ma mère pendant qu'il rêvait d'Adélaïde, et tous les deux, comme ça, on ressemblait à Pataud rêvant de sa fiancée.

Il y eut le repas d'anniversaire, et je ne sais toujours pas comment la mémé réussit à cuisiner tout ça en cachette de moi. Savait-elle déjà que ce serait sa dernière fête avec son petiot ? Les grands-mères savent toujours tout ce qui va arriver, car elles sont à la fois notre mémoire du passé et notre lucarne lumineuse sur le lendemain, et leurs heures ne se comptent plus à la même allure que les nôtres. Elles nous laissent découvrir nos premières leçons de choses dans les rides tannées de leurs joues, dans le creux de leurs seins épuisés de dévouement, nous protégeant des maléfices du quotidien par de grandes flambées de tendresse et d'amour.

Aujourd'hui encore, quand je respire tard le soir devant la fenêtre ouverte, je peux la voir passer sur le chemin de la Baraille, flottant délicatement dans le rêve dont elle remplit mon enfance, ses parfums sévères accomplissant un ultime voyage pour s'évanouir dans l'infidélité de ma mémoire. Les mets, sur la table, lui ressemblaient dans leur silence odorant, car elle avait su, comme toujours, cacher ses expressions d'amour dans la chaleureuse simplicité de l'ordinaire.

Il y eut le gâteau, un gâteau énorme, couvert de dessins à la crème, avec mon nom écrit sur une plaque de pain d'ange qui avait le même goût que l'hostie de la messe, mais en plus chocolaté. Adélaïde le rapporta de sa ville et personne dans le village ne soupçonna un instant que le petit-fils de l'austère parpaillot de la Baraille se vautrait dans la luxure bourgeoise des citadins, sous le regard complice de sa garce de mère, de cette vieille teigne de mémé Petite, de ce faux père d'Édouard, sans parler de l'inexplicable présence de ce moustachu bien trop affriolant pour être honnête, de ce gitan voleur de fleurs fanées et, honte de toutes les hontes, sous la protection républicaine de l'instruction publique et gratuite en la personne de la séculaire Alice, laquelle, soudain, grimpait en plein hiver par ce chemin fangeux pour honorer de sa présence l'anniversaire d'un bâtard. Mais ils se trompaient, car Alice vint uniquement pour satisfaire sa curiosité phénoménale, excitée à l'idée de découvrir enfin des moustaches plus longues que les siennes. Elle vint peut-être aussi parce que les deux femmes attendaient depuis longtemps l'occasion de se réconcilier, et, une fois de plus, mon joli cul servait de prétexte. Il ne manquait plus que le curé. Eh bien, qu'ils soient satisfaits, car il arriva sur ces entrefaites, au moment de souffler les neuf bougies multicolores, bien trop heureux de constater qu'il n'avait pas fait une mauvaise affaire en échangeant l'âme toute neuve du rejeton d'Adélaïde contre un discours miteux, dépouillant ainsi l'Église réformée au profit de l'autre, la toujours catholique et enrubannée, comme si elles ne priaient pas le même Dieu pour accéder au même ciel.

Ainsi, de tous les anniversaires qui suivront, aucun ne ressemblera plus à celui-là tant il est vrai que, s'il fut le plus beau, il fut peut-être aussi le plus triste, sans qu'aucun de nous en soit bien conscient.

Il y eut encore du café sans chicorée, une belle image d'un Jésus jeune et beau comme je n'en avais jamais vu et que le curé sortit de son bréviaire quand madame Alice parla d'un catéchisme républicain. Enfin Édouard, partageant la fête de famille comme s'il en faisait déjà partie, m'offrit un canif à trois lames et j'en oubliai l'orange. Tout de suite, je voulus tailler un bout de bois. Il me prit sur ses genoux, guidant mes mains en les enfermant dans les siennes, m'expliquant que la sculpture, c'était d'abord dans la tête qu'il fallait la voir. En quelques minutes, j'avais, ou plutôt nous avions, l'ébauche d'un ange, et je ne me tenais plus de fierté.

Je surpris une lueur dans le regard de la mémé Petite. Elle observait Édouard comme si elle le voyait pour la première fois. D'un coup elle se retourna vers le jardinier moustachu qui se pavanait sur le banc de Mathurin.

– Y a que les hommes de la famille qui s'assoient sur ce banc, lui dit-elle sèchement.

L'homme se leva, nonchalamment, avec un peu d'arrogance, mais elle continua de le fixer en pinçant les lèvres, alors, il s'en alla et elle prit sa place.

– Viens, viens par ici me faire la causerie, dit-elle à Édouard.

D'une main elle balaya les cendres qui voltigeaient, tandis que de l'autre elle lui faisait signe de venir auprès d'elle. Adélaïde fronça les sourcils et voulut dire quelque chose mais la mémé la prit de court.

– Hé, pour une fois, tu avais raison, dit-elle en désignant Édouard d'un hochement de tête, lui, c'est un homme bon.

Elle avait tout dit, la mémé, avec son avarice coutumière des mots, elle avait tout dit.

Pendant tout ce temps Georges faisait la vaisselle, tout heureux d'aider ma mère. Il lavait tandis qu'elle essuyait, puis elle le plaisantait, effleurant sa main pour prendre une assiette, et lui, il s'étouffait de bonheur. La vaisselle finie, il m'indiqua discrètement de le rejoindre dans l'appentis.

– Tu vas jurer de ne rien dire de mon cadeau, me commanda-t-il.

Je jurai en tenant les doigts croisés dans mon dos, en cas

de cas. Il ouvrit la main et je vis une cigarette, ma première, roulée par Georges, allumée par Georges, et aussi ma plus effroyable quinte de toux quand je pris ma première bouffée. Pire que la grippe. Nous étions bien occupés à faire des nuages de fumée lorsque des bruits de pas dans la cour attirèrent notre attention. Georges regarda dehors par une fente et aussitôt étouffa un rire.

– Fais pas de bruit, me dit-il, regarde.

– Où ça ?

– Là, dans le chemin.

Il faisait déjà nuit et je ne voyais rien qu'une grande masse noire au milieu du jardin. Puis la porte de la maison s'ouvrit, et un rayon de lumière éclaira la scène. Madame Alice, un peu guillerette, donnait le bras à monsieur le curé.

– Ouh ! mais ça glisse, cria-t-elle.

– Tenez bien mon bras, lui répondit le curé.

– Et si je vous tombe dessus ?

– Le bon Dieu vous pardonnera.

– Alors je reste debout.

Sur le pas de la porte, la mémé riait de bon cœur. Elle venait pour un instant de réconcilier l'Église et la République.

Elle ne m'offrit rien ce jour-là, ma mémé.

– Les cadeaux, ça vient du cœur, et pas à date fixe. Et puis, trop le même jour, c'est pas bon.

– Mais quand même, c'est aujourd'hui ma fête.

– Eh bé, demain, quand tu rentreras, ça te fera une fête de plus, me chuchota-t-elle, tu trouveras ton cadeau sur ta table de nuit.

Ce soir-là, en me couchant, tout épuisé que j'étais, j'eus encore la force, après ma prière, de me faire une famille. Adélaïde venait finalement de se marier avec Édouard, et Georges, qu'on avait perdu tout petit et qu'on venait de retrouver grâce aux gitans, Georges devenait mon grand frère. Il était arrivé chez nous avec une autre grand-mère qui s'appelait madame Alice. Le soir, on se mettait tous autour de la cheminée pour la veillée et, pendant que je faisais rôtir des châtaignes, les deux mémés se racontaient des histoires de leur jeunesse. Mon frère Georges et Pataud parlaient de leurs fiancées. Il faisait chaud. On était bien.

Le curé n'avait pas voulu être de la famille parce qu'il avait déjà la Vierge Marie et tous les saints du paradis. On n'avait pas invité le jardinier-moustachu à en faire partie. Vexé, il était reparti avec son nain jaune.

Tout était bien rangé dans ma tête. Je pouvais m'endormir tranquille, le bonheur régnait à la Baraille.

Le lendemain matin, avant de partir pour l'école, je rappelai à la mémé sa promesse de la veille. Pour toute réponse, elle m'embrassa trois fois, comme Judas fit avant de trahir Jésus. Pas le Judas de la porte, ni l'Iscariote, mais l'autre, enfin, un Judas du gros livre de monsieur le curé.

La mémé allait faire pareil, et de cette deuxième trahison dépendra le reste de ma vie.

## 16

Aux environs de onze heures, madame Alice ajoutait toujours une pincée de sel dans la marmite de soupe qui cuisait lentement sur le poêle de la classe. L'hiver, en plus de nous enseigner l'histoire et le calcul et tout le reste, elle nous servait tous les jours une grosse soupe bien épaisse dans laquelle chacun de nous trempait sa tranche de pain beurrée. Des fois, elle nous faisait une omelette avec des cèpes, ou bien une poularde rôtie, mais c'était rare.

La porte de la cour grinça sur ses gonds rouillés, et nous tournâmes tous la tête pour voir qui nous arrivait ainsi. Édouard avançait lentement, en faisant une drôle de tête. Comme il ne connaissait personne d'autre que moi dans cette école, je me dis qu'il avait dû finalement apprendre que je le donnais pour mon père et venait maintenant me traiter de menteur.

Madame Alice, en l'apercevant, posa son torchon et sortit à sa rencontre. Il y eut un peu de chahut dans la classe.

– Le premier qui parle fera cinquante lignes.

Tout le monde se calma. Elle retrouva Édouard dans la cour et on les entendit parler à voix basse, ce qui m'intrigua encore plus.

– Antonin, prépare tes fesses, me dit un grand.

Je regardai vers Georges. Il était livide. Merde, je me dis, c'est pas pour l'histoire du père, c'est pour la cigarette. Peut-être que l'appentis a brûlé.

– Mon Dieu ! Mon Dieu ! cria alors madame Alice en claquant la porte derrière elle.

La République dut en rougir de honte de l'entendre s'acoquiner ainsi avec le bon Dieu, mais dans certaines circonstances le naturel revient au galop. L'institutrice revint dans la salle, la tête toute chavirée, se frottant le visage du revers de son tablier.

– Antonin, me dit-elle, la voix étouffée, Antonin, il te faut monter à la Baraille, Édouard t'attend.

Georges se leva, ramassa son cartable et rangea ses affaires.

– Madame Alice, je vais avec lui, dit-il sans demander la permission.

– Va, qu'elle répondit, va.

– Qu'est-ce que j'ai fait ? Qu'est-ce qu'il y a ? demandai-je.

– Viens ! me répondit Georges en prenant mon cartable. Viens !

Nous sortîmes de la classe et j'entendis encore madame Alice dire aux autres élèves :

– Allez, rentrez tous chez vous, c'est fini pour aujourd'hui.

Édouard nous attendait au pied du platane. Lui et Georges se regardèrent en silence puis il se baissa pour avoir ses yeux à la hauteur des miens et prit mes deux mains dans les siennes.

– Il faut rentrer à la maison, petiot, Georges viendra avec nous.

Il attendit un instant, comme pour prendre courage, et alors il termina sa phrase.

– La mémé, elle a fini de travailler, elle est partie rejoindre son Mathurin.

Je regardai vers Georges, sans comprendre ce que j'entendais. Il posa sa main sur mon épaule et forcit sa voix pour en faire une voix d'homme.

– Elle vient de mourir, tu comprends, ta mémé est morte.

Je ne dis rien, je serrai les dents. Les autres sortirent de la classe, atterrés, silencieux, me regardant comme si j'étais une bête étrange. Je restai là, planté, et quand le dernier fut passé, je partis en courant vers la rivière en criant à tue-tête :

– Menteurs ! Menteurs ! Vous êtes tous des menteurs !

Je ne pensais même pas à la Baraille, à la mémé ou à Adélaïde. Je ne pensais qu'à une seule chose, c'étaient tous des menteurs, et moi, j'allais me noyer.

Georges me rattrapa à hauteur du Jésus famélique, juste à la croisée des quatre chemins. Il me saisit dans ma course, me serrant fort dans ses bras à m'étouffer.

– Antonin ! Antonin ! criait-il comme un fou.

Il pleurait. Moi j'avais trop mal pour pleurer.

– Lâche-moi ! lui dis-je. Lâche-moi !

– Antonin, répétait-il, Antonin, je t'aime.

Dans son émoi de voir ma peine, c'était tout ce qu'il trouvait à me dire.

– Personne ne m'aime, personne !

– Et ta mère ?

– Personne, tu entends, personne !

Et je pris calmement la sente de la Baraille.

La mémé m'avait trahi. Comment avait-elle pu, ma mémé Petite, me quitter dans un bonheur pareil ? Je ne pouvais lui pardonner car, pour sûr, elle avait décidé de mourir sans penser à moi, sans penser à mon cadeau, alors que la veille elle m'avait juré, croix de bois croix de fer si je mens je vais en enfer, qu'elle resterait avec moi pour toujours, c'est-à-dire pour l'éternité. Mais je ne savais pas à l'époque que l'éternité des grands-mères n'était pas la même que la nôtre et qu'elles partaient plus tôt que nous pour la rejoindre.

Alors j'en voulus à la terre entière. À l'homme moustachu qu'elle n'aimait pas parce que Adélaïde parlait toujours de lui, à madame Alice et à ses méchants mots qui blessent, au curé, surtout, parce qu'il était le curé et qu'avec tous ses saints de l'Église il ne servait à rien s'il ne pouvait empêcher ma mémé d'être morte. J'en voulus au Jésus du mamelon, maigre comme une coucoumelle, auquel je disais toujours un mot gentil et souvent une petite causette pour Le distraire, sans parler des fleurs que je Lui portais, et voilà comment Il me remerciait de ma gentillesse. Je me jurai que je ne Lui parlerais plus, que je Le laisserais crever sur sa croix, que je ne Lui ferais plus de prières, ni à Lui ni à l'autre, pas plus qu'à la Vierge Marie, aux saints et à tout ce bordel d'anges et de démons du catéchisme de Mlle Gardit. Elle pouvait bien se les foutre où je me le pense. À tous, je leur fis avec le bras un geste pas joli que m'avait appris le Peupeu et je me dis qu'ils ne méritaient pas mieux.

J'en voulus encore à Édouard à cause de cette mauvaise misère qu'il traînait avec lui et qu'il avait portée chez nous. Maintenant, j'étais bien content qu'il ne soit pas mon père. J'en voulus à ce vaurien de Georges, faux gitan et vrai roux, à cause des fleurs volées aux morts du cimetière et qui portent malheur, et j'en voulus même à la vieille bourrique qui n'en finissait pas de crever dans l'étable et qui nous coûtait tant de foin à ne rien faire.

Je lui en voulus, à ma mémé, d'avoir décidé de mourir sans me prévenir, uniquement à cause de tous ces gens qui ne valaient pas, comme elle disait toujours, un pet de lapin.

Un jour, longtemps après, tant nos hargnes de gosse sont les plus dures à nous quitter, un jour, donc, je comprendrai qu'elle n'était pas partie pour me laisser, mais simplement pour aller rejoindre son papé, le Mathurin révolutionnaire, juste là, au fond du jardin, et comme ça, à tous les deux, ils seraient plus forts pour veiller sur moi.

Voilà tout ce qui passait dans ma tête pendant que je montais vers la Baraille, tout ça et plein d'autres choses encore que j'ai oubliées tant ma colère était grande.

Adélaïde m'attendait sur le pas de la porte. Elle s'approcha de moi pour me prendre dans ses bras. D'un mouvement brusque, je me dégageai de son étreinte. Je me refusais de lui en vouloir, parce qu'il faut bien se garder une porte de secours quelque part sinon on devient complètement fou, mais je me disais que si elle n'était pas partie à sa ville pour faire la garce rien ne serait arrivé. Je l'entendis fondre en larmes dans mon dos, je ne pouvais pas croire à son chagrin, parce que je ne pouvais pas croire que la mémé était réellement morte.

Je montai directement dans ma chambre. En passant, je la vis, allongée dans son lit. Elle dormait, dans sa robe des dimanches, les mains croisées sur sa poitrine, son chapelet de buis entrelaçant ses doigts rabougris. Elle dormait, dans la fraîcheur des draps blanchis par elle, sans édredon, la photo de Mathurin à son côté, les yeux fermés sur mon dernier jour de bonheur.

Je lui dis simplement : « Bonne nuit, mémé. » Avant même qu'elle puisse me répondre, je partis vers ma chambrette bleue.

Sur ma table de nuit, entre trois feuilles de papier de soie, je trouvai son cadeau d'anniversaire. Ma mémé Petite avait amoureusement déposé une orange.

Alors je compris qu'elle ne répondrait plus jamais à mes bonnes nuits, et, à genoux devant le lit, la tête enfouie dans le coussin, je pus enfin pleurer tranquillement.

Ils vinrent tous, celles et ceux du village, et de la commune, et d'ailleurs. Je n'en avais jamais autant vu à la fois, mis à part à l'église, pour les Pâques. Ils vinrent tous, pour s'assurer qu'elle était bien morte, la cabocharde de la Baraille. Ils vinrent tous, et moi, de ma cachette en haut de l'escalier, je les voyais rentrer et sortir du ventre de la maison et chaque fois ils emportaient un morceau de la mémé et un morceau de moi.

Les femmes vinrent en premier, car, comme pour le péché, la mort est d'abord une affaire de femmes. Dès que la nouvelle se répandit, elles arrivèrent par groupes de deux ou trois. Chacune proposa son service, comme s'il y avait un service à rendre à une morte. Il n'y a qu'un seul service à rendre à une morte, c'est lui foutre la paix. Mais non, elles arrivaient, se mettaient à pleurer, s'embrassaient et voulaient savoir comment c'était arrivé et encore qu'est-ce qu'on allait faire maintenant de la Baraille et du petit, et pour l'enterrement, avec la terre dure comme du roc, il faudrait plusieurs hommes pour creuser, alors, si on avait besoin, elles enverraient le leur. Puis elles montaient voir la mémé, elles lui jetaient un peu d'eau bénite entre les yeux en faisant des « la pauvre, la pauvrette, on dirait qu'elle dort, elle a pas souffert, une belle mort ». Après elles redescendaient, buvaient le café, lavaient leur verre pour pas laisser du désordre dans une maison en deuil. Puis elles partaient juste quand trois autres arrivaient et le papotage recommençait avec les mêmes simagrées, comme si elles étaient, dans le temps et jusqu'à hier, des amies de la mémé ou de ma mère.

Alors ce fut le tour des hommes, les célibataires d'abord, à cause d'Adélaïde qui risquait d'avoir des besoins, maintenant ou plus tard. Des besoins pour elle et des besoins pour la terre. Il y avait bien le moustachu et l'Édouard, mais savait-on jamais ? Ils essayaient, semblant de rien, de le faire parler, Édouard, et lui de répondre : « On verra » ou bien : « Y a à faire. » Puis il sortait pour s'occuper des poules et des vaches et de tout le saint-frusquin. On le payait pour ça, alors ça lui donnait pas le temps et le droit de partager la peine des autres, mais je crois bien qu'il s'occupait surtout pour cacher son chagrin.

Le curé arriva enfin avec son goupillon et ses enfants de chœur en grande tenue. Il arrosa la mémé en disant des mots en latin comme ça personne ne comprenait ce qu'il lui racontait, et elle, toujours bien endormie et toute blanche, elle n'en pensait pas moins. Je regardais en me disant que, s'il arrivait à la réveiller, je leur pardonnerais à tous cette grosse farce et que je ferais une neuvaine à chaque statue en plâtre de l'église. Je promis même d'être sage jusqu'à ma communion solennelle. Après, ça faisait trop loin pour que je sache.

C'est là qu'il y eut des éclats de voix. La mémé, elle disait toujours qu'elle voulait être enterrée avec son Mathurin, mais lui, un protestant, il avait pas droit au cimetière de l'église tandis qu'elle, une catholique, elle avait pas droit à son jardin. Ma mère monta sur ses grands chevaux.

– C'est à prendre ou à laisser, elle dit au curé, on ne l'enterrera pas à Cassagnettes.

D'un seul coup, ma mémé, tout le monde la voulait. Adélaïde se mit en colère. Quand on est colère on sait plus ce qu'on dit, surtout elle.

– Elle ira pas à Cassagnettes, qui plus est avec un temps pareil.

Je me disais que, vu qu'elle était déjà toute froide, c'est pas le mauvais temps qui risquait de la gêner. Comme ça criait de partout, Édouard prit le curé à part dans la souillarde et, quand ils en revinrent deux minutes après, tout allait bien. L'enterrement se ferait à la Baraille, avec seulement une bénédiction pour le prix d'une messe. Elle a pas dû aimer ça, la mémé, de payer cher pour presque rien.

Sur ce, Édouard partit. Il revint tard le soir avec la charrette et le cheval du Céleste et des belles planches bien rabotées et il se mit aussitôt au travail. Il fit un beau cercueil avec un couvercle bien plat. Puis il cloua deux lettres dessus. Deux « M » majuscules. Je ne voulais pas lui parler, d'abord, je ne voulais parler à personne, mais là, ma curiosité l'a emporté.

– Pourquoi tu mets deux lettres les mêmes ?

– Pour son nom, qu'il me répondit, puis, voyant ma surprise, il ajouta : « Mathilde Maillefer ».

J'avais toujours cru qu'elle s'appelait mémé. Maintenant je lui découvrais un autre nom, et, quelque part, j'en fus satisfait. On n'allait pas enterrer ma mémé Petite, on allait enterrer Mathilde Maillefer, une inconnue.

Quand le cercueil fut fini, deux hommes vinrent aider Édouard pour le monter dans la chambre.

– Embrasse la mémé, me dit ma mère, on la verra plus.

J'ai pas pu. Elle avait les mains glacées comme l'eau de la source, mais en plus doux. Je me demandais ce que je pourrais bien faire pour les réchauffer un peu. Je ne trouvai rien.

Je partis m'enfermer dans ma chambre bleue. Sur la table de nuit, il y avait toujours mon orange dans ses papiers de soie. Son orange. Soudain j'eus une idée. Je la cachai dans mes mains puis je revins auprès de la mémé qu'ils venaient de mettre dans sa caisse, et alors, pendant qu'ils avaient le dos tourné, je glissai l'orange sous ses mains croisées. C'est le seul cadeau que je lui fis, mais celui-là, je suis sûr qu'elle ne le perdit jamais.

Le mercredi matin, il me fallut mettre les habits des grands jours. Je ne trouvais pas que c'était un grand jour, mais Adélaïde dit que oui. Puis nous attendîmes en silence, ma mère assise sur la chaise de la mémé et moi le nez collé à la fenêtre de la cuisine.

Alors je vis arriver la procession, comme pour la Fête-Dieu, mais sans les banderoles. Le curé chantait d'abord et les autres répondaient, et ça recommençait. Derrière le curé, il y avait tous les cafards de la commune habillés de noir. Quand ils furent devant la porte de l'enclos, des hommes entrèrent et soulevèrent le cercueil avec la mémé dedans pour le sortir dans le jardin. Je pris ma mère par la main parce qu'elle pouvait pas y voir avec le rideau noir qu'elle avait sur la tête. Une femme murmura à sa voisine :

– C'est pas des voiles de deuil qu'elle porte, c'est une mascarade.

On s'avança au bord du trou qu'ils avaient fait à côté du petit monticule de Mathurin. Édouard se tenait tout seul dans son coin, en arrière des autres, alors je lâchai la main de ma mère et je partis le chercher, parce que, après tout, il avait failli être mon père, et aussi parce que la mémé disait qu'il était bon. Voilà, maintenant je tenais Adélaïde par la main droite et Édouard par la main gauche, et je voyais bien que ça emmerdait des tas de gens. Quand ils descendirent le cercueil de Mathilde Maillefer dans le trou, ils se mirent tous à pleurer. Moi, j'ai fait un petit rire à la mémé qui partait en tenant mon orange entre ses mains.

– C'est les nerfs, a dit une vieille en me regardant, ça arrive.

Après ils rentrèrent tous, ou presque tous, dans la maison pour boire du café, et au bout de cinq minutes on aurait dit la foire d'empoigne. Je sortis parce que je pouvais pas voir ça.

J'avais pas l'impression de souffrir, mais parfois la souffrance prend son temps et puis soudain elle vous tombe sur la tête comme un orage d'août, fort et violent.

Georges m'attendait dehors. Il avait tressé une petite croix en roseau pour mettre à la mémé. Nous partîmes tous les deux vers la rivière, juste pour promener, parce qu'on avait trop de peine pour parler. Puis je remontai seul vers la Baraille par le chemin qui arrive derrière. Je ne voulais plus voir qui que ce soit. Je longeai le mur de pierres sèches et m'aventurai vers la porte de l'enclos. Aucun bruit ne troublait plus le silence de la nuit tombant sur la ferme. Le jardin avait retrouvé son calme des autres jours, avec seulement en plus la neige foulée jusque dans les recoins et, à côté de celui de Mathurin, un autre petit tas de terre tout neuf, avec la croix de roseau dessus. La fenêtre de la cuisine brillait. À l'intérieur, Adélaïde devait nettoyer la merde de tous les cafards qui nous avaient envahis depuis deux jours et Édouard devait recharger la cheminée pour la soirée. On aurait dit que rien n'était arrivé, que tout avait été un méchant rêve, que la mémé allait sortir de la Baraille en faisant « piu, piu, piu » comme tous les après-midi et alors les poules se jetteraient sur les graines, les bouts de salade, les épluchures de légumes, tout en gardant un œil vers la porte au cas où Pataud aurait l'envie de les taquiner un peu. Puis j'arriverais de l'école, et je la verrais...

La porte s'ouvrit et madame Alice sortit. Je me jetai dans un coin noir de la resserre aux outils. Je ne l'avais pas vue à l'enterrement et son absence ne m'avait pas étonné. Maintenant elle était là, emmitouflée dans ses grands habits noirs, les mains retenant son châle de laine sur la poitrine, le regard encore sévère de l'institutrice. Adélaïde lui dit le bonsoir et la porte se referma. Elle attendit un instant, arrangea son châle sur sa tête, puis, le pas fragile sur la neige salie, s'avança vers les deux monticules de terre qui reposaient côte à côte. Je me blottis davantage dans l'encoignure. Elle se tenait à deux pas de moi, sa grande tache noire se découpant sur le gris laiteux du ciel, et je la vis soudain vieille, madame Alice, comme jamais auparavant, toujours droite, mais vieille.

– Bonjour, Mathurin, qu'elle dit au petit tas de droite. Bonjour, Mathurin, il y a longtemps, hé, que nous ne nous sommes pas parlé, toi et moi, bien longtemps. Trop longtemps, ça me manque. Mais tu vois, j'ai pas oublié nos affaires. Ta révolution, je la continue tous les jours un peu. À ma façon, mais quand même, je la continue.

Elle respira et resserra le châle autour de ses épaules.

– Je t'ai pas parlé depuis longtemps parce que Mathilde, je crois qu'elle nous en voulait encore. Elle n'a jamais admis que tes visites à l'école, c'était pour discuter. Elle n'a jamais voulu nous croire, jalouse comme une teigne. Et pourtant, entre toi et moi, il n'y avait rien d'autre que de la passion pour la République.

Elle s'arrêta à nouveau, puis elle murmura :

– Enfin, elle avait peut-être raison, parler de la République, on sait jamais où ça peut vous mener.

Madame Alice souriait, pour elle-même, pour Mathurin, pour le passé.

– Je suis venue lui dire au revoir, à Mathilde ; un autre jour, je viendrai pour toi, que pour toi, mais aujourd'hui, c'est pour elle.

Elle fit un pas vers le tas de la mémé, se redressant, rajustant encore une fois le châle.

– Alors, cabocharde, tu nous en veux encore ?

Mais elle ne put tenir l'attitude et sa voix se brisa sur le dernier mot. Une larme fugitive coula entre ses rides.

– Quand même, Mathilde, tu nous as fait un sacré coup

de partir comme ça, juste quand on venait de se raccommoder, toi et moi.

Elle étouffa un sanglot.

– Tu peux pas savoir, quand Édouard m'a dit que tu me voulais avec la famille pour l'anniversaire du petit, tu peux pas savoir comme ça m'a retournée.

Un coup de vent balaya lentement la cime des arbres, Alice frissonna, puis sa voix reprit de la force.

– Mathilde, je te dois la vérité. Dimanche, j'ai pas cru que tu m'invitais comme ça, juste pour se réconcilier. Je te connais. Je me suis dit, elle a quelque chose en tête et je sais pas ce que c'est, mais pour sûr elle a quelque chose en tête.

Elle regarda vers le ciel, puis elle reprit :

– Maintenant j'ai trouvé. Tu savais que tu allais partir, hé, tu le savais, alors, tu t'es dit : « Si je pars, en cas de cas, y en a qu'une qui pourra me le tenir comme il faut, le petit, c'est cette vieille sauvageonne d'Alice. » C'est ça que tu t'es dit, pas vrai ?

Un deuxième coup de vent balaya les arbres par le milieu, la lune monta un peu plus haut.

– Eh bien, c'est oui, Mathilde, c'est oui, tu peux partir tranquille : ton petiot, quoi qu'il arrive, je serai là, tu peux compter sur moi.

Elle n'en pouvait plus de parler. Elle renifla, essuya une autre larme, attendit un instant, perdue dans ses pensées, puis brusquement elle se retourna et sortit du jardin. Arrivée à la porte, elle fit un demi-tour sur elle-même et lança à l'adresse de la mémé :

– Quand même, le jour où tu l'as mené à l'école, le petit, tu aurais pu rentrer dire bonjour, cabocharde.

Et elle prit le chemin d'un pas assuré. Madame Alice était redevenue madame Alice. Je sortis de mon coin noir, et je la regardai s'enfoncer dans la nuit. De temps en temps je devinais qu'elle ramassait une larme dans un creux de ride. Elle ne le laissait pas paraître, mais madame Alice avait des peines.

# 17

Dans toute cette hargne que j'avais contre tout le monde, seule ma mère trouva grâce à mes yeux. Elle me revint. Elle me revint et s'installa avec moi dans la chambrette aux murs tamponnés d'indigo bleu. La chambre de la mémé resta vide.

– Avant de monter au ciel, l'âme traînasse encore un peu dans les environs, m'expliqua ma mère, il faut lui laisser le temps de s'y faire. Après, elle part d'elle-même.

Adélaïde avait toujours une explication efficace. Sa présence calmant mon chagrin, j'étais prêt à la croire en tout ce qu'elle disait.

Ce temps de son retour fut le temps merveilleux de nos fiançailles. Elle s'improvisa fermière et nous joua Marie-Antoinette à la ferme de la Baraille. L'hiver se passa plus souvent au coin du feu qu'à l'école communale, le catéchisme fut renvoyé aux calendes grecques et, dès les premiers signes des beaux jours, nous commençâmes un cycle de promenades qui nous mena sur le pic du Loup, dans le bois de Coucouron et vers les prés de Terre-Rouge. Georges venait souvent avec nous, toujours plus amoureux, toujours plus roux. Pendant ce temps, Édouard coupait, taillait, cuisait, et renâclait.

Un soir de printemps, sans prévenir, le jardinier pointa ses moustaches à la porte de l'enclos. Édouard arrangeait la toiture de l'étable qui avait mal résisté à l'hiver. Il avait eu une grande discussion avec ma mère.

– Il faut toute la refaire, il pleut dedans comme vache qui pisse.

– Bé justement, les nôtres pissent plus qu'elles ne font de lait, il n'y a qu'à les vendre, répondit Adélaïde.

– Elles font du lait si on leur donne du foin et si on les mène aux prés, répliqua vertement Édouard.

– Mêlez-vous de ce qui vous regarde, rétorqua ma mère.

On était bien loin du mariage. Depuis ce jour, Édouard mangeait de moins en moins avec nous, descendait de plus en plus au village, revenait encore plus tard à chaque fois. Adélaïde ne voyait rien de ce changement, elle simplifiait tout.

– Maman, Édouard, il est pas content.

– C'est sa mauvaise misère qui le quittera jamais.

C'est donc un soir de printemps que nous revint le moustachu. Édouard en laissa tomber son marteau du haut du toit. Lorsqu'il vit Adélaïde se jeter au cou de l'homme, il ramassa ses outils, prit sa veste et partit séance tenante.

– Édouard, où allez-vous ?

– Où je veux ! qu'il répondit.

– Mais Édouard, et la toiture ?

– On verra ! qu'il dit en claquant la porte du jardin.

– On verra ! On verra ! Mais c'est tout vu !

Puis elle se tourna vers son jardinier.

– Je peux plus le garder, il me fait rien de bon, il faut m'en trouver un autre.

– Et pour quoi faire ? répondit l'homme. Tu vas pas moisir dans ce trou ?

Juste à ce moment-là, Georges pointa son nez par-dessus le muret, espionnant ce qui se passait dans le jardin, voulant voir sans être vu. Je le rejoignis aussitôt, laissant Adélaïde se noyer toute seule dans les moustaches tournicotantes.

– Il est revenu, tu as vu, il est revenu, où qu'il va coucher ? me demanda mon ami.

– Je sais pas, moi !

– Toi, tu vois rien ! Tu sais rien !

Et il repartit comme il était venu. La soirée se termina tôt et Adélaïde m'envoya au lit presque tout de suite après le repas. De toute façon, rester au coin du feu avec cet homme entre nous ne me tentait guère et je préférais de loin la solitude de ma chambre. D'ailleurs, sitôt couché, le sommeil me gagna et je m'endormis, ce qui est une bonne façon en soi d'oublier les choses.

Mais dans mon sommeil je fis un rêve étrange. La mémé Petite me disait que des loups viendraient bientôt envahir la Baraille et qu'il me fallait partir tout de suite.

Un des loups devait déjà être dans les parages car son hurlement me réveilla. Je transpirais comme un phoque. À mon côté, la place de ma mère était vide. Elle ne devait pas encore être couchée. Le loup s'arrêta de hurler puis reprit de plus belle, cette fois hurlant à la mort. J'hésitais entre la peur de me lever et celle qui me retenait au lit, lorsque j'entendis du remue-ménage dans la chambre de Mathilde. Je me dis que, pour le coup, elle revenait pour chasser les loups et d'un bond je sautai à sa porte, l'ouvris sans frapper et n'en crus pas mes yeux de ce que je voyais, restant muet d'horreur. Adélaïde et le moustachu dormaient dans le lit de ma mémé Petite.

Tout fut clair en un instant. C'est l'âme de ma mémé qui venait de me parler, et maintenant, avec les autres dans son lit, elle ne savait plus où aller, toute contrariée parce qu'on la faisait partir avant son temps, cette âme, on la chassait de sa maison. Voilà pourquoi elle envoyait les loups, et surtout celui-là qui hurlait sous ma fenêtre.

– Qu'est-ce que tu fais là ? Va te recoucher, m'ordonna Adélaïde d'un ton brusque.

Mais moi je divaguais encore entre mon rêve et la réalité, ne pensant qu'à l'âme perdue de la mémé Petite, ne sachant que faire pour la retrouver. Ma mère se leva et me poussa vers ma chambre, puis s'assit sur le bord du lit pour me parler. Elle m'embrassa sur le front, d'un baiser qui sentait l'homme, alors je compris qu'un autre malheur se préparait et qu'il valait mieux, pour sûr, que je m'en aille.

En pleine nuit, je fis un maigre baluchon, enfilai mon pantalon et, mes souliers à la main, gagnai la cuisine. Ma décision était prise : dès l'aube, je partirais. Où ? je n'en savais trop rien, mais je partirais quelque part.

Dans la cour le loup hurla encore un coup puis cessa. Je regardai par le carreau de la cuisine et soudain je le vis, sa crinière rouge dépassant le muret. Les loups n'ont pas de crinière rouge, le seul loup à crinière rouge du pays, je le connaissais bien. J'ouvris lentement l'huis, fis tourner la porte et l'appelai doucement.

– Georges, Georges.

Il vint vers moi à pas feutrés.

– Tu en as mis, du temps ! qu'il me dit. Tu crois qu'il a eu peur ?

– Peur de quoi ?

Jamais la bonne question, jamais.

– Je t'expliquerai plus tard, allez, viens.

Nous descendîmes par la sente jusqu'au campement, et là, bien au chaud dans la roulotte de mon ami, je lui expliquai mon rêve et ma décision de partir. Peut-être que je pourrais aller avec lui et les autres gitans ?

– Tu es fou, il me dit, et ta mère, tu vas pas la laisser avec ce malfrat ?

– T'as qu'à rester, toi, puisque tu l'aimes.

Il me dit que le mieux serait de voir demain. En attendant, il me donna une cigarette et un verre de vin chaud. Je m'en servis un deuxième tout de suite après et j'eus vite fait d'oublier les loups, le baluchon et tout le reste.

Au matin, alors que je cuvais encore mon vin de la nuit, Georges me réveilla en sursaut.

– Antonin, dépêche-toi, vite, il faut monter là-haut !

Il ne me laissa pas le temps de me coiffer ni rien. Je le suivis et nous arrivâmes devant la Baraille au moment même où Édouard passait la porte du jardin, sa balle de guenilles sur l'épaule, le visage ravagé par la colère.

– Adieu, petiot, qu'il me dit avant de se tourner vers Georges. Toi, garde un œil sur lui, parce que, avec l'autre autour, y a rien de bon qui va en sortir.

Et il prit le chemin. Mais il s'arrêta deux pas plus loin, réfléchissant sans doute à ce qu'il voulait me dire de plus. Il se retourna un instant pour me regarder, hasarda un sourire et, devant mon manque de réaction, il reprit sa marche. Encore une fois, je fus lâche. Encore une fois, je restai figé sur place alors que je n'avais qu'une seule envie, celle de me jeter dans ses bras, de lui dire de rester, pour moi, pour nous, pour la mémé et aussi parce que lui seul pourrait sauver la Baraille des loups de mon cauchemar. Au lieu de tout ça, je le regardai me sourire, sans bouger, le laissant partir d'un pas rapide, presque en courant, et disparaître dans le matin levant, lui, l'homme bon de la mémé Petite.

Le moustachu sortit sur le pas de la porte. Il avait un coquard bleu à l'œil droit, ce qui fit pouffer de rire le gitan, mais pas moi. Je m'avançai vers l'homme et le poussai pour rentrer dans la cuisine et soudain je sentis le même vide que celui du chemin derrière Édouard. Je m'assis sur le banc-saloir de Mathurin, toujours dans la cheminée, tandis que la chaise de la mémé avait changé de place, cachée sous l'escalier comme un objet inutile.

Alors je compris que l'âme de ma mémé Petite était bel et bien partie. Quelques jours après, le toit de l'étable s'effondra, une lézarde s'ouvrit derrière la cheminée et la porte de l'enclos tomba de ses gonds rouillés.

Mais Adélaïde ne voyait toujours rien de tout ça, elle ne voyait que son moustachu. Il resta trois jours, et, pendant ces trois jours-là, je me réfugiai chez Georges, parce que je ne voulais pas entendre le chagrin de la Baraille se tordant de douleur. Les poutres centenaires de la charpente gémissaient de ne plus rien abriter, les murs de pierre souffraient de n'être plus caressés par les odeurs familières, l'âtre refusait d'envoyer des volutes de fumée vers le ciel et, quand enfin le jardinier partit, la maison n'était plus qu'un grand corps meurtri.

Ma mère, inconsciente du drame qui se préparait, courait maintenant après ses propres chimères. Elle passait son temps à essayer les robes rapportées de la ville, descendant soudain à la basse-cour, affublée d'un chapeau et d'une jupe à chichis, et les poules s'enfuyaient en la voyant arriver.

Dès les premières chaleurs, elle organisa des déjeuners au bord de la rivière, se baignant dans l'eau fraîche, seulement vêtue d'une chemise de linon qui collait à son corps, affolant les écrevisses, les truites et quelques pêcheurs qui s'éclipsaient prudemment parmi les joncs et les arbustes de la rive. D'autres fois, nous partions pour la journée faire une promenade sur les collines. Georges nous rejoignait, et le soir, en rentrant à la Baraille, il nous aidait à bâcler le travail qui traînait.

Et puis ce fut l'automne. Le nouveau journalier, laissé sans directives, oublia de rentrer les foins avant les pluies, la vigne perdit une à une ses feuilles mordorées, laissant apparaître les grappes de raisin noir gorgé de liqueur mielleuse que personne ne ramassait plus. Nous oubliâmes de nourrir les cochons et les lapins un jour sur deux. Un matin, dans son appentis de misère, la vieille jument mourut à son tour de désolation tout autant que de vieillesse.

Mais, tous les soirs, je m'enfouissais dans les bras de ma mère, goûtant le plaisir de l'avoir enfin toute à moi. Sauf un dimanche sur quatre, quand arrivait de la ville, toujours porteur de fanfreluches inutiles, ce moustachu de jardinier à la lèvre lippue.

Décembre frappa à la porte sans que nous l'ayons vu venir, avec son escorte de neige, de verglas et de bien d'autres choses qui vous font oublier la beauté de l'hiver. Surtout quand il n'y a plus de bois dans la soupente, plus de volailles dans le poulailler et plus de sous dans la boîte en fer-blanc cachée au fond du buffet de la cuisine. Je savais que les jours de la Baraille étaient comptés.

Je n'osais plus regarder les deux petits tas de terre tellement j'avais honte. Madame Alice, quand j'allais à l'école, ne me posait même plus de questions, elle se préparait simplement à tenir la promesse faite à la mémé.

Dans ce grand désarroi financier où nous nous trouvions, une nouvelle nous parvint du village. Adélaïde, toujours prête à l'aventure, décida d'aller voir sur place ce qu'il en était.

– Je suis certaine que la chance va nous sourire, me dit-elle. Il faudra la saisir au passage.

La chance, ou le malheur ? Dieu seul le sait, et Dieu, en ce temps-là, était bien trop occupé à sauver Ses cloîtres, Ses églises, Ses couvents et tout le saint-frusquin que la République de madame Alice était en train de lui voler. Il n'avait pas le temps de Se promener par les chemins de ronces de la Baraille ou de Cassagnettes pour S'occuper des affaires d'un bâtard et d'une garce de la ville.

# 18

À l'entrée de Cassagnettes, sur la route qui descend vers Laval et que l'on appelait la communale, se trouvait cette immense propriété dite « La Bastide », seulement habitée par un vieux célibataire du nom de Jules. Pendant la Révolution de 1789, ses nobles propriétaires s'enfuirent sous des cieux plus cléments et le domaine de plus de cent hectares fut vendu au profit des Biens nationaux. L'aïeul de Jules le racheta pour une maigre poignée de pièces d'or, et le bruit courut qu'il avait généreusement alimenté la Grande Veuve du docteur Guillotin afin de s'approprier sans trop de discussions les biens d'autrui.

Dans nos montagnes, on n'aime pas trop ceux qui profitent de la misère des autres pour s'enrichir le bas de laine. La rigueur populaire condamna d'un incontournable dicton la démarche douteuse du nouveau maître des lieux, répétant à travers les ans que « bien mal acquis ne profite jamais » et, le jugement de l'homme étant fait, l'on attendit patiemment le jugement de Dieu. Il ne tarda pas. Les bêtes dépérirent rapidement, les terres ne donnèrent pas aussi bien qu'avant, et finalement l'homme mourut prématurément sous le sabot d'une jument en chaleur.

La propriété partit à vau-l'eau, et aucun des successeurs ne fut capable d'enrayer les infortunes jusqu'à ce que le père de Jules, homme sévère et querelleur à la fois, s'attelle à la tâche et redresse miraculeusement la situation. La chance lui sourit et, dans un grand regain, les blés mûrirent normalement, les bêtes s'engraissèrent à nouveau et la demeure retentit bientôt de rires et de fêtes chaque fois qu'un nouveau-né y voyait le jour. Mais dans le pays chacun savait que ce bonheur ne durerait pas.

Trois jours après la naissance de Jules, son troisième enfant, la toute jeune maman mourut de la fièvre puerpérale et le malheur s'abattit sur la maisonnée. En deux ans, on vit d'abord l'aîné se noyer en tombant la tête la première dans une mare tout juste assez profonde pour noyer un têtard, puis la petite fille, Évangéline, s'éteindre de langueur sans que l'on puisse faire quoi que ce soit pour la sauver. Tout le village se mit à prier, un peu pour les âmes des défunts mais surtout afin que cette malédiction ne déborde pas les murs d'enclos de La Bastide.

Il semblerait que l'un de nos deux Jésus l'entendit, ce village en prières, car, contre toute attente, Jules, le plus chétif de tous, survécut au mauvais sort. Le père, devenu plus hargneux que jamais, rejeta sur son seul enfant le fardeau de ses propres rancœurs au point que ce dernier, un peu tête brûlée de nature, quitta un beau matin la maison familiale et l'acariâtre vieillard.

Il s'engagea dans l'armée de Napoléon le Troisième pour aller guerroyer chez les Prussiens, s'enflamma alors pour les beaux yeux d'une cantinière flamande, la ramena à Paris et s'installa en ménage, sans prévenir qui que ce soit de son désir de quitter la vie militaire. Porté déserteur de l'armée française, il se jeta tête première dans l'insurrection de la Commune, ce qui ne fit qu'aggraver son cas. M. Poudevigne, originaire de Cassagnettes, était à l'époque commissaire dans la police parisienne. Avec l'aide de sa toute jeune femme, Alice, madame Alice, il sauva, in extremis, son compatriote de la pendaison.

Pour faire un peu oublier ses frasques de jeunesse, Jules s'engagea alors dans la Légion étrangère et disparut pendant trente ans, ne donnant plus signe de vie à personne, si ce n'est à ses bienfaiteurs.

Par un de ces miracles qui n'ont rien à voir avec ceux du bon Dieu, il réapparut à La Bastide juste à temps pour se faire pardonner ses escapades et recevoir non seulement la bénédiction mais surtout le butin de l'irascible patriarche à l'article de la mort. Le légionnaire repenti s'installa dans la maison et reprit, tant bien que mal, l'exploitation de la propriété. Dix ans passèrent. Et voilà que soudainement, au moment où tout le village se demandait ce que nous allions devenir, voilà que le légionnaire vieillissant décida d'engager une femme pour mettre un peu d'ordre dans la tenue de sa maison. Et enfin voilà pourquoi, en ce matin du 21 décembre 1909, alors que chacun se préparait pour fêter bientôt Noël en famille, ma mère se présenta à La Bastide, ne se doutant pas qu'elle nous jetait, elle et moi, dans une bien longue aventure.

# 19

Il y avait une bonne couche de glace sur les vitres de la cuisine, et j'expédiai rapidement ma toilette avant d'enfiler ma chemise de toile blanche à boutons, par-dessus celle en pilou cotonneux qui me servait la nuit.

Ma mère, bien trop occupée par son vêtement du moment pour prêter attention au mien, sortit une de ses robes de la ville, se coiffa d'un chapeau discret mais élégant, chaussa ses petites bottines de chevreau beige, et entreprit, avec mon aide, la descente du chemin de la Baraille.

Ce fut une belle partie de rire. Sans cesse elle dérapait sur le verglas, se raccrochant à mon bras, mon épaule, ma casquette, balançant son sac brodé au bout de sa main gantée de noir, riant de sa maladresse, de ses glissades, comme elle riait de tout. Pour l'amuser, je galopais de-ci, de-là, ruant vers elle, la rattrapant de mes bras déjà puissants avant qu'elle ne tombe, me parfumant de son haleine givrée dans l'air froid. Mais, en fait, le jeu servait surtout à masquer notre anxiété.

Au croisement du Jésus, auquel je ne parlais plus depuis la mort de la mémé, le visage d'Adélaïde s'assombrit soudain. Elle m'embrassa et prit la direction de La Bastide. Sans la quitter du regard, je m'avançai à pas comptés vers le clocheton de l'église, priant déjà le bon Dieu de nous garder sur les terres de la Baraille. Je n'avais jamais vu ce Jules, je n'avais jamais entendu parler de ses pères et grands-pères pas plus que des malédictions de sa famille, je ne savais rien de cette grande maison, mais je sentais bien, là au fond de moi, qu'il ne fallait pas quitter la mémé Petite et Mathurin, qu'il ne fallait surtout pas quitter la ferme et que quelque chose viendrait nous sauver de ce chambardement.

Adélaïde se retourna une dernière fois, m'envoya un baiser en soufflant sur sa main et partit, engoncée dans sa cape de laine marron, vers la route de Laval.

De mon côté, j'assistai à la messe, un peu distrait, un peu inquiet, puis je restai pour l'heure de catéchisme, toujours perdu dans mes pensées lancinantes, ne sachant que faire pour aider ma mère, dessinant sur ma feuille de papier quadrillé toutes les chimères qui distrayaient mes yeux. Mlle Gardit, toujours entre deux Vierges, voulut sans aucun doute m'occuper l'esprit. Elle me demanda de parler de la leçon du jour, laquelle portait sur l'avarice. Autrement dit, le dernier de mes soucis.

– Antonin, tu n'as pas appris ta leçon de catéchisme ? Ta maman ne t'a pas fait apprendre ta leçon ?

Le reproche perçait sous la question. C'était pas le bon moment.

– Si, mademoiselle. Ma maman m'a expliqué bien comme il faut ce que c'est que l'avarice.

– Alors, dis-nous.

– C'est une chanson qu'elle m'a apprise.

Je faisais durer le plaisir.

– Une chanson ? Eh bien, chante-nous cette chanson.

Et voilà que j'entonne, debout, narquois, mesurant l'immensité de mon audace sans pour autant vouloir y remédier :

– L'avarice est une écrevisse, qui a perdu sa cuisse, en revenant de Suisse.

Ce fut un tollé général. La classe entière s'écroula de rire. Mlle Gardit, elle, s'écroula d'indignation, de vertu offensée. Elle me jeta à genoux devant l'image du Père éternel.

– Monsieur, criait-elle, monsieur, comment osez-vous parler ainsi dans la maison de Dieu ?

Finalement, dépassée par la situation, elle envoya chercher le curé à la rescousse, pendant que les autres pouffaient, le nez plongé dans leurs missels.

Monsieur le curé me prit à part dans la sacristie. Il ne me demanda rien. Il voyait bien que ça ne tournait pas rond sous ma casquette. Il me dit simplement de ne pas oublier de faire mes prières du matin et du soir, d'écouter la parole du Seigneur et de respecter Mlle Gardit qui se dévouait corps et âme à notre enseignement religieux. Il ajouta finement :

– N'oublie pas, Antonin, que l'Église catholique t'a, malgré tout, reçu dans son sein.

Le malgré tout était de trop. Je me souvenais très bien de sa discussion avec la mémé. Je pris mon air penaud.

– Monsieur le curé, si ça embête vraiment l'Église de m'avoir, malgré tout, reçu dans son sein, je peux aller chez les réformés.

– L'arrogance n'est pas une réponse, me dit-il d'un ton sec. Pour le moment, sois sage, c'est tout ce que le bon Dieu te demande.

En quittant le presbytère, je m'arrêtai, comme tous les dimanches, chez madame Alice, laquelle, après la messe, me servait toujours un bon bouillon de poule, accompagné d'une épaisse tartine de pain noir, tout en déblatérant contre les curaillons.

– Ils se croient intelligents de faire courir des gamins de bon matin pour leur farcir la tête de sornettes, et en plus, avec leur quête, leur prendre les quatre sous qu'ils ont.

Elle respirait puis reprenait :

– Pendant ce temps, la République donne l'enseignement gratuitement, aux pauvres comme aux riches, quoique les riches...

Là, généralement, elle s'arrêtait, ce qui était pire que de continuer. Elle me servait une deuxième assiette de bouillon, cette fois avec un morceau de poule en plus.

– Tiens, mange un beau morceau, tu vois, la République ne te nourrit pas de promesses, elle.

Mais ce qu'elle oubliait de dire, madame Alice, c'est que

sa république unique, qui était déjà la troisième, me nourrissait parce que la mémé Petite lui faisait porter toutes les semaines, depuis que j'allais à l'école et jusqu'à ce qu'elle meure, une belle volaille nourrie au grain, ou bien une douzaine d'œufs souvent garnis de deux jaunes comme seules les poules de la Baraille savaient les faire, ou encore un beau lapin tout prêt à rôtir.

Il est vrai que, depuis quelque temps, les lapins faisaient plus pitié qu'envie, les œufs n'avaient plus qu'un seul jaune, la douzaine dépassait rarement le nombre huit et les semaines faisaient souvent quatorze jours.

– Ta mère n'a jamais su compter, me disait-elle, mais quand même, elle peut regarder sur le calendrier. Un mois, ça fait quatre semaines, elle sait bien ça au moins.

J'avais l'habitude de ses récriminations dominicales. Je l'écoutais d'une oreille distraite, bien trop absorbé par mes propres ressentiments pour pouvoir suivre son incessant monologue. C'est alors qu'elle me prit au dépourvu.

– Elle peut pas venir me dire bonjour, ta mère ? Où elle est en ce moment ? me demanda-t-elle à brûle-pourpoint.

Encore en train d'échafauder des théories rocambolesques sur notre devenir, je répondis honnêtement qu'elle se trouvait présentement à La Bastide.

– Comment ! Comment ! À La Bastide ! cria-t-elle en tapant si fort sur la table que j'en renversai mon assiette de bouillon.

– Comment ! répétait-elle, comment ! À La Bastide !

Elle entama alors une litanie de jurons que même les charretiers de Malbosc, pourtant réputés pour la verdeur de leur langage, n'auraient pas osé employer sans en rougir de vergogne. Elle jura sur tout, madame Alice, mélangeant les vierges innombrables de la chrétienté, le bon Dieu, le curé, les deux Jésus, Mathurin et la mémé Petite, la guerre de 1870, Napoléon, le premier et le troisième, et tant sa colère était forte qu'elle en arriva même au jardinier-moustachu, lequel était certainement devenu pêcheur puisqu'elle l'appelait maintenant le maquereau de service. Enfin le tutti quanti de la création défila devant mes yeux, et je profitai d'une accalmie pour m'éclipser silencieusement, ne comprenant pas trop comment j'avais pu, en deux mots, déclencher un tel cataclysme.

Je repris la sente du Jatelin sans aller saluer mon copain Georges dans sa roulotte de foire, n'ayant qu'une hâte, celle de retrouver la riante bonhomie de ma mère qui savait faire feu de tout bois pour passer un bon moment, se foutant du qu'en-dira-t-on comme de l'an quarante pourvu qu'elle ait une belle robe sur le dos, une potée de lard à se mettre sous la dent et un sourire de son gamin pour enjoliver ses soirées. Plus la visite mensuelle du moustachu, maintenant pêcheur de maquereaux.

Je trouvai Adélaïde dans un grand état d'excitation, son chapeau de travers sur la tête, charriant une énorme malle en osier depuis la resserre jusque dans la cuisine. Du plus loin qu'elle m'aperçut, elle m'appela, agitant ses bras comme des ailes de moulin à vent.

– Antonin, viens vite, viens m'aider, je suis engagée, tu vas voir comme on sera bien là-bas, et avec de bons gages.

Elle mélangeait tout, mais je compris tout de suite. On déménageait.

Je m'avançai vers elle, lentement. Elle crut que je n'avais pas entendu, aussi me prit-elle dans ses bras, répétant les mêmes choses. Par-dessus son épaule, je vis les deux petits tas de terre et je retins mes larmes car j'allais, je le savais, être encore une fois menteur et lâche.

– Je suis bien content, ça, je suis bien content, lui dis-je.

Nous tirâmes et poussâmes la malle à l'intérieur de la maison. Adélaïde marchait de long en large et de large en travers pour se calmer. Enfin elle s'assit et me fit le récit de l'événement.

Donc, après m'avoir quitté, elle était descendue jusqu'à La Bastide, pensant trouver un régisseur à qui parler. Ce fut Jules qui la reçut. Au grand étonnement de ma mère, il la fit entrer dans le salon et lui offrit le café.

– Mais vous êtes frigorifiée, lui dit-il. Tenez, mettez-vous dans ce fauteuil, près de la cheminée.

Au premier abord, Adélaïde ne se sentit pas des plus confortables car l'homme avait à son égard des attentions certes agréables mais un peu gênantes. Elle n'était pas accoutumée à se voir traiter avec tant d'égards, surtout par un employeur. Elle but un peu de café, remercia le monsieur et précisa le but de sa visite.

– Monsieur Jules, on m'a dit que vous cherchiez quelqu'un pour tenir votre maison.

– Eh oui, j'ai déjà trois femmes ici mais à la pleine saison c'est loin d'être suffisant. Dites-moi, votre fils doit être un bien grand garçon maintenant ?

– Oui, monsieur Jules, il va sur ses dix ans.

– Oh, je sais ça, j'étais là le jour du sermon du curé, précisa-t-il. Je me suis dit que vous aviez beaucoup de courage pour ne pas baisser la tête devant la calomnie, et je sais de quoi je parle. Voyez-vous, moi, il y a dix ans que je suis revenu, et c'est la première fois que quelqu'un du village me rend visite. Tout juste si on me dit bonjour, presque on me reprocherait d'avoir tué mon père, et pourtant il est mort trente ans après mon départ. C'est quand même long pour une agonie, vous trouvez pas ?

Les voilà qui se mettent à rire. Il sert un peu plus de café et Adélaïde déboutonne sa cape.

– Les gens d'ici sont pas très avenants, murmure-t-elle.

– Vous en savez quelque chose, pas vrai, ils vous ont fait la vie dure. J'ai bien pensé, à l'époque, à vous offrir une place, mais j'ai craint que ça vous fasse du tort, vous comprenez, dans votre situation, vivre chez un célibataire.

– De toute façon, ils trouvent toujours à redire, alors, je fais comme je veux, répondit ma mère.

Il n'est rien de meilleur qu'un malheur commun pour rapprocher les gens. Après une heure de parlote, Adélaïde et Jules savaient presque tout l'un de l'autre.

– Eh bien, si la place vous intéresse, finit par dire Jules, elle est à vous. Bien entendu, vous pouvez pas faire le chemin matin et soir, alors vous habiterez ici, avec votre fils, ça mettra un peu de jeunesse dans la maison.

C'était inespéré. Ma mère se confondit en remerciements et monsieur Jules se leva pour l'aider à remettre sa cape.

– On voit pas souvent des femmes élégantes dans ce pays. Votre toilette, c'est un plaisir des yeux, surtout qu'elle est bien portée. Alors, quand est-ce que vous commencez ? Et si vous étiez là pour Noël, quel beau Noël pour Antonin.

– Noël, mais c'est dans trois jours.

– Trois jours, c'est pas suffisant pour déménager, avec l'aide de mes hommes ?

– Oh, que si !

Jules sourit de bonheur. Et, soudain, il tomba raide sur le sol, les yeux révulsés, la bouche serrée comme un étau. Adélaïde ne perdit pas une goutte de son sang-froid. Elle était un de ces petits bouts de femme qui vous prennent tout de suite une situation en main. Elle s'agenouilla, épongea la sueur du front de Jules, lui desserra les dents et lui fit boire à petites gorgées de l'eau bien fraîche qu'une godiche de servante venait d'apporter sur son ordre impérieux. En quelques minutes, Jules fut étendu sur un lit, retrouvant lentement ses sens et, je le compris beaucoup plus tard, enlaçant dans ses filets la tendre tourterelle au cœur généreux, toujours prête à s'émouvoir du malheur des autres. Ainsi était ma mère. Résolue et sensible, autoritaire et candide, aimante sans être amoureuse, caressante sans penser être équivoque.

Bref, Jules était malade. Il avait tout bêtement la maladie du paludisme, et quand je dis bêtement c'est parce que cette maladie vous vient d'une petite bête tellement petite qu'on ne la voit pas, même avec la loupe d'Alice, sinon, on l'aurait déjà tuée.

Écoutant ma mère raconter cette histoire, je commençai immédiatement toute une stratégie de défense qui allait nous mettre à l'abri, Adélaïde et moi, de tous les bestiaires microscopiques qui tenteraient d'envahir le territoire de la Baraille. Mais je n'eus pas le temps d'aller plus loin dans mes divagations animales. La porte s'ouvrit d'un grand coup et nous vîmes apparaître, portant dans son regard les flammes de l'enfer, les foudres du ciel et la fureur des vents républicains, nous vîmes apparaître Alice, toujours de noir vêtue, la lèvre tremblante autant de colère que de froid, le souffle court, la main hagarde gesticulant dans l'air. Ma mère se dressa, immobile, telle une de ces statues antiques aux bras toujours coupés, effrayée par ce raz de marée qui déferlait entre nos murs. Alice ne lui laissa pas le temps de se reprendre qu'elle entamait un de ces monologues dont elle avait le secret.

Ainsi donc, ma mère était allée voir ce sacripant de Jules. Ainsi donc, elle avait l'intention d'aller travailler pour lui. Et pourquoi pas d'habiter avec, à y être ? C'est fait, tu vas habiter là-bas ? Avec un gamin de même pas dix ans, pour l'exposer à la gausserie populaire, comme s'il ne l'était déjà pas assez. Et cette maladie animale que ce vaurien nous a ramenée d'on ne sait où ? Qu'est-ce que tu en fais ? Tu t'en fous, tu t'en fous qu'il infecte ton petiot, le village, le canton, la nation entière, les chèvres, les brebis, le curé et ses deux Jésus, là c'est moins grave. Je ne parlerai pas de ta réputation, ni des problèmes avec le maquereau plein de moustaches, ni de la mémé Petite qui se retournera dans sa tombe, encore moins de l'âme de Mathurin qui errera indéfiniment en hurlant de douleur, si tant est que Mathurin, bon républicain et mauvais parpaillot, ait une âme à offrir à la damnation des cieux.

Alice finit par perdre le peu de souffle qui lui restait et s'affala sur le banc-saloir de la cheminée. Ma mère lui servit une tasse de ce café-chicorée qui fumait en permanence dans un coin du foyer.

– Madame Alice, Jules n'est pas comme on le dit, vous savez bien que les gens racontent n'importe quoi.

– Mais enfin, Adélaïde, tu sais bien que cette baraque porte le malheur en elle, répondit Alice en parlant de La Bastide.

– Tout ça c'est des inventions. Et puis je n'ai pas le choix.

– Comment ça, tu n'as pas le choix ?

– Ici tout s'écroule et j'ai plus le sou.

Alice sirota un peu de son café. Maîtrisant sa colère et reprenant ses esprits, elle s'approcha de la lucarne qui donnait sur le jardin. Elle regarda vers les deux petits monticules couverts de neige.

– Mathurin, elle te l'a mangée, elle te l'a mangée en rien de temps, ta vie de travail et d'économie.

Elle se retourna vers ma mère, la fusillant du regard.

– Et tu n'as même pas honte de le dire, que tu l'as mangée, la sueur de tes vieux, hein ! tu l'as bouffé, leur magot.

L'étonnement se lut sur le visage de ma mère.

– Quel magot ? Y a pas de magot, y a jamais eu de magot, vous racontez n'importe quoi ! Oh, mais vous radotez, maintenant !

Et, sur ce, elle monta s'enfermer dans sa chambre, claquant la porte derrière elle.

Alice partit, s'arrêtant en passant devant la plaque qui portait le nom de la mémé.

– T'en fais pas, Mathilde, je veillerai au grain, mais si tu Le vois, ton bon Dieu, dis-Lui de regarder un peu vers Cassagnettes. On va avoir besoin de Lui par ici.

Puis elle s'éloigna, se confondant dans la nuit, voûtée jusqu'au sol, portant à elle seule tout le poids de notre misère.

Adélaïde descendit de la chambre. Elle avait pleuré. Je la pris par la main et nous nous assîmes sur le banc-saloir. Elle m'expliqua alors que les gens du village lui en avaient toujours voulu d'être belle, et qu'avant elle ils en avaient voulu à Mathurin d'être fort et à la mémé d'être têtue.

– Parce que, me dit-elle, sache bien une chose, nous, les Maillefer, nous ne sommes pas comme les autres. Et ce que je te dis là, ta mémé me l'a dit quand j'étais petite, et un jour tu le diras à tes enfants. C'est dans le sang, paraît-il. Y a pas de quoi en faire un drame. On arrivera au bout pareillement, seulement nous, on l'aura fait à notre façon qui n'est pas la leur, c'est tout.

Elle se mit à rire.

– Dis, on a bien le droit d'être différents, hé, on a bien le droit, ajouta-t-elle, comme pour se rassurer.

Si seulement elle me l'avait dit plus tôt, que c'était le lot des Maillefer d'être différents !

Elle me prit par les deux mains, m'entraînant dans une ronde folle, et nous dansâmes ainsi autour de la table et puis partout dans la maison, faisant notre tournée d'adieu à chaque pièce, chaque recoin ; mais quand nous arrivâmes dans la chambre de la mémé elle s'arrêta tout net. Elle se signa d'une main. Sur le mur, la photo rehaussée de couleurs de Mathilde et Mathurin se balançait dans son cadre ovale. Ma mère se planta devant.

– Je sais que tu n'es pas contente, mais moi je ne suis pas de roc, comme le père et comme toi. Je ne peux pas vivre ici. Et lui, dit-elle en me poussant en avant, et lui, tu crois pas qu'il a droit à mieux ? Au moins un petit peu mieux. Voilà pourquoi je pars, même si ça te plaît pas.

Elle sortit de la chambre, mais, sur le pas de la porte, elle se ressaisit et, se retournant vers la photo, elle ajouta :

– Tu étais comme ta terre, dure, et pleine d'amour, mais jamais, jamais tu me l'as dit que tu m'aimais, pas une seule fois.

Et elle retourna à ses bagages.

Le lendemain nous quittions la Baraille.

# 20

Dès l'aube, Adélaïde entama un remue-ménage dans toute la maison, comme si nous déménagions une châtellenie entière, alors que la totalité de nos biens ne remplissait pas une malle en osier. Elle ouvrit dix fois chaque porte, parcourut cent fois chaque pièce en tout sens, nettoya la remise de fond en comble, cira l'armoire en bambou, emballa les édredons dans de grands draps avant de les ranger, puis elle s'attaqua à la cuisine, récurant le chaudron, grattant la table de bois, faisant d'un rien un brouhaha immense dans lequel elle cachait sa honte d'abandonner Mathurin et la mémé. Car il s'agissait bien d'un abandon. La Baraille, c'était sa misère à elle. Chaque fois qu'elle refermait un tiroir ou une porte du buffet, disant à haute voix : « Rien ici, rien là, et rien dans celui-là », elle savait bien qu'elle enfermait dans chacun d'eux un petit morceau d'elle-même qu'elle ne retrouverait jamais.

Pendant ce temps, je restais à mon poste d'observation, à la cime de l'escalier, attendant qu'elle m'appelle pour l'aider à charrier ceci ou cela, ne comprenant pas pourquoi nous emportions une chose et pas l'autre, écoutant simplement Adélaïde se mentir à elle-même.

– Pas ça, on reviendra le chercher plus tard.

Comme si elle ne savait pas déjà qu'il n'y aurait pas de plus tard.

Puis la charrette de Jules arriva, avec deux grands lascars

pour nous aider à charger notre barda. Ils jetèrent pêle-mêle entre les ridelles tout ce qui avait survécu au naufrage de la Baraille, et c'est ainsi, parmi la cage de poules, un clapier à lapins et un cochon hurlant autant de peur que de faim, que partit ce qui me restait de mon enfance.

Vers les quatre heures de l'après-midi, la calèche de La Bastide vint nous prendre, ma mère, la malle en osier et moi-même. Il ne restait plus qu'à fermer la porte sur le grand vide bien propre. C'en était fait de la Baraille, du muret de pierres sèches, des piu-piu de la mémé Petite et des 8 141 pas qui me menaient chaque jour de classe à l'école de madame Alice.

Adélaïde sortit de la maison, enchapeautée, son sac des dimanches à la main, la photo encadrée sous le bras. Elle grimpa sur le siège de la calèche, puis d'un geste brusque me tendit la clef de la maison.

– Tiens, me dit-elle, tiens, va fermer.

Je n'avais jamais fermé la porte à clef jusqu'à ce jour. Je crois même que jamais personne ne l'avait fait. La clef restait toujours dans la serrure, à l'intérieur. La mémé disait tout le temps :

« Y a rien à voler ici, qui voudrait s'embarrasser d'une vieille et de quelques guenilles ? Y a que les riches pour barrer leur porte. »

Je regardai cette clef, la tournant et retournant entre mes doigts. Ma mère m'observait en silence. Alors soudain je compris ce qui se passait dans sa tête. En me donnant la clef, elle se dessaisissait de son passé. En me donnant la clef, la fille de Mathilde et de Mathurin me donnait la garde de la Baraille.

Je fis grincer de douleur la vieille serrure. Je tirai avec précaution le portillon de l'enclos et rabattis sur son clou le fer à cheval qui servait de fermoir. D'un geste lent je grimpai à mon tour sur le siège de la calèche. Ma mère voulut me prendre dans ses bras, mais mon attitude raide, mon visage fermé l'en dissuadèrent. Alors, sans se retourner une dernière fois, elle fit démarrer l'attelage.

Je fermai les paupières et aussitôt une multitude d'images m'apparut et m'effraya. Je les chassai en serrant encore plus fort les paupières, comme quand j'étais petit et que je ne voulais pas entendre la mémé me crier après, mais elles continuaient de défiler en faisant un bourdonnement dans ma tête.

« Antonin, Antonin, garde la clef. Ton papé et moi, on te gardera la maison », me disait la voix de la mémé.

Je me retournai d'un bloc. Elle se tenait sur le pas de la porte, le coin de son tablier relevé, me faisant au revoir d'une main, tenant mon orange de l'autre. Puis elle s'avança vers le petit tas de Mathurin et disparut dans la pierre grise.

La calèche prit la descente vers le croisement du Jésus sur Son mamelon. Je gardai mon regard fixe pour ne pas avoir à Le saluer, mais, au fond de moi, je ne pus m'empêcher de Lui faire une prière. Peut-être bien ma dernière prière d'enfant.

– Jésus, Lui dis-je en passant devant, Jésus, Tu sais que je T'aime bien quand même. Si je Te parle pas, c'est que je suis un têtu, comme ma mémé, mais si Tu me faisais un petit geste le premier, ça m'arrangerait bien. C'est que j'en ai des choses à Te dire.

Bien qu'Il ne me répondît pas, je savais qu'Il m'écoutait et je me sentis un peu plus en paix avec moi-même. Mes doigts serrèrent fortement la clef de la Baraille. Un jour, me dis-je, un jour je la rouvrirai, cette porte, et ce jour-là, je le jure, ce sera pour n'en plus repartir.

## DEUXIÈME PARTIE

# LE TEMPS DE MA MÈRE

# 1

La nuit tomba alors que nous venions juste de tourner sur la route de Laval et soudain le froid se fit plus vif. Adélaïde, pourtant tout excitée par ce déménagement, se terrait maintenant sous la couverture, silencieuse, ressemblant étrangement dans la pénombre à la Mathilde de la photo. Elle me sourit d'un pâle sourire et, tandis que je me blottissais contre elle, passa son bras autour de mes épaules.

– À quoi tu penses, maman ? lui dis-je.

– À rien.

Elle farfouilla dans mes cheveux.

– Tu m'en veux ? me demanda-t-elle.

– De quoi ?

– Tu sais bien. Mais même si parfois tu m'en veux, n'oublie jamais que je t'aime, moi j'ai pas peur de te le dire, me murmura-t-elle à l'oreille.

– Moi aussi, maman, je t'aime.

Elle me berça, me susurrant comme autrefois la vieille rengaine qui m'endormait.

« Dors, dors mon petit quinquin mon petit lapin mon petit Tonin... »

Je l'interrompis, car il y avait trop de choses que je voulais encore savoir sur cette maison que nous allions habiter. Bien sûr elle m'avait raconté trois fois déjà qu'elle ressemblait à un château, mais sans les tours, avec des beaux meubles, du linge fin et plein de choses comme elle les aimait. Elle m'expliqua à nouveau que monsieur Jules cherchait une femme de plus pour s'occuper de la maison, qu'ils avaient parlé de choses et d'autres, du village, de moi, et qu'il était très gentil.

– Pas comme les malotrus d'ici qui ne pensent qu'à leurs sous ou à leurs saletés, me dit-elle en ricanant.

Mais, pour sûr, elle était contente d'aller travailler pour ce monsieur Jules car depuis deux jours elle ne parlait que de lui. Ce qui me chagrinait le plus, c'était quand même sa maladie animale dont personne ne savait rien.

– T'inquiète pas, me dit ma mère, s'il est malade, on le soignera.

– Et moi, il me faudra travailler ?

– Non, mon chéri, toi tu iras à l'école pour devenir un savant.

Elle m'embrassa sur le front avant d'ajouter, déjà sûre d'elle et déjà fière de moi :

– Et un monsieur. Je veux faire de toi un monsieur.

Les deux à la fois ça fait beaucoup, me dis-je, mais je n'allais pas la contrarier maintenant qu'elle paraissait heureuse.

La calèche quitta la route, s'engagea dans une allée bordée de fusains sagement alignés. On aurait dit une armée de soldats. Adélaïde me serra un peu plus fort dans ses bras parce que, malgré tout, ça faisait un peu peur tous ces arbrisseaux bien proprement taillés, entrecoupés de statues toutes nues, à la peau blanchâtre, qui jouaient à cache-cache dans la nuit tombante. Au-dessus de nous, les grands arbres du parc nous empêchaient maintenant de voir le ciel, mais on le sentait pointant son nez entre les branches. C'était un ciel à neige.

À un virage, ma mère se redressa sur le siège et, malgré le froid, baissa le col de sa cape et arrangea son chapeau. On arrivait.

– Regarde, me dit-elle en pointant le doigt par-devant nous.

La calèche passa sur un petit pont, couda à gauche, et ce fut soudain un grand émerveillement.

La Bastide était là, devant moi, drapée dans une féerie de lumières inondant les portes-fenêtres, les balcons, donnant aux arbres et aux buissons d'inconciliables embrasements de verts et de noirs, projetant sur le gravier de l'allée des crissements d'étoiles qui se brisent, séduisant en un tournemain l'enfant qui n'avait connu que le feu de la cheminée et la lampe Pigeon.

Je restais la bouche ouverte, les yeux rivés sur cette façade trouée d'illuminations avec tout en haut, sous le toit, une lucarne ronde comme un œil qui surveille la lune.

– Alors, me demanda ma mère, ça te plaît ?

– Eh bé, ça fait pas purée, lui répondis-je.

C'est tout ce que je trouvais à dire. Adélaïde et l'homme qui nous menait se mirent à rire de concert.

– T'as bien vu la chose, petit, me dit-il, sûr que ça fait pas purée.

La grande porte de la maison avait des allures d'arc de triomphe, comme ceux des Romains de madame Alice, et je ne fus pas étonné de voir soudain sortir un guerrier casqué de blanc, immense comme tout le reste. Mais ce Romain-là me parut plein de bonhomie, pas comme les hommes de chez nous, tout en nerfs, un peu renfrognés, cachés à l'intérieur d'eux-mêmes avec leurs secrets de montagnards. Lui, c'était de la vraie force, ouverte à tous les vents, bien nourrie, de la force qui vous inspire confiance. Il s'avança vers moi et me souleva dans l'air comme une plume.

– Ah mais, quel gaillard ! Quel gaillard ! Juste comme je me le voyais, cet Antonin !

– Monsieur Jules, l'interrompit Adélaïde, c'est pas de bonne prudence ce que vous faites là. Avec votre maladie, vous devriez rester au chaud.

– Tu la connais, cette dame qui me donne des ordres ? me demanda-t-il, accompagnant sa phrase d'un clin d'œil.

– Oui, monsieur.

– Faut-il l'écouter ?

– Oui, monsieur.

– Alors, dans ce cas, reprit-il en faisant une mimique, alors, dans ce cas, je vais me remettre au chaud.

– Faut pas y prendre mal, monsieur Jules, c'est pour votre santé que je dis ça, précisa ma mère en descendant de la calèche.

– C'est bien aimable à vous d'en prendre soin, j'espère que vous ne vous arrêterez pas en chemin, ajouta-t-il.

Comme les grandes personnes ont toujours des choses importantes et secrètes à se dire, il demanda à ma mère de le rejoindre dans son bureau, mais auparavant appela un homme pour décharger la malle et m'accompagner dans ma chambre.

– Je t'ai donné la chambre bleue, me dit-il, et si elle te plaît pas, tu peux en choisir une autre.

Une chambre bleue, c'était comme un morceau de la Baraille qu'il m'offrait ; pour sûr que je la voulais.

Ils disparurent dans la maison tandis que je restai dehors, le nez encore en l'air, essayant de trouver quelque chose à ma dimension pour poser mon regard, lorsqu'une voix surgit derrière moi.

– C'est le petit garçon de la belle dame ?

Je me retournai et, saisi de frayeur, fis un bond, tombant à la renverse, car l'homme qui me parlait était noir, tout noir de partout, sauf les deux rangées de dents blanches comme la farine. J'avais jamais vu de Noir, je ne savais même pas qu'il y en avait un à Cassagnettes.

– Tu as eu peur ? me demanda-t-il.

– J'ai pas eu peur, je suis tombé en reculant.

– C'est vrai que la nuit on voit pas bien, alors faut faire attention aux trous qui se cachent, de pas tomber dedans.

J'avais jamais vu des trous qui se cachent, mais sa façon de dire les choses m'amusait.

– Moi, c'est Abel, me dit-il en tendant la main, je m'occupe que du sergent. Le sergent, il veut que je monte la malle dans la chambre bleue, la chambre de monsieur Jules quand il était petit, une belle chambre pas loin de la mienne au bout du couloir.

Je grimpai sur la calèche pour dénouer la corde qui retenait la malle tout en l'observant du coin de l'œil, intrigué par ses cheveux crépus, son nez aplati, ses lèvres épaisses, ses yeux ronds comme des billes et sa façon douce de parler au cheval, me demandant comment il avait pu arriver jusqu'ici et, surtout, comment Georges, qui fouinait partout, ne m'en avait jamais parlé.

– Il a l'air bien fatigué, le cheval du sergent. Monsieur Jules devrait pas le faire sortir dans le froid.

– C'est quoi, le sergent ? demandai-je, intrigué par ses répétitions.

– C'est monsieur Jules.

– Mais c'est quoi, un sergent ?

Il me regarda tout étonné.

– C'est un soldat, mais un soldat qui commande les autres.

– Ah ! fis-je, l'air d'avoir compris, j'avais oublié.

Je finis de desserrer le nœud de la corde tandis qu'il retenait un sourire sous ses grosses lèvres charnues.

– Quand je suis venu d'Afrique avec le sergent, dit-il, je savais pas les mots d'ici, alors les autres se moquaient de moi. Maintenant, j'ai appris, j'en connais plus qu'eux, des mots. Quand on sait pas, faut pas avoir honte de demander.

Je fis semblant de croire qu'il parlait encore à la jument.

– Allez, si tu m'aides, on va la décharger, cette malle, continua-t-il. À trois, tu soulèves. Un, deux, trois !

Je bandai mes muscles et descendis la malle sur le sol.

– Fatché de Diou ! jura-t-il en patois, il est costaud comme un bœuf, cet Antonin.

Je sentis que j'allais l'aimer, cet Abel d'Afrique.

Par un escalier large comme une rivière, enfin, une rivière de chez nous, Abel, portant la malle sur son dos sans plus d'effort que moi mon cartable, me guida jusqu'à l'étage. Je le suivais, ahuri par toutes ces choses que je voyais sur les murs, les meubles, les fenêtres, et même pendue au plafond une énorme couronne de roi couverte de breloques brillantes et d'ampoules électriques. Ma mère avait raison, c'était bien comme un château. Abel s'arrêta devant une porte qui avait dû occuper plusieurs Édouard et des tas d'hivers pour se faire sculpter comme ça.

– Ouvre, me dit-il.

Mon cœur tambourina, parce que derrière cette porte se cachait un peu de ma chambre bleue de la Baraille. Mais je ne savais pas que le bleu des riches, c'est pas le même que le bleu des pauvres. Chez nous, là-haut, il ressemblait au ciel, tout léger, avec des nuages faits à l'éponge. Quand un s'abîmait, on attendait le printemps pour être sûr de la couleur, puis on le refaisait. On avait toujours un nuage neuf dans la chambre. Ici, le bleu était fait de tissus lourds, de rideaux drapés, de pompons, de tapis, le tout apprêté, pesant, comme une âme qui n'en finit pas de soupirer.

– C'est laid !

– C'est laid ? me rétorqua un Abel outré.

– Non, c'est pas laid comme ça, lui répondis-je, mais c'est pas beau.

– Elle te plaît pas ?

– Oui ! Mais c'est laid quand même, insistai-je.

– Ah bon ! maugréa-t-il d'un ton vexé avant de sortir.

Je me retrouvai seul et j'eus un frisson de peur, parce que dans cette chambre on pouvait se cacher partout et peut-être même que quelqu'un était déjà sous le lit, ou derrière les rideaux épais comme une soupe de pois cassés, ou encore dans cette armoire sans bambous et sans glace, ou sous cette table recouverte d'une grande nappe comme si c'était l'heure de manger un jour de fête. Je restai assis sur le lit, n'osant pas trop bouger de peur que la bête de Jules m'entende, regrettant déjà d'avoir laissé partir Abel. Fort heureusement, Adélaïde arriva sur ces entrefaites, tout excitée par une surprise qu'elle venait me faire.

Elle jeta sa cape sur un fauteuil, ses gants sur une chaise, son chapeau sur la table, et finalement se vautra auprès de moi sur le lit, me prenant par les épaules, mettant son minois rieur à hauteur de mes yeux.

– Devine, me dit-elle, devine ce qui m'arrive ! Tu peux pas deviner, tu donnes ta langue au chat ?

L'histoire de donner sa langue au chat, ça je n'aimais pas, mais alors pas du tout. Une fois, la mémé me demanda pareil et je répondis oui. Je crus que c'était un jeu pour rire, mais le lendemain, en allant à l'école, un chat me barra le chemin, le poil hérissé, les lèvres retroussées sur les dents, alors je m'enfuis en coupant à travers bois. Le même soir, je le vis, assis sur un talus, en train de se lécher les babines. Il avait dû manger la langue de quelqu'un d'autre. Aussi, depuis, je me méfiais.

– Alors, tu la donnes ? me répéta ma mère.

– Non ! Mais tu peux me dire quand même.

– Monsieur Jules, commença-t-elle, m'a fait monter dans son bureau parce qu'il est bien malade.

– C'est ça, la surprise ?

Elle m'en avait fait un tel plat que je ne comprenais pas ce qu'il y avait de nouveau. Mais la surprise était ailleurs. Monsieur Jules commença par lui faire un compliment sur sa toilette, puis parla du travail à venir.

– Voyez-vous, dit-il à Adélaïde, cette maison n'est menée que par des hommes depuis plus de soixante ans et elle a grandement besoin d'une femme capable de remettre tout en ordre, ce qui n'est pas le cas de celles qui travaillent déjà ici. Adélaïde, continua-t-il, j'ai grande confiance en vous et vous avez trop de qualités pour être une simple femme de service.

Ma mère voulait ménager son effet, alors elle me cala le dos contre un coussin et, quand elle me vit prêt à recevoir la nouvelle, elle reprit son conte.

– Alors, j'ai décidé, continua monsieur Jules, j'ai décidé de vous mettre gouvernante de La Bastide.

Adélaïde s'arrêta, me regarda, et répéta comme si je n'avais pas entendu :

– Gouvernante de La Bastide !

Je la regardai sans broncher, attendant la suite. Sa surprise était ratée, je ne savais pas ce que c'était, une gouvernante.

– Tu entends ce que je te dis ? Gouvernante de La Bastide !

– C'est quoi ?

– Mais c'est comme la patronne, Antonin, comme la patronne !

Elle se releva, tourbillonna sur elle-même trois fois de suite puis s'abattit sur moi en me couvrant de baisers.

– Tu vois, j'avais raison de vouloir partir de là-haut, tu vois, toi aussi tu le savais, qu'il nous fallait partir ?

Elle ouvrit la porte de l'armoire et se regarda dans le miroir fixé à l'intérieur, cambrant les reins, relevant la poitrine, et alors je vis l'Adélaïde de la ville, pas ma mère, l'autre, celle qui voulait devenir une grande dame.

– Maintenant, à toi de faire voir ce que tu vaux, lui dit-elle, à cette inconnue de moi.

Comme un bon sergent qui commande sans traîner, le soir même de notre arrivée Jules annonça la nouvelle aux gens de la maison.

Assise dans un grand fauteuil faisant face au bureau du maître, Adélaïde essayait de comprendre ce qui lui arrivait. Mais elle s'adaptait si facilement aux situations qu'en une petite heure la fille de Mathurin venue se placer comme femme de maison se transforma, chrysalide, en madame Adélaïde prenant son rang de gouvernante.

Il est vrai que, de son côté, Jules mit tout en œuvre pour l'impressionner, fanfaronnant même un peu comme un jeune coq devant une belle poulette. Cet homme qui avait commandé une armée de soudards rosissait presque en parlant à ma mère.

De tous les employés, ce fut Marie, ronde et joviale, qui nous arriva la première de sa cuisine, en compagnie d'une autre femme, et n'attendit même pas que Jules ouvre la bouche pour faire la conversation.

– Alors, voilà la demoiselle de la Baraille qui nous revient au pays, et pour mener notre maison, qui plus est. Vaille ! Vous regretterez pas la ville. Et puis je suis bien contente qu'on ait une dame pour parler du travail ; c'est pas pour dire du mal, continua-t-elle en montrant Jules, mais le monsieur, il se croit encore sous la tente dans son désert, alors...

Elle se balançait en parlant, le rouge aux joues, l'air bonasse des filles saines et heureuses de leur position, jetant des clins d'œil à qui voulait bien les attraper.

– Mais vous verrez, continua-t-elle en s'adressant à ma mère, c'est une bonne maison.

Puis elle me montra du menton.

– Pas besoin de chercher le père pour savoir de qui il tient, beau comme il est, c'est votre portrait tout chié.

D'un bon rire elle fit trembler sa poitrine, son ventre, et du coin de son tablier elle s'essuya une larme de bonheur. Jules parut embarrassé par l'allusion de la femme, mais ma mère avait bien trop souffert de l'hypocrisie des gens pour ne pas apprécier le franc-parler de Marie.

– Vous me faites plaisir de dire ça, et en plus, ce que vous cuisez sent bien bon, répondit l'Adélaïde-gouvernante.

– Mon fricot ! Mon fricot qui brûle ! cria Marie en se ruant vers ses fourneaux.

Pendant tout ce temps, l'autre femme, maigre et revêche, resta debout, distante, sans broncher, ignorant complètement ma mère.

– Vous avez encore besoin de moi ? demanda-t-elle à Jules.

Sous son air bonhomme, le légionnaire gardait le sens de l'autorité. Adélaïde étant, selon son vœu, en charge de la maison, une attitude d'insoumission lui parut inconcevable. Il reprit son air grave et sérieux.

– Non, Victoire, à partir de ce jour, dit-il en insistant, je n'aurai plus besoin de vous, vous pouvez partir.

La femme se cabra, pinça les lèvres, insulta ma mère d'un regard et sortit en claquant la porte. Ça commençait mal.

Arrivèrent ensuite deux ou trois journaliers, lesquels par coutume, après la journée, entretenaient Jules des labeurs en cours. Il leur présenta madame Adélaïde et précisa qu'elle s'occuperait de la maison mais aussi le remplacerait sur le domaine s'il devait s'absenter, ce en quoi il eut raison, comme le prouvera la suite. L'un d'eux plaisanta ma mère en l'appelant familièrement par son prénom parce qu'il l'avait courtisée autrefois, mais Jules le remit immédiatement en place et l'homme grimaça de déplaisir. Il y eut encore deux ou trois personnes et je trouvais que le maître leur parlait bien sévèrement, sans prendre leur avis, sans même les écouter parfois. Ils le craignaient mais ne l'aimaient pas, ça se sentait. Pourtant, au fond de lui, l'homme paraissait bon, mais peut-être par vieille habitude, peut-être par timidité, il ne savait pas arrondir les angles et faire la part des choses.

Enfin arriva un vieillard sans âge qui me fit penser à notre jument de la Baraille. Il marchait pareil, en branlant du chef, faisant glisser ses mâchoires comme s'il broyait du son. J'eus envie de rire, mais Jules le traita avec beaucoup de respect et même Adélaïde se leva pour le saluer. C'était le papé Meurtin. Il avait passé sa vie à La Bastide, d'abord palefrenier du grand-père puis valet du père et enfin papé du fils.

– C'est mon papé, dit Jules en le présentant, il connaît tout de la maison, mieux que moi.

– Y a pas de mal à ça, grommela le vieillard, tu connais rien à rien, à part tes chameaux.

Il s'approcha sous le nez de ma mère, l'observa de ses petits yeux rieurs et enfin lui caressa la joue.

– Le caractère de Mathurin, dit-il, je l'ai bien connu, la Mathilde aussi, des durs au travail.

Puis il marcha vers Jules, s'appuyant sur sa canne, en faisant un petit bruit de train à vapeur à chaque pas, et je sentis que le rire me montait et que je ne pourrais pas tenir longtemps.

– Des bêtes comme ça, y a pas besoin de voir les dents

pour savoir si c'est bon ou mauvais, dit-il en montrant ma mère, et celle-là, c'est du tout bon.

– Papé, lui dit Jules, vous parlez d'une dame.

Le vieux se ravisa, regarda ma mère avec un petit air coquin, repoussa sa casquette en arrière.

– Y a tellement longtemps que j'en ai pas vu une entière que j'ai confondu, dit-il avec malice. Bien le pardon, s'il vous plaît.

C'est alors qu'Adélaïde lui décocha une plaisanterie en patois qui le fit se redresser, un peu estomaqué mais l'œil espiègle.

– Celle-là, elle m'en bouche un coin, répondit-il, mais elle me requinque pour la journée.

Tout le monde partit d'un bon rire, et moi avec, car, bien que je n'aie pas compris, je ne voulais pas rester pour compte. Et puis j'en avais envie depuis trop longtemps, de rire, d'un rire fort et vrai, qui me fasse oublier tout le reste, qui me fasse du bien partout, alors j'y mis tout mon cœur pour qu'ils sachent combien ça me faisait plaisir.

Le papé resta encore un peu, me fit un compliment sur ma gaieté, sur ma mère, et me demanda si je savais que j'étais un Maillefer et ce que ça voulait dire.

– Ça veut dire qu'on est différents, lui répondis-je.

– Ah, ça, tu peux le dire ! Tu peux le dire !

Et il nous quitta en emmenant son petit train à vapeur parce que c'était son heure d'aller se coucher.

Après que le papé fut parti, Jules referma la porte et voulut connaître la pensée de ma mère sur les gens de la maison. Adélaïde répondit d'un sourire, laissant croire qu'elle acquiesçait quand Jules prétendit qu'ils mettraient la maison sens dessus dessous s'il les laissait faire. Mais, pour moi qui la connaissais bien, je savais que quelque chose bouillonnait dans sa marmite.

Je les laissai à leurs simagrées et je retournai dans ma toute nouvelle chambre bleue. Un grand feu brûlait dans la cheminée en jetant des ombres rouges partout, et la pièce me parut moins laide qu'à prime abord. Puis je descendis à la cuisine retrouver Jules et ma mère et je pris à mon tour place sur un banc autour de la table. De grosses bûches de chêne faisaient ronfler dans l'âtre et leur odeur me rappela la mémé. Ça lui aurait bien plu une cheminée comme celle-là, tellement longue et profonde qu'on pouvait y manger dedans les jours de grand froid.

Marie, tout heureuse d'avoir une dame à qui parler, s'empressa autour de nous en faisant des commentaires sur tout, expliquant ceci et cela, revenant vingt fois demander si on aimait et, quand elle me vit avaler une deuxième assiette de soupe, elle se pencha sur moi pour me faire un baiser sur la joue.

– J'ai pas pu résister, dit-elle en regardant ma mère, on dirait un Jésus.

Soudain je pensai à Georges. Le lundi précédent, il était arrivé à la Baraille en plein déménagement et avait tout de suite fait sa tête des mauvais jours. Depuis je ne l'avais pas revu et ça me chagrinait quand même un peu.

– Monsieur Jules, j'ai un copain, il s'appelle Georges. Il pourra bien venir me voir ?

– Si c'est un gentil garçon, tu peux l'inviter.

– Il est roux, lui répondis-je, et c'est un gitan, enfin pas un vrai, mais un gitan quand même.

Victoire se retourna d'un seul coup vers nous et nous fusilla du regard, comme si je venais de dire une énormité, mais personne ne prêta attention à elle car, juste à ce moment-là, Jules fut pris de sueurs, de tremblements et tomba le nez dans son assiette. Sans qu'on aie besoin de l'appeler, Abel surgit par la porte de la souillarde, attrapa le sergent par-dessous les bras, puis, avec l'aide de ma mère, le monta dans la chambre. C'était la bête du palu qui venait de se réveiller.

De mon côté, reprenant le chemin par lequel Abel avait déboulé, je découvris l'escalier en colimaçon qui allait de la souillarde aux communs et je m'en fis immédiatement une cachette. De là, bien au chaud, je pouvais observer sans être vu tout ce qui se faisait dans la cuisine.

Adélaïde revint presque tout de suite et expliqua fort aimablement à Victoire comment préparer un bouillon de poule et d'herbes pour soulager monsieur Jules, bouillon dont Mathilde lui avait donné la recette et qui vous guérissait toutes les maladies en un rien de temps, sauf, disait la mémé, les maladies d'amour.

– On commence par le bouillon de poule et on finit par le bouillon d'onze heures, bougonna Victoire dès que ma mère fut sortie.

– Que Dieu vous entende pas dire des choses pareilles, lui répondit Marie en faisant un signe de croix.

– Dieu en voit d'autres, Il peut entendre celle-là. En attendant, à cause d'elle, me voilà sans place, et en plein hiver.

– Travailleuse comme vous êtes, vous aurez pas de mal à trouver.

Victoire se planta, les mains sur les hanches.

– Et le merdeux qui veut nous ramener le gitan ici, tu l'as entendu.

– Ouh ! ouh ! Vous faudra aller à confesse si vous continuez à débiter des saletés, la rembarra Marie.

– Tu peux dire ce que tu veux, elle a pas de vergogne de revenir s'afficher avec son bâtard, renchérit Victoire. Dans le fond, c'est mieux que je parte : moi, je supporterais pas.

Voilà ce que j'entendis depuis ma cachette. Ainsi, malgré mes bonnes notes à l'école, la mort de la mémé et la ruine de la Baraille, rien ne changeait et, pour eux, la fille de Mathilde et Mathurin était toujours la garce de la ville et la mère du bâtard de Cassagnettes. Je m'éclipsai et regagnai ma chambre, perturbé par leurs propos, car depuis longtemps plus personne n'avait remis ça sur le tapis, et surtout pas une grande personne. Je me sentis bien contrarié, envahi même d'une grande tristesse qui m'empêchait de pleurer. Je restai un moment éveillé, caché sous l'édredon de ce nouveau lit. Puis, lentement, la fatigue et les tracas de la journée prirent le dessus et je m'endormis, regrettant déjà mon petit lit de la Baraille mais sachant aussi que je ne le retrouverai jamais. Il me faudra bien, me dis-je en fermant les yeux, il me faudra bien, que je le veuille ou non, faire contre mauvaise fortune bon cœur.

Plus tard, j'entendis ouvrir la porte de ma chambre, et ma mère, comme autrefois quand elle nous rendait visite de sa ville, s'approcha du lit à pas feutrés, me recouvrit les épaules et m'embrassa sur le front, d'un de ces baisers du soir que vous gardez toute la nuit pour dormir dessus.

Celui-là me parut particulièrement bon et chaud. Dans mon rêve je me dis que les gens pouvaient bien penser ce qu'ils voulaient, je m'en foutais complètement. Adélaïde était heureuse, moi avec elle, et ça me suffisait largement pour me faire un bonheur.

## 2

À peine j'ouvris les yeux dans ma nouvelle chambre qu'un besoin naturel me tenailla et je me penchai immédiatement sous le lit pour savoir si, comme à la Baraille, s'y cachait un pot. C'est qu'il est des besoins pressants du matin qui n'attendent pas. Je fus soulagé d'en trouver un et, après en avoir fait l'usage qu'il convient, je m'habillai pour aller le vider au cagadou car, comme disait tout le temps la mémé, « qui fait sa crotte la charrie ».

J'empruntai l'escalier rond, espérant d'une part trouver ma mère dans la cuisine en train de faire la patronne et, par ailleurs, le chemin du petit coin. Malencontreusement, la première personne que je croisai fut Victoire. Elle posa son torchon et s'approcha de moi pour me prendre le pot des mains, criant tout de suite que c'était pas la place d'une merde de traîner dans la cuisine. Je ne sus si elle parlait du pot ou de moi, mais toujours est-il que je restai paralysé sur place par son regard méchant.

– Donne ! J'irai te le vider, me dit-elle.

– Madame, j'ai l'habitude de le faire, lui répondis-je, revenant de ma stupeur.

– Donne ! Qu'encore on dira bien que j'ai pas fait mon travail, insista-t-elle en me le tirant des mains.

Et, ce faisant, elle regarda dedans comme s'il contenait une curiosité.

– C'est une crotte de riche que tu nous as faite là, qu'elle lança de son air revêche.

Je crus mourir de honte. Je partis en courant me réfugier dans la chambre et me tapir derrière les gros rideaux bleus, restant dans l'encoignure de la fenêtre sans même oser regarder dehors, me demandant déjà ce que je faisais ici. Ma mère arriva un court moment plus tard, mais elle ne fit pas attention à mon tracas, tout occupée qu'elle était par son grand tablier blanc bordé de dentelle.

– Il te plaît ? me dit-elle en virevoltant sur place. Monsieur Jules me l'a donné ce matin.

Puis elle ajouta, comme un secret, qu'il appartenait à la défunte mère du sergent, ce qui me gêna profondément de la voir se promener avec le tablier d'une morte.

– Monsieur Jules est bien fatigué, continua-t-elle, il fait une fièvre tierce, et cette maison est tellement sale que je vais être débordée de travail.

Elle avança d'un pas vers le rideau dans lequel je me cachais toujours et m'expliqua qu'il me faudrait trouver une occupation par moi-même, avec mes livres et mes cahiers, bien au chaud ici, car il faisait dehors un froid à ne pas laisser sortir un chien.

– J'irai chercher Georges pour jouer, lui dis-je, ne tenant pas particulièrement à passer la journée tout seul dans ma chambre.

Ma mère ne parut pas enchantée par l'idée et m'expliqua que le monsieur n'aimait pas trop les étrangers dans la maison.

– Et nous, on est bien des étrangers !

– Te contrarie pas, mon chéri, nous, c'est pas pareil, on est du pays.

J'avais oublié qu'un gitan c'est de nulle part.

Comme je n'avais toujours pas déjeuné, je suivis ma mère dans la cuisine où m'attendait un bon chocolat chaud. Fort heureusement, Victoire pelait des pommes de terre et ne leva pas la tête de son ouvrage tandis que Marie, noyée dans les plumes d'une volaille, me sourit du plus loin qu'elle me vit.

– Voilà l'Antonin, s'esclaffa-t-elle avec bonne humeur, que si j'avais pas le cul de cette poulaille sous le nez, je lui volerais un autre bisou.

Comme elle me plaisait, je m'approchai d'elle pour lui donner ce bisou qu'elle voulait me voler. Le tintement d'une clochette attira mon attention vers le mur. J'en découvris en fait une bonne dizaine, toutes de tailles et de couleurs différentes.

– C'est monsieur Jules qui appelle, me précisa ma mère.

– Comment tu sais ?

– La verte, c'est la clochette de sa chambre. Victoire, vous servirez le chocolat d'Antonin, s'il vous plaît, il faut que je monte.

Elle s'assura que j'étais confortablement installé pour déjeuner et partit à son service. Dès qu'elle fut sortie, la revêche marmonna à nouveau quelques méchancetés.

– Oh, faut pas être comme ça, lui répondit Marie, elle vous a rien dit pour votre place, et puis y a un bout de soleil pour tout le monde sous le ciel.

– Même pour la canaille ! rugit Victoire. Ton chocolat est sur le fourneau, me dit-elle rudement, tu sais te servir ?

– Oui, madame.

– Eh bé, perds pas tes bonnes habitudes, moi j'ai autre chose à faire.

Je saisis la queue de la casserole à deux mains, me régalant à l'avance devant la couleur crémeuse du chocolat. Mais la queue était brûlante et je lâchai ma prise, renversant d'un seul coup tout mon déjeuner sur le dallage. Victoire poussa un juron à vous ressusciter un macchabée. Je m'enfuis à nouveau en courant vers la cachette de ma chambre, me jurant en grimpant quatre à quatre l'escalier que je n'allais pas rester longtemps dans cette baraque.

Et voilà qu'en arrivant devant la porte tarabiscotée je trouvai une autre femme en train de déballer le contenu de notre malle en osier, fouillant dans nos affaires comme si elles étaient siennes.

– C'est à moi tout ça, lui dis-je, un peu énervé par tout ce qui m'arrivait.

– Oh ! c'est toi le petit de l'Adélaïde ? Viens te faire voir ici, me répondit-elle en allumant une lampe.

Je m'avançai prudemment, cherchant d'abord à reconnaître cette femme qui connaissait ma mère. On aurait dit Marie, tant elles se ressemblaient, ayant les mêmes généreuses rondeurs aux mêmes endroits sans parler du sourire et du timbre de voix, ce qui en quelque sorte me rassura.

– Oh, qu'il est beau ! Comme sa mère. Je suis l'Adrienne, c'est moi qui fais le linge.

Elle continuait de parler tout en dépliant nos vêtements, mettant les miens dans l'armoire et ceux d'Adélaïde sur des cintres de bois.

– Je suis été à l'école avec Adélaïde, mais moi je suis plus vieille, mais moi j'ai quitté avant la fin parce que le père il aimait pas que je sache plus que lui, mais moi j'ai continué de lire à la veillée, mais moi je peux pas mettre des robes comme ça, mais moi...

Elle avait l'air bien drôle, celle-là aussi, ce qui me changeait de celle d'en bas, alors je la surnommai tout de suite « Mémoi », comme on avait fait pour Peupeu ou les autres de l'école.

– Je m'appelle Antonin, dis-je seulement pour lui rappeler ma présence.

– Ouh ! comme mon oncle Albert.

– Antonin, pas Albert.

– Lui aussi, c'est Antonin, mais on l'appelle Albert.

– Pourquoi ?

La question me paraissait logique. Pas pour Adrienne-Mémoi. Elle s'arrêta de déplier, me regarda, intriguée.

– Ah ça, mais moi je sais pas, tout le monde l'appelle Albert.

Et elle se remit au travail, la tête perdue dans cette grande pensée. Je m'esquivai doucement pour ne pas rire devant elle, mais chaque fois que je passais devant une glace ou une fenêtre je me dandinais comme un canard en piaffant : « Mémoi, mémoi, mémoi » puis je partais vite me cacher, de peur que l'on ne me voie. Je ne voulais pas recommencer l'histoire du joli cul.

Je traînai un peu partout dans la maison, essayant de découvrir mon nouveau domaine, en évitant toutefois les abords de la cuisine, revenant sans cesse sur mes pas de peur de me perdre, croisant quelques autres personnes, notamment deux gamines qui partirent en courant quand elles me virent, poussant des petits gloussements ridicules de bécasse. Je me dis que décidément, contrairement à ce qu'affirmait Adélaïde, les filles étaient loin d'être folles de moi.

Je retrouvai ma mère pour le repas de midi, mais elle était tellement occupée à gouverner qu'elle ne vit même pas que je mangeais comme quatre pour remplacer mon déjeuner. Je ne comprenais toujours pas en quoi consistait son travail, surtout qu'avec un tablier pareil elle devait pas pouvoir faire grand-chose.

Je recommençai l'après-midi mon charroi du matin, bien camouflé au fond de mes rideaux ou traînant mes savates d'un couloir à l'autre. Finalement, aux environs de cinq heures, le crépitement d'un feu m'attira vers une pièce du rez-de-chaussée. Peut-être, me dis-je, qu'une vieille grand-mère m'attend là, penchée sur la braise et touillant son chaudron.

Malheureusement, dans cette maison, tout était à l'envers. On aurait pu se mettre à six dans la cheminée de la cuisine, mais elle n'avait pas de banc, alors que celle-ci ressemblait à un trou à rat, avec un feu maigre, honteux, caché derrière une grille comme en prison, avec plein de fauteuils qui se pressaient tout autour pour rentrer dedans.

Je m'enfouis dans les bras de l'un d'entre eux. Il sentait la cire d'abeille rance. Des tables, des meubles, des objets envahissaient chaque recoin, en projetant sur les murs des ombres chinoises effrayantes, de quoi vous faire peur pour le restant de vos jours. À la Baraille, il y avait la table et ses deux bancs de bois, la chaise de la mémé et le saloir de la cheminée et puis, dans un coin, le buffet à trois portes en bas et deux en haut et qui nous gardait tout, à savoir la boîte en fer-blanc autrefois pleine de sous, les pots de verre pleins de confitures, plus un ramassis de choses étranges comme deux bouts de ficelle jaune, une lame de couteau, un vieux chaudron troué et deux tasses à café venues de Chine avec une seule sous-tasse. Et puis, dans la chambre de la mémé, l'armoire en bambous tournés avec son miroir encadré dedans. Ça prenait pas une page de cahier.

Ici, c'était un ramassis incroyable de choses dont je ne connaissais ni le nom ni l'usage, et je commençais d'en faire bien tranquillement le compte lorsque Abel ouvrit la porte. Je me levai d'un bond, pris en flagrant délit d'inventaire, comme un voleur la main dans le sac. Mais il parut soucieux et ne prêta pas attention à moi, prenant seulement un objet dans un tiroir et repartant tout aussitôt. Il était évident que je n'intéressais pas grand monde dans cette maison et que j'allais servir d'ici peu de cinquième roue à la charrette, comme on disait à la Baraille en parlant du vieux Céleste.

Je m'enfonçai un peu plus dans le fauteuil, me réjouissant de voir mourir le feu de sa belle mort, car ce feu-là portait l'ennui avec lui.

Là-haut, chez la mémé, il suffisait de regarder les bûches dans la cheminée pour se faire un voyage au bout du monde, disons jusqu'au bout de la vallée. Par exemple, quand un cep de vigne s'enflammait d'un seul coup, ça vous rappelait le vin rouge jaillissant de la première presse, avec les vendanges derrière, et puis les chemins de la commune remplis de charretons débordant de raisins, les porteurs pliant sous le poids de la hotte, et les filles, pleines de malice et d'œillades, riant à gorge déployée. Le feu changeait de direction, alors les vendanges cédaient la place à un bouquet de fleurs ou à une odeur de champignon et le voyage repartait sous les châtaigniers, les pas s'enfonçaient dans l'humus, de la cime d'un rocher vous découvriez trois montagnes de plus et une rivière inconnue, avec des bateaux grands comme cent fois ceux en écorce d'Édouard et qui vous emmenaient jusque là-bas, n'importe où. Si vous étiez courageux, en suivant un peu la fumée de votre cheminée, vous montiez sur le toit de lauzes, et, de là, elle vous faisait voir en bas, dans la vallée, les autres fumées qui lui répondaient en donnant des nouvelles d'Élisa qui filait son rouet, ou du Céleste, assis sur sa chaise, les mains occupées à tenir sa canne, ou encore de celui-ci et de celle-là, parce que vous les connaissiez tous, ceux qui habitaient sous ces cheminées qui fument.

Puis la cloche sonnait l'angélus du soir. Il fallait dire bonsoir à tout votre monde et, tout content d'avoir passé une bonne soirée, votre brique chaude sous le bras, vous montiez vous coucher dans le froid de la chambre, sans oublier de faire votre prière pour que le demain soit aussi beau que le jour d'hui. Tout ça, c'était ce que me racontait la mémé du temps de la Baraille.

Ici, dans la pièce qu'éclairait encore un peu ce feu moribond, chaque objet, chaque meuble prenait des allures de conspiration, se transformait d'un instant à l'autre. Alors, lentement, l'inquiétude d'habiter cette bâtisse succéda à l'émerveillement des premiers moments.

Un tremblement me parcourut le corps, plus fort qu'une chair de poule, plus robuste qu'un frisson de froid. Je me recroquevillai, fixant les dernières braises, envahi par le mystère qui m'entourait. Un deuxième tremblement me fit sursauter. C'était la peur, une peur profonde, inexplicable, et d'un seul coup je compris que je n'aimais pas être ici.

Ce soir-là, c'était Noël. Partout les gens se préparaient pour la messe de minuit et pour la ripaille qui suivrait, et moi je me préparais à le passer avec pour seule compagnie une bête venue de nulle part et qui risquait à tout moment de me bouffer la vie.

# 3

De par chez nous, Noël, c'était comme les Pâques. Même les gueux le fêtaient, et toutes les familles du canton assistaient à la messe de minuit. Sauf madame Alice et la mémé Petite, l'une à cause de sa République et l'autre parce qu'elle n'avait pas besoin du curé pour parler au bon Dieu.

– Et puis je fais rien de mal, m'expliquait-elle, alors il me faudrait inventer un péché pour aller à confesse sinon j'aurais rien à dire et ça me ferait paraître bête.

Une fois quand même elle ajouta :

– Et qu'en plus, ici, c'est gratuit pour parler au bon Dieu.

Bête mais maligne comme une vive d'eau douce, la mémé.

Toujours est-il qu'au catéchisme j'entendais sans cesse parler de la naissance de Jésus pendant la messe de minuit et depuis longtemps j'avais très envie de voir ça. Surtout que Mlle Gardit, pour une fois, nous racontait cet événement exceptionnel sans prendre son air de catastrophe, ce qui laissait supposer que cette fête pleine de bergers, de rémouleurs, de lavandières, de nigauds et de rois venus d'ailleurs valait le déplacement.

Lorsque, en début d'après-midi, je vis partir les gens de La Bastide en se donnant de grandes embrassades et en se souhaitant un joyeux Noël, je me dis que, ce soir, peut-être ma mère m'emmènera à la messe de minuit.

Avant de quitter à son tour la maison, Marie taquina Adrienne sur sa toilette et sur les hommes qui seraient à cette messe, ce qui fit rire à nouveau son gros ventre, puis elle mit trois assiettes sur la table, disposa un jambon salé, un saucisson, des rillettes, des morceaux de poulet froid dans un grand plat de faïence blanche et recouvrit le tout d'un torchon propre.

– Tu diras à ta mère qu'il y a aussi du bouillon dans le coquemar et que j'ai fait la tradition, j'ai mis le couvert du pauvre, me dit-elle en faisant voir la troisième assiette. Peuchère, ajouta-t-elle dans un geste plein de pitié, c'est pas un bien beau Noël que tu as là.

Et elle partit en répétant deux ou trois fois des peuchère accablés.

Je me glissai dans le salon et retrouvai mon fauteuil à l'odeur de cire d'abeille rance. La mémé, Édouard, Pataud, Georges et même Mathurin, sous son petit tas de terre, me manquaient terriblement. Je sortis mon couteau et entrepris de tailler un bout de bois, ce qui me rapprochait d'eux et me peinait tout autant. Quoique bien absorbé par mon jeu, mon attention fut attirée par le bruit sec et régulier d'un réveil proche.

À la Baraille, nous en avions un sur le manteau de la cheminée, tout couvert de chiffres romains illisibles, en ruine, ce qui devait bien faire plaisir à madame Alice mais n'était pas pratique pour connaître l'heure.

Grâce à Édouard, je savais qu'il y a soixante minutes dans une heure, vingt-quatre heures dans un jour et que ça tenait tout dans cette boîte ronde, ce qui me paraissait beaucoup. Je savais également lire l'heure sur le cadran, mais à la Baraille ça ne servait à rien car nous vivions aux heures de la mémé et pas à celle du réveil.

« Ah, disait-elle, c'est mon heure de donner aux poules », ou bien : « Édouard va arriver, c'est mon heure de mettre la soupe », ou encore : « Té, l'Ernestine a passé par-dessus, mon heure va bientôt sonner aussi. »

Un jour je lui demandai :

– Mémé, tu regardes jamais le réveil ?

– Mais si je le regarde, tous les matins, après mon café, pour voir s'il est à mon heure.

– Mais c'est quoi, ton heure ?

– Celle où je me lève, c'est la seule qui compte.

Il fallait pas chercher plus loin, car la mémé, c'était un grand mystère.

À la différence de l'autre, le réveil d'ici avait des chiffres semblables à ceux de l'école et surtout une troisième aiguille qui tournait sans arrêt comme une dératée.

Je compris vite que chaque tour de cette aiguille correspondait à une minute et je me mis à en garder le compte dans ma tête pour ne pas les perdre, parce que la mémé disait aussi tout le temps qu'une minute perdue ne se retrouve jamais. Seulement elle a oublié de m'expliquer, la mémé, que les minutes n'ont pas toutes la même longueur. Celles, par exemple, que je passais sur le muret, en cherchant ma mère du regard dans la traverse du Jatelin quand elle revenait de sa ville, avaient la longueur d'un grand bonheur qui arrive, tandis que celles de ce soir ne servaient à rien puisque je n'attendais personne. Alors elles devinrent tristes, moroses, et finirent par ressembler à un malheur qui passe.

Je me sentis encore une fois perdu, abandonné, et je pris ce réveil plein de minutes inutiles avec l'intention rageuse de le briser contre le mur.

C'est à ce moment-là que la porte s'ouvrit et qu'Adélaïde apparut, un grand sourire lui éclairant le visage.

– Antonin, regarde !

Et, ce disant, elle s'écarta pour laisser passer le plus rouquin des gitans. Je restai un peu couillon d'être là, le bras tendu avec ce réveil au bout.

– C'est Noël, mon chéri, me dit ma mère, et moi je suis trop fatiguée pour t'accompagner à la messe de minuit, alors j'ai envoyé Abel te chercher Georges.

Je lui pardonnai tout aussitôt de m'avoir un peu délaissé ces deux derniers jours en réalisant combien elle m'aimait, ma mère, pour trouver encore le temps de penser à moi avec tout le tracas qu'elle avait de son travail. Elle regagna la cuisine pour préparer le repas, et j'en profitai pour raconter à Georges tout ce qui s'était passé depuis le départ de la Baraille, gardant pour la fin l'histoire de l'homme noir et de la bête du sergent. Puis nous rejoignîmes ma mère, et c'est alors seulement que je m'inquiétai de savoir ce que penserait monsieur Jules en voyant un étranger dans la maison.

– Mon chéri, me répondit ma mère, je suis la gouvernante de La Bastide, oui ou non ?

Adélaïde, sans y paraître, avait déjà fait son bout de chemin. Fatiguée par sa journée de patronne, elle partit se coucher tout de suite après le repas, non sans me recommander de rester avec mon ami et de ne pas traîner après la messe, puis elle nous embrassa tous les deux et je crois même que Georges s'attarda un peu sur sa joue, mais je fis semblant de pas voir pour ne pas le gêner.

En attendant l'heure de la messe, j'invitai mon ami à venir voir ma nouvelle chambre. Il en fit le tour, ouvrit l'armoire, souleva les rideaux et finalement s'installa dans le fauteuil devant la petite table basse. Un feu flambait dans la cheminée. La pièce sentait bon le bois, la chaleur, et pour recevoir mon gitan même les bleus avaient pris un air de fête.

– Tu seras bien ici, en attendant, me dit-il.

– En attendant quoi ?

Il se leva et me jeta sur le lit pour me chatouiller.

– En attendant ça, me cria-t-il dans l'oreille, en attendant ça.

Et nous fîmes une belle bataille de polochons à en perdre le souffle, ce qui me fit oublier tous mes malheurs de la journée.

Mais la réalité, elle, n'oublie pas, et elle allait me rappeler cruellement que mon temps n'était pas encore venu d'être pleinement heureux.

Quand la cloche sonna la messe, nous partîmes en courant sur le chemin, et quelques minutes plus tard nous entrions dans l'église de Cassagnettes. Elle débordait de monde, il n'y avait pas la place de mettre un œuf. Mais nous, les enfants du catéchisme de Mlle Gardit, nous avions un banc au premier rang, entre l'autel et la statue de la Très Sainte Vierge Marie, la Mère de Notre-Seigneur Jésus-Christ.

– Viens, dis-je à Georges, viens sur mon banc, on se serrera.

Il avait des moments de grande timidité.

– Non, vas-y toi, moi je resterai au fond.

– Viens, je te dis.

Il me suivit un peu à contrecœur. Avant de m'asseoir, je fis un beau sourire à Mlle Gardit, pensant qu'elle serait bien contente de me voir, et elle le fut, le temps de découvrir qu'un gitan m'accompagnait.

– Antonin, c'est le banc des enfants du catéchisme, me dit-elle, l'air pincé.

– Oui, mais c'est mon ami, lui répondis-je.

– Il ne peut pas rester là, il doit aller au fond.

Le ton était catégorique et le regard vers Georges dédaigneux, comme s'il avait la gale.

– Et pourquoi ? demandai-je.

– Mais Antonin, me murmura-t-elle comme un secret honteux, on ne sait pas s'il est baptisé, c'est un gitan.

Par moments, le bonheur vous donne un courage que vous ne soupçonnez pas.

– Eh bé, moi je veux qu'il reste là, insistai-je en haussant la voix.

Un grognement parcourut l'assistance et tous les regards se tournèrent vers nous. Georges me tira par la manche.

– Ça fait rien, me dit-il, je t'attendrai au fond.

– Toi, tu restes ici ! lui ordonnai-je.

Maintenant je parlais fort. La messe commençait. Le curé arriva de la sacristie, accompagné par les enfants de chœur en surplis de dentelle sur robe rouge, celle que je ne pouvais pas porter parce que moi, j'étais un bâtard. C'est alors qu'une femme du village eut l'inconscience de vouloir se mêler de la chose et apporter son soutien à la demoiselle.

– Mais pour quoi il se prend, celui-là ? dit-elle en me toisant et en repoussant Georges du bras pour le faire sortir, ça va pas faire la loi à l'église, quand même, c'est pas parce que maintenant...

Dans le ton de sa voix, dans son regard chargé de jalousie, il y avait tous les sous-entendus, toutes les rancœurs qu'ils promenaient dans leurs têtes depuis dix ans, elle et tous les autres, et maintenant la nouvelle position d'Adélaïde les ravivait, et ils ne pouvaient rien faire et pas dire grand-chose, surtout un soir de Noël, mais fallait pas venir les narguer sous le nez, et avec un gitan en plus.

Mais je le savais, ce qu'ils voulaient dire, rien qu'en regardant leurs yeux confits d'hypocrisie, de calculs, et j'entendais leurs mots résonner en moi : cabocharde, phénomène, garce, traînée, bastardou, gitan, rouquin et plein d'autres encore qui n'avaient rien à faire là.

Seulement l'Antonin de la Baraille avait fait du chemin depuis son premier jour d'école, et le temps de lui faire des misères était fini. Et puis je n'allais pas laisser des Victoire, des Jules, des Gardit, des grenouilles et des autres me séparer de mon seul ami. Un ami, il faut savoir se battre pour le garder.

Je quittai le banc, me plantai au milieu de l'allée, plus fier que l'Artaban de l'histoire, parce que moi, j'étais un Maillefer, et que les Maillefer, c'est fier comme personne.

– Il vous dit crotte de bique, le bâtard de Cassagnettes ! répondis-je à la femme en la fixant droit dans les yeux.

Il y eut un grand silence. Mlle Gardit s'évanouit sur l'escalier de l'autel, le curé resta, époustouflé, les mains en l'air tandis que la foule se dressait d'un bloc, horrifiée et menaçante.

Alors lentement, mon copain par la main, je sortis dans la nuit. Derrière nous, l'harmonium entama le *Minuit, chrétiens*.

– Tu es fou, Antonin, tu es fou ! Tu te rends pas compte de ce que tu as fait ! me cria Georges une fois dehors.

Je ne répondis pas car les larmes m'étouffaient. Il me prit dans ses bras, m'embrassant sur les joues tandis que je sanglotais.

– C'est bon, me dit-il, c'est bon d'avoir un ami comme toi.

En coupant par une draille nous gagnâmes rapidement le campement des gitans. Il y avait encore de la lumière dans la roulotte des parents.

– C'est le seul soir de l'année où ma mère fait brûler un cierge toute la nuit, m'expliqua Georges.

Il poussa la porte et me fit entrer. À genoux devant une image de la Vierge berçant un enfant dans ses bras, la vieille gitane priait. Elle tourna la tête vers moi et me sourit, le visage encadré d'un foulard tout bariolé de couleurs vives et de fils d'or qui faisait ressortir l'éclat de ses yeux doux comme les ailes d'une libellule. Georges s'agenouilla à son côté et elle reprit sa litanie :

– Je vous salue, Marie, pleine de grâce...

Et Georges de continuer :

– Le Seigneur est avec vous...

Ses cheveux festoyaient à la lueur de la flamme de la bougie chancelante, la peau de son visage était lisse comme un savon mouillé. On aurait dit un ange.

Alors là, dans l'étroitesse de cette roulotte au plafond en forme de voûte céleste, aux odeurs de musc et de camphre mêlées, je m'agenouillai entre eux pour partager leurs prières et ce fut enfin Noël.

# 4

Georges se sentit tout penaud lorsqu'il ouvrit un œil et vit Adélaïde assise sur le bord du lit, mais elle le mit tout de suite à l'aise en le remerciant de m'avoir raccompagné jusqu'à La Bastide après la messe de minuit et parut enchantée qu'il soit resté pour dormir. Évidemment, elle n'avait pas encore entendu parler du scandale fait à l'église, et je me gardai bien de le lui raconter, ne voulant pas lui gâcher la journée.

Sur la table de la cuisine, elle nous avait préparé un déjeuner de tartines, de confitures et, dans un coin de la cheminée, cuisait mon chocolat favori. Mais ma mère avait également une autre surprise pour moi.

– Ferme les yeux ! me dit-elle.

Je fis ce qu'elle me demandait et attendis.

– Ouvre, maintenant !

J'ouvris lentement, parce qu'une surprise, il faut la laisser arriver doucement pour l'apprécier. Dans mon assiette, elle venait de poser une boule de papier de soie et, avant même de l'ouvrir, je sus qu'elle contenait une orange.

Ainsi elle avait vu, le jour du grand départ de la mémé, et maintenant, par son cadeau, elle lui disait à sa façon combien elle l'aimait et combien elle nous manquait.

Brusquement, elle releva son tablier et disparut par l'escalier en colimaçon, peut-être pour ne pas voir mes pleurs, à moins que ce ne soit pour me dissimuler les siens.

Je pris l'orange, l'ouvris en deux et en offris une moitié à Georges. En échange il posa devant moi un galet du gardon, noir, veiné de liserés gris, portant sur sa face légèrement arrondie nos deux initiales gravées au couteau.

– Je l'ai fait le premier jour de l'école, me dit-il, mais tu étais trop petit pour que je te le donne, tu aurais pas compris.

– Alors pourquoi tu m'as donné un cheveu ?

– Oh ! Maillefer, il faut tout t'expliquer.

Je n'aimais pas qu'il m'appelle Maillefer et il le savait. Je pris mon caractère soupe au lait, nous nous disputâmes un peu puis il me chatouilla jusqu'à ce que j'éclate de rire et nous fîmes vite la paix car nous avions autant faim l'un que l'autre.

Après notre ripaille de tartines et de confitures, malgré le froid, Georges voulut descendre à la rivière pour voir si elle gelait sur les bords. La neige couvrait tout avec des rondeurs, des bosses, des grandes langues de blanc dans les prés et des triangles soyeux au pied des arbres. On aurait dit une grande barbe blanche qui gardait tout au chaud, laissant seulement par endroits un peu de place vide pour que les farfadets puissent passer la tête et respirer. Seule la rivière faisait encore une saignée dans le paysage, mais déjà les coins d'eau se couvraient d'une fine pellicule de glace.

– L'hiver sera dur, me dit mon ami, ça va pas être facile de trouver du bois.

– Je sais où il y en a, lui dis-je.

Et c'est ainsi que je me fis voleur. Tous les jours, en cachette, j'emportais une bûche de La Bastide, sans jamais le dire à confesse, ravi de mourir en état de péché mortel pour qu'il fasse un peu chaud dans la roulotte des gitans.

Le lendemain de Noël, madame Adélaïde quitta son beau tablier blanc, mit une robe de ville, s'installa dans le bureau du sergent et fit monter Victoire. Un malaise envahit tout le personnel et un grand silence s'installa de la cave au grenier. On aurait dit une veillée de mort. Seule Marie, sans savoir que je l'écoutais depuis ma cachette, osa dire tout haut ce que tout le monde pensait tout bas :

– Faut pas croire, mais Victoire elle est pas bien chrétienne de tant jacasser, maintenant ça lui retombe dessus. Ça regarde personne les bêtises des autres surtout que, bou Diou, y a plus de maris cocus dans le village que de filles mères dans toute la vallée, mais pardi, ça se voit moins, ces cornes-là.

Elle servit un peu de café aux journaliers qui se chauffaient devant la cheminée et l'un d'eux en profita pour lui toucher les fesses.

– T'amuse pas à ça, malotru, si tu veux pas prendre ma cafetière sur le nez ! lui dit-elle très sérieusement. Vaille, c'est pas malheureux qu'il y ait une dame dans la maison pour vous tenir à carreau. Oh mais !

Elle était encore dans sa colère lorsque Victoire revint de son entretien, et Marie voulut tout en savoir sur-le-champ.

– Madame Adélaïde m'a fait un grand compliment sur mon saucisson, expliqua la revêche au grand amusement des autres, eh oui, elle m'a fait des compliments sur mon saucisson.

– Bé, alors, tu es pas renvoyée ? demanda Marie en lui servant un petit canon pour la remonter.

Un peu remise après avoir bu cul sec, Victoire raconta son affaire. Bien au contraire de ce qu'elle attendait, madame Adélaïde la reçut gentiment et ne lui fit aucun reproche. Elle s'inquiéta même de savoir comment allaient les parents, les frères et sœurs, et si tout ce beau monde avait une bonne place. Puis elle complimenta Victoire sur la qualité de son saucisson et lui expliqua que, si elle voulait bien rester à La Bastide, elle la mettrait en charge de la salaison, sachant combien elle aimait ce labeur.

Victoire, n'en croyant pas ses oreilles, remercia et se confondit en excuses pour son sale caractère. Ma mère eut la délicatesse de ne pas vouloir se rappeler l'incident du premier jour et poussa même l'ingénuité en s'excusant à son tour du surcroît de travail que pouvaient donner la présence de son fils et la maladie de monsieur Jules. Elle plaisanta enfin en parlant des bêtises que chacun fait, en ayant elle-même commis quelques-unes de taille. La conversation se termina dans la bonne humeur et, dès que la chose se sut, le bruit courut dans toute la maisonnée que la nouvelle gouvernante était un amour de femme avec de vraies qualités de cœur.

Adélaïde avait finement renversé la situation, se faisant une alliée d'une ennemie, et dès lors tout un chacun se plia en quatre pour lui faire plaisir.

Il ne restait plus qu'à se mettre à la tâche et à redonner à la vieille Bastide son lustre d'antan, ce à quoi ma mère allait s'employer avec compétence tout au long des jours à venir.

# 5

En un rien de temps et beaucoup de travail, sous la baguette magique de la gouvernante, La Bastide poussiéreuse retrouva ses airs de maison de maître. Les cuivres reluisirent de neuf, les meubles sentirent la cire fraîche, les sols glissèrent à nouveau sous les pieds, les objets resplendirent sur les étagères et les consoles, les abat-jour perdirent leurs toiles d'araignées et les servantes remirent leurs tabliers blancs, leurs bonnets dentelés et leurs sourires accorts.

Monsieur Jules, abandonnant sa bête, sortit enfin de sa chambre et fit le tour de la maison au bras de madame Adélaïde. Le beau guerrier romain du premier jour était maintenant maigre comme une coucoumelle, un peu voûté, mais dans son visage fatigué les yeux brillaient toujours autant, surtout lorsqu'il regardait ma mère.

Il la complimenta sur la bonne tenue de la maison, compliment qu'elle méritait grandement, et il ne pouvait qu'être satisfait de son choix, d'autant plus qu'avec de rares qualités professionnelles ma mère lui apportait également la beauté, ce qui ne gâchait en rien l'affaire. Il voulut donc que sa première sortie coïncide avec mon anniversaire. Ma mère nous installa dans le salon afin que monsieur Jules soit bien au chaud devant la cheminée et, pendant qu'elle coupait la frangipane, il me demanda si je me plaisais à La Bastide.

– Oui, monsieur.

– J'en suis bien content, mais dis-moi, je vois pas ton copain ?

– J'ai pas voulu que cela vous dérange monsieur Jules, répondit immédiatement Adélaïde.

– Ma chère Adèle, c'est l'anniversaire d'Antonin ; et puis, ajouta-t-il, j'ai eu de bons renseignements sur ce garçon.

Il appela aussitôt Abel et lui ordonna d'aller chercher le rouquin et de le ramener mort ou vivant. Je craignis vraiment qu'on ne le prenne au mot et ne fus rassuré que lorsque je vis Georges entrer dans le salon sur ses deux jambes. Monsieur Jules l'invita à la table et lui posa quelques questions sur la vie au campement. Georges répondait posément, Adélaïde plaisantait de choses et d'autres, et pendant un petit moment je me pris à rêver devant le feu de bois.

Il faisait bon d'être là, à l'abri des murs épais de cette grande maison, entre ma mère dans une de ses robes de la ville, mon ami mangeant du gâteau et ce Jules que je découvrais seulement en vérité, mais qui jouait déjà au père tranquille, et je me demandais même s'il ne pourrait pas éventuellement remplacer Édouard. C'est l'idée du mariage avec ma mère qui m'arrêta, car, si l'homme avait beaucoup de charme, je le trouvais trop vieux à mon goût. Mais mon goût n'était pas celui d'Adélaïde.

Sa santé étant encore fragile, le sergent nous demanda de le raccompagner jusqu'à sa chambre et chemin faisant nous fit entrer dans une pièce de l'étage dont lui seul détenait la clef. Mon ébahissement ne fut dépassé que par celui de Georges, dont les yeux atteignirent une dimension impressionnante tandis que la bouche restait grande ouverte. C'était la caverne d'Ali Baba à Cassagnettes. Tous les trésors de trente ans d'Afrique s'entassaient entre ces quatre murs tendus de tissus berbères, faisant ressortir l'éclat des ivoires, des cuivres, entourant les masques, rejoignant enfin sur le sol les sièges étranges disséminés sur les tapis bigarrés de couleurs.

– C'est mon jardin secret, nous dit Jules, et si vous êtes sages, un autre jour, je vous ferai tout voir.

Il prit deux petits écrins sur une table et m'en donna un.

– Tiens, Antonin, ton cadeau d'anniversaire. C'est un porte-bonheur qui vient de Mauritanie.

Il se tourna alors vers Georges et lui remit l'autre écrin, le chargeant de le porter à ma mère sans lui en dire la provenance, sachant bien sûr qu'elle devinerait. Ainsi le sergent avait lui aussi des timidités d'enfant, à moins qu'il n'ait une autre idée en tête. Il voulut également donner à mon ami une pièce de cinq francs pour son service, mais à son grand étonnement celui-ci refusa, prétextant que les services se rendent gratuitement. La vraie raison était autre. Le gitan ne voulait rien recevoir du maître de La Bastide, car déjà il ne l'aimait pas.

– Il est pas clair dans sa tête, ça se voit du premier coup, me dit-il plus tard lorsque je lui demandai les raisons de son refus.

Comme il était toujours amoureux d'Adélaïde, je mis son tourment sur le compte de la jalousie.

J'attendis d'être avec ma mère pour ouvrir ma petite boîte. Autrefois, quand je recevais un cadeau, je défaisais le paquet avec l'impatience que l'on devine, déchirant le papier avec les dents si les doigts n'allaient pas assez vite. Maintenant, la découverte du cadeau passait par les yeux de ma mère, car le plaisir qu'elle en retirait me remplissait toujours de joie.

À peine l'écrin fut-il ouvert qu'elle poussa des cris de ravissement en découvrant la croix africaine que je venais de recevoir. Elle me l'accrocha autour du cou, s'amusant à faire scintiller l'or dans la lumière du feu.

C'est alors que Georges présenta le cadeau de Jules.

– Tenez, dit-il simplement, c'est pour vous.

Adélaïde souleva le couvercle du boîtier et le referma tout aussitôt. Elle attendit un instant, les yeux mi-clos, nous faisant languir de curiosité, puis se cacha pour l'ouvrir à nouveau et finalement nous tendit la main, faisant chatoyer à son doigt une bague ciselée comme une dentelle, rehaussée de petites pierres de couleur.

– Des grenats, prononça-t-elle dans un souffle.

Elle se pencha vers Georges pour l'embrasser.

– C'est pas de moi, dit-il.

– C'est toi qui le donnes alors c'est toi qui reçois, mais deux baisers en si peu de temps, faut pas que ça devienne une habitude, le plaisanta-t-elle.

Elle jugea de l'effet que faisait la bague en la regardant de loin, de près, de loin encore et décida qu'elle allait gronder monsieur Jules pour cette folie.

Une fois ma mère partie, je m'emparai d'une bonne bouteille à la cuisine et montai la boire avec Georges devant la cheminée de ma chambre, en l'accompagnant d'une ou deux cigarettes. Après tout, je venais d'avoir dix ans. Soudain, le gitan, ne voyant pas revenir Adélaïde, devint hargneux et s'en alla subitement en faisant sa mauvaise tête, ce qui ne me chagrina pas beaucoup, étant un peu saoul de tabac, d'alcool et d'enchantement.

Ainsi commença une longue période de bonheur tranquille et familial, entre ma mère enfin pleinement heureuse, monsieur Jules et ses contes d'Afrique, Georges préparant son certificat d'études, Marie me volant des bisous à tout va et Abel m'enseignant tous les jours un mot nouveau qu'il trouvait dans des livres et qui ne servait à rien, comme, par exemple, doryphore ou téléphone. Les lendemains s'annonçaient radieux. Même madame Alice se rendit finalement à l'évidence que tout allait pour le mieux et se contenta d'attendre que le moment vienne pour remplir son rôle de grand-mère en mal d'amour.

Mais, en bonne institutrice, elle se devait encore de donner à son ancienne élève une dernière leçon de modestie.

# 6

Au lendemain matin de ce jour de fête, je fus incapable de me réveiller pour aller à l'école, et ma mère, ayant passé semble-t-il une bonne partie de la nuit à gronder son malade, m'oublia également.

Mais il ne fallait pas plaisanter avec madame Alice. Pour elle, l'école, c'était comme la messe du curé. Même mort, on pouvait pas s'en passer. Ne m'ayant pas vu de la journée, elle envoya Georges porteur d'un message, le priant de le débiter tel qu'elle le donnait, ce qu'il fit après avoir prévenu ma mère.

– Je t'écoute, répondit-elle, amusée par son sérieux.

– Il dit, le message : « Si tu envoies pas ton gamin à l'école demain matin, je viendrai le chercher par la peau des fesses. »

La gouvernante se sentit un picotement dans les narines.

– Merci ! Tu lui diras, à madame Alice, que je suis polie, moi.

Puis elle se radoucit, car, après tout, Georges n'était que le messager. Elle l'invita à partager mon goûter, mais sa mauvaise humeur de la veille le tenait toujours.

– Vous allez rester longtemps ici ? questionna-t-il abruptement.

– Aussi longtemps que ça me plaira, rétorqua ma mère, déjà contrariée par l'institutrice.

Alors sans attendre il fit demi-tour et partit, visiblement

dépité, ses doigts croisés dans le dos pour conjurer le mauvais sort.

– En sortant, referme le portail, lui cria Adélaïde, et tu pourrais dire au revoir.

Il ne répondit pas, ne se retourna pas, disparaissant seulement dans la nuit en tapant du pied sur tout ce qui se trouvait devant lui.

Ma mère ne prit pas l'histoire du message à la légère. On ne parle pas à la gouvernante de La Bastide comme on parlait à la fille de la Baraille. Elle oubliait simplement que pour madame Alice elle était et serait toujours la gamine de Mathilde et Mathurin.

Le mardi matin, elle me fit mettre la croix en or pardessus ma chemise, enfila la bague de grenats à son doigt et prit avec moi le chemin de l'école sans vouloir me dire pourquoi. Elle était comme la mémé : quand elle ne voulait pas en dire plus, fallait pas insister. Bref, ne craignant pas le ridicule, elle voulut à tout prix parcourir les deux petits kilomètres qui nous séparaient de l'école avec le coupé de La Bastide. Pendant le trajet, elle se tint raide sur le siège, le visage pincé, pensant certainement à ce qu'elle allait dire. Vu son air, ce ne devait pas être des choses très agréables et ça me mettait dans mes petits souliers. Je tentai bien de faire remettre sa visite à plus tard, mais rien n'y fit.

– Faut battre le fer quand il est chaud, me dit-elle.

Ce qui n'était pas fait pour me rassurer. Nous arrivâmes donc devant l'école et elle descendit lentement du landau en s'appuyant sur ma main, relevant légèrement sa jupe comme faisaient certainement les dames de la ville, découvrant juste ce qu'il fallait de la cheville et du jupon.

Il n'y avait personne dans la cour, personne à la fenêtre de la classe.

J'eus un instant espoir que tous les élèves étaient en retard, me laissant ainsi le temps de voir repartir Adélaïde et de dissimuler la croix sous ma chemise.

J'ouvris prestement la porte et soudain une clameur

monta tandis que garçons et filles sortaient de dessous les bancs.

– Bon anniversaire, Antonin ! Bon anniversaire, Antonin !

J'eus à la fois de la contrariété de les voir tous et du plaisir qu'ils pensent à mon anniversaire. Mais, lorsqu'il virent Adélaïde derrière moi, ils cessèrent leur tumulte, bien trop impressionnés par cette dame grandement enchapeautée, et je crois que même madame Alice resta un peu bouche bée.

– Bonjour, madame Alice, tonna ma mère.

Assise derrière son pupitre, l'institutrice la toisa un instant.

– Bonjour, madame Adélaïde, répondit-elle d'une voix grave en appuyant sur le madame.

Malgré son assurance, ma mère entendit la moquerie et se troubla.

– On l'attendait hier, votre petit monsieur, continua la vieille dame, mais maintenant, il n'en fait qu'à sa tête.

C'est alors qu'elle vit la croix autour de mon cou.

– Qu'est-ce que c'est que ça ? me demanda-t-elle.

– C'est une croix porte-bonheur, lui répondis-je, bien embarrassé.

– Une croix porte-bonheur ! Elle en est là, la religion, à vendre des porte-bonheur.

Et elle enchaîna, en se tournant vers Adélaïde :

– C'est bien gentil de me faire une visite, c'est qu'avec tout le charroi que tu as en ce moment tu dois pas avoir beaucoup de temps de libre.

Ma mère se dérida un brin et discrètement fit tourner la bague autour de son doigt, dissimulant les grenats dans le creux de la main.

– Je me suis dit que...

Madame Alice l'interrompit.

– Georges, remets-moi une bûche dans le feu, et vous autres, allez jouer dans la neige, ça vous fera les poumons.

Une volée de moineaux profita de l'aubaine et se précipita dans la cour pendant que Georges, me faisant signe de l'attendre dans le couloir, garnit le poêle et sortit à son tour.

– Bouge pas, baisse-toi, me dit-il en collant son oreille contre la porte.

Je fis de même, tremblant un peu malgré tout de jouer à l'espion de ma mère.

– Alors, Adélaïde, qu'est-ce que tu t'es dit que tu voulais me dire ? demanda madame Alice d'un ton sec.

– Faut pas vous vexer, madame Alice, mais maintenant c'est plus comme avant, répondit ma mère avec plus d'assurance.

– Oh, ça ! j'ai bien vu que c'était plus comme avant. Avant, quand tu descendais de la charrette, tu relevais ta jupe jusqu'aux cuisses et tu sautais que ça donnait envie d'en faire pareil tellement c'était beau de fraîcheur. Maintenant, la charrette c'est un coupé, et l'Adélaïde, quand elle en descend, elle nous joue la grande dame. Si ta mère était là, elle te dirait que de péter plus haut que son cul ça change pas la place du trou.

Le fou rire me prit mais Georges fit les gros yeux pour me faire taire.

– Madame Alice, reprit ma mère un peu sèchement, je sais bien que ça vous plaît pas ce que je fais, mais toujours est-il que maintenant c'est moi qui mène La Bastide et que nous sommes à l'abri du besoin, Antonin et moi.

– Que ton bon Dieu t'entende. Alors c'est pour me dire ça que tu es venue en grand tralala ? Ça valait pas le dérangement, parce que les autres s'en sont chargés, de me le dire.

– Les autres ils s'occupent trop de ce qui les regarde pas.

– Ça c'est vrai, mais des fois il faut savoir écouter, et alors, dans ce qu'ils disent, on trouve toujours un peu de vrai. Enfin, tu es plus une fille maintenant, tu sais ce que tu as à faire. Seulement pense à ton gamin, c'est surtout ça que je te demande, pense à ton gamin.

– Madame Alice, vous savez bien que mon Antonin c'est toute ma vie, rétorqua Adélaïde.

– C'est toute la mienne aussi ! répliqua brusquement

l'institutrice. Enfin, pas comme toi, je ne suis pas sa mère, moi, continua-t-elle plus doucement, regrettant presque de s'être livrée, mais quand même, ce gamin, enfin, tu sais bien ce que je veux dire.

Il y eut un instant de silence pendant lequel j'entendis madame Alice se moucher fort trois ou quatre fois de suite. Ma mère reprit la conversation, changeant de sujet, essayant d'être gaie.

– Vous savez, ça fait tout drôle de se retrouver ici. Antonin aime beaucoup l'école, c'est pas comme moi, je vous en ai fait voir, eh, madame Alice.

– Ah, ça, tu peux le dire, tu étais la meilleure dans la fainéantise, parce que, si tu avais voulu, tu l'aurais eu, ton certificat, et mieux que les autres. Tiens, mets-toi à ta place, là, à droite, la deuxième, et maintenant réponds-moi : qui c'est qui a tué Henri IV ?

Elles jouaient, ma mère et Alice, elles jouaient à la maîtresse d'école. D'une voix de petite fille, Adélaïde répondit à la question :

– Madame, ma mère dit tout le temps de pas s'occuper des affaires des autres, alors, qui c'est qui l'a tué, Henri IV, je veux pas le savoir.

Madame Alice partit d'un grand éclat de rire, ce qui en soi était un événement. Adélaïde en fit autant et les deux femmes s'offrirent un bon moment, se remémorant les années passées qui n'étaient qu'hier. La gouvernante de La Bastide se rappelait la fillette de la Baraille, madame Alice ayant accompli ce miracle de lui ramener les pieds sur cette terre. Le Jésus du mamelon dut S'en retourner les sangs.

– Une brave femme, Mathilde, reprit l'institutrice ; ça se voyait pas mais on s'aimait bien toutes les deux.

Il y eut un moment de tristesse entre les murs de la maison-école.

– Petite, reprit-elle, pense à tes vieux, tu leur as donné assez de misères comme ça, alors maintenant, laisse-les dormir en paix là où ils sont.

– Vous faites pas de soucis madame Alice, tout se passera bien.

– Je voudrais bien te croire. Allez, c'est l'heure de la classe, cria-t-elle par la fenêtre, allez, sacripants, rentrez, maintenant ! Tu sais, il faut les tenir et je me fais vieille tous les jours un peu plus.

– Vous vous portez comme un charme, protesta ma mère.

– Un charme, tu en as vu, toi, des charmes ?

Ma mère sourit et s'avança vers madame Alice pour l'embrasser. La vieille dame se laissa faire et en profita, pendant que les élèves rentraient, pour lui glisser à l'oreille :

– Elle est bien belle, ta bague, fais attention qu'elle te coûte pas trop cher.

Et, avant qu'Adélaïde puisse répondre, elle regagna sa place sur l'estrade.

– On va commencer par la dictée, entonna-t-elle, prenez vos cahiers.

Ma mère s'éclipsa en me faisant au revoir de la main et la classe reprit son cours. Les roues du coupé crissèrent en écrasant la neige puis le bruit s'éloigna et disparut.

Sur le banc des filles, une gamine me sourit timidement, puis se pencha et me chuchota en roulant les yeux :

– Tu en as de la chance, elle est belle, ta mère.

# 7

Soudainement, alors que tout allait pour le mieux, le sergent eut un nouvel accès de fièvre suivi de convulsions et, en quelques heures, il sombra dans un état grave. Le docteur de Malbosc, ramené au galop par un Abel désespéré, avoua son impuissance devant la situation et conseilla de faire transporter le malade dans un hôpital de la ville. Ma mère, gouvernante de la maison et de tout ce qui s'y rapportait, s'y opposa farouchement.

– Les hôpitaux sont des mouroirs et vous le savez bien, dit-elle au brave homme, alors mourir pour mourir, autant le faire chez soi.

Il céda devant l'argument, reconnaissant que transporter le malade avec un temps pareil l'achèverait sans aucun doute et que, de toute façon, il restait peu d'espoir de le sauver car la bête faisait rapidement son œuvre, infectant les reins, les poumons, et bientôt les méninges, entraînant irrémédiablement l'homme vers la mort, si ce n'est vers le gâtisme, ce qui en soi est pire.

Un vent de panique souffla sur le domaine, Cassagnettes, Malbosc, Laval et bientôt toute la vallée. Le maître de La Bastide se mourait. D'un seul coup toutes les vieilles histoires de malédiction refirent surface, et dans la maison tout un chacun commença de faire son baluchon pour fuir aussi vite que possible les lieux maudits.

Ils avaient encore une fois compté sans Adélaïde. En un

tournemain, elle tança vertement Marie et Adrienne qui pleurnichaient dans la cuisine, refusa de payer des journaliers qui réclamaient leur dû pour pouvoir partir, faisant savoir à qui voulait bien l'entendre que, monsieur Jules vivant, tout resterait en ordre à La Bastide. Victoire se rangea la première de son côté, traitant les hommes de mauviettes, et finalement, de gré ou de force, chacun retrouva sa place.

La maisonnée remise sur le droit chemin, Adélaïde prit la maladie de Jules à bras-le-corps et ce petit bout de femme fragile entama alors un combat que chacun croyait perdu. Elle confia le sergent aux soins d'Abel avec ordre de ne pas le quitter des yeux jusqu'à son retour, laissa la maison à la garde de Victoire, puis envoya chercher Georges car elle ne voulait pas que je reste seul à La Bastide. Enfin elle fit atteler le coupé, adjoindre un cheval de selle en secours, et en pleine nuit, dans la neige et le froid glacial, escortée par deux valets solides et aguerris, elle entreprit une randonnée de vingt kilomètres par les chemins de montagne.

Elle nous revint au lever du jour, épuisée de fatigue et de soucis, en compagnie d'un vieillard tout droit sorti d'un cauchemar, ou de l'enfer, si laid et si repoussant que les femmes et même quelques journaliers se signèrent en le voyant paraître. Nul ne savait dans quels lieux secrets Adélaïde l'avait trouvé, mais déjà les mauvaises langues se mettaient en marche.

Jules traversait une troisième attaque de fièvre, quarte celle-là, et il semblait bien cette fois que la fin approchait à grands pas. Pendant plusieurs minutes le vieil homme observa le moribond tout en mâchonnant des mots inintelligibles, se grattant la tignasse, soufflant fortement par les narines et même lâchant un pet sans y prêter attention.

– Faut tenir la mort dehors pendant trois jours avec du feu, ordonna-t-il ; moi, je la tiendrai en respect ici dedans, mais faut faire vite.

Dans l'instant, sans poser la moindre question, Adélaïde rassembla tous les hommes disponibles, leur demandant d'entourer La Bastide d'un cercle de feu et de le maintenir nuit et jour jusqu'à nouvel ordre, en brûlant tout ce qui pouvait brûler si nécessaire. Un murmure de réprobation parcourut les rangs car la présence du vieillard ajoutée aux flammes de l'enfer avait de quoi effrayer, mais la gouvernante répondit qu'elle avait décidé de sauver le maître et que, pour ce faire, elle ramènerait le diable par la queue s'il le fallait, à condition qu'on lui donne son adresse. Puis, devant les hommes effrayés d'une telle audace, elle prit la brouette et se mit à charrier le bois. Alors ils relevèrent les manches et se mirent au travail.

En peu de temps un immense brasier éclaira les mélèzes, le parc, monta jusqu'au ciel, et la maison, noyée dans sa ronde infernale, prit des allures de suppliciée.

De son côté, enfermé dans la chambre de Jules, le vieillard, secondé par ma mère, commença une longue veille. Abel montait régulièrement de l'eau bouillante, des serviettes chaudes ou glacées, des draps propres pour changer le malade, ou bien remplaçait Adélaïde lorsqu'elle descendait préparer des infusions dont l'odeur pestilentielle faisait fuir même les chiens.

Pour alimenter le feu gigantesque, les hommes brûlèrent la provision de bois de l'hiver, puis firent venir de toutes les fermes du domaine des charretons chargés à ras bord de buis, de chêne et de souches de vigne, et cela créa un grand déplaisir.

Car le scandale couvait sous les braises. On finit par savoir que l'homme venait des hauts plateaux et qu'il ne pratiquait plus depuis belle lurette car on l'avait menacé de pendaison. On se demanda par quels moyens Adélaïde l'avait convaincu et l'on recommença à chuchoter des saletés.

Tout le village se recroquevilla dans la peur, et monsieur le curé, sous la pression de ses ouailles, décida alors de prendre les choses en main. Il s'affubla de la tenue des grandes circonstances, sortit les huiles saintes, le saint-sacrement, les enfants de Marie, les grenouilles de bénitier et décida de se rendre à La Bastide pour empêcher l'alliance avec le démon.

Il n'eut pas le temps de se mettre en route. Georges, qui espionnait partout, eut vent de l'affaire et prévint madame Alice. L'institutrice, faisant fi de cent ans de République, déboula dans la sacristie comme si elle venait en prendre possession.

– Monsieur le curé, vous savez mieux que quiconque que je respecte le droit de chacun.

– L'Église également, madame Poudevigne.

– Alors ne vous avisez pas d'aller mettre votre nez là où on ne vous demande rien sinon je fais monter la garde publique pour vous barrer la route, et en attendant je vous la barrerai moi-même.

Le curé blêmit. Il comprit que l'institutrice ne plaisantait pas.

– Le Seigneur guide mes pas, répondit-il.

– Qu'Il vous évite de glisser, rétorqua Alice.

– Je ne me mêle pas de ce que vous faites dans votre école.

– Vous avez tort, quelques leçons sur la liberté vous feraient du bien.

– Cette fois, Adélaïde va trop loin en faisant venir cet homme.

– Adélaïde sait ce qu'elle fait et, qui plus est, l'homme en question, c'est moi qui lui ai dit d'aller le chercher.

Il y avait bien trop longtemps que l'institutrice voulait vider son sac, et l'occasion était trop belle pour la laisser passer.

– J'ai bien pensé à vous demander de venir le guérir, le Jules, mais vu le nombre de miracles que vous faites avec votre eau bénite, précisa-t-elle, j'ai préféré un bon guérisseur.

– Nous pouvons quand même faire une procession pour sauver son âme !

– Ça, c'est votre droit ! conclut madame Alice.

Puis elle s'enroba dans son châle et retourna dans sa maison-école tandis que le curé, en tête de ses paroissiens, entamait une neuvaine sur les chemins de Cassagnettes en attendant que Jules ait besoin du secours de la religion.

Pendant deux jours et deux nuits, La Bastide tout entière vécut en combattant la mort, soutenue par la seule volonté de ma mère dont la fermeté faisait plier les plus récalcitrants. Mais au deuxième matin, les ouvriers, épuisés par le labeur et malmenés par le village, donnèrent les premiers signes de lassitude et commencèrent à parler de folie. Un vent de révolte souffla à nouveau et il semblait bien que cette fois rien ne l'arrêterait. Seules Victoire, Marie et Adrienne continuaient de résister, soutenant cette femme qui, seule, osait défier Dieu, les hommes et la mort.

Alors que la débâcle s'annonçait, le vieil homme apparut à la cime de l'escalier, appuyé sur le bras de ma mère. Il descendit lentement, traversa sans un mot l'assemblée des gens et s'en alla comme il était venu, enfoncé sous les couvertures du coupé.

Adélaïde attendit qu'il soit sorti du parc pour donner l'ordre bref de cesser les flambées. Son silence impressionnait tellement que personne n'osa poser la question qui était sur tous les visages, mais lorsque, avant d'aller se coucher, elle appela Abel pour lui confier la garde du sergent, tout le monde sut que Jules était sauvé et qu'une maîtresse femme venait de prendre en main la destinée de La Bastide. Les plus réticents lui rendirent grâce de son courage et de sa ténacité, et le curé lui-même eut la discrétion de ne pas crier au miracle. Il vint d'ailleurs en voisin, dès le lendemain, rendre une visite de politesse car, après tout, monsieur Jules était non seulement vivant, mais encore l'homme le plus riche de la paroisse.

Je vécus le drame de La Bastide bien au chaud dans la cuisine de madame Alice. Ma mère, à son retour du périple nocturne, lui avait demandé de m'héberger afin de m'éloigner de la fournaise. Pour la première fois, je partageais le quotidien de la maîtresse d'école dans cette maison minuscule qui respirait autant la propreté que la simplicité. Plus petite que la Baraille, elle se composait d'une cuisine toujours surchauffée, d'une chambre attenante chichement meublée et d'une troisième pièce légèrement surélevée qu'elle appelait la chambrette et à laquelle on accédait par une échelle de bois.

– Ce sera ton pigeonnier, me dit-elle en riant, mais ne mets pas des plumes partout.

Contrairement au buffet de la mémé, le sien n'avait qu'un seul corps, bas et long, sur lequel trônaient douze livres, mais douze livres, précisa-t-elle, de la littérature française.

Le premier soir, elle en prit un, délicatement pour ne pas faire tomber les autres, mais aussi parce qu'un livre, ça ne se déménage pas comme une casserole. Assis à l'unique table de la maison, j'en entrepris la lecture à haute voix tandis que, sur sa chaise devant la cheminée, elle m'écoutait, corrigeant ici un mot, là une ponctuation, et par moments je surprenais son regard plein de tendresse. Alors elle souriait, et moi, rassuré par sa présence, je reprenais tranquillement ma ligne.

– Elle t'aime, me dit Georges un jour que nous parlions d'elle.

– Comment tu le sais ?

– Mais ça se voit comme son nez au milieu de la figure.

Son nez, ce soir-là, je le voyais en ombre chinoise devant la flamme de la cheminée et c'est vrai qu'il était grand, mais il ne le sera jamais autant que son amour pour moi.

# 8

Après avoir sauvé le maître, Adélaïde entreprit de sauver le domaine, car Jules, dont l'absence avait duré trente ans, ne savait pas grand-chose de la terre, encore moins des paysans, et La Bastide, sous sa grande incompétence, fuyait de toutes parts comme une vieille barrique.

Son état de santé restant précaire et nécessitant un repos absolu, il laissa ma mère prendre les affaires de la propriété en main. Ainsi, en plus d'être gouvernante, Adélaïde se retrouva régisseur.

Du jour au lendemain, la fille de Mathurin, qui n'avait jamais su traire convenablement une vache, compter les œufs jusqu'à douze et faire la différence entre une grive et un merle, se plongea dans les comptes, contrôla ceci, regarda cela et se mit en devoir de diriger la baraque en faisant preuve d'un rare doigté.

Car, maintenant, toute la maisonnée ne jurait plus que par madame Adélaïde. Elle s'attardait aux besoins de chacun, s'employant à les résoudre au mieux des intérêts communs, ne craignant pas de mettre la main à la pâte lorsqu'il le fallait. Ainsi, elle passait de grands moments à la cuisine entre Victoire et Marie, plumant une poule, préparant un gâteau, causant de leurs familles, s'inquiétant de tout ce qui les touchait. Elle retrouvait Adrienne pour ranger le linge et renouveler les sachets de lavande qui parfumaient les armoires, plaisantant en se balançant sur les lits, devinant ses pensées et riant de ses amours.

Les hommes, malgré une certaine gêne de devoir discuter avec une femme, et surtout aussi jeune, cédèrent à leur tour devant son charme. Adélaïde leur disait ouvertement son incompétence sur certains points et se faisait expliquer chaque chose qu'elle devait savoir. Elle alla trouver le fermier qui réclamait des travaux importants à la ferme d'en bas où une toiture de bergerie menaçait ruine, risquant d'écraser le troupeau sous la charpente et les pierres plates. Elle grimpa entre les poutres, nota de mémoire les dégâts, revint dare-dare en parler avec le sergent, qu'elle sut convaincre de donner son accord et, le lendemain, les travaux commençaient. Les hommes, qui l'adoraient déjà, la portèrent aux nues et prièrent le ciel que le maître garde aussi longtemps que possible pareille femme.

Avec les premières giboulées de mars, Jules retrouva son entrain. Il commença par descendre pour le repas de midi, puis passa une paire d'heures dans son bureau et finalement décida de faire le tour de la propriété en compagnie de ma mère. S'ils s'enquirent d'abord de la santé du malade, c'est surtout à la gouvernante que les gens s'adressèrent, avec cette familiarité bon enfant que seuls méritent ceux que l'on respecte. On craignait le patron, on aimait ma mère. Jules sentit la différence et comprit qu'en plus de la tâche accomplie Adélaïde occupait maintenant une place depuis longtemps vide, autant dans le domaine que dans sa vie.

J'étais dans ma chambre lorsqu'elle entra, radieuse, me portant une chemise propre et repassée, mon pantalon de la messe et mes souliers cirés.

– Ce soir on mange dans la salle à manger avec monsieur Jules. Fais-toi beau, mon petit chéri, il veut fêter son retour à la vie.

Et, pour fêter ce retour-là, monsieur Jules fit les choses en grand. Il donna à sa gouvernante une journée de repos et s'occupa de tout, depuis le repas, s'inquiétant auprès de Victoire des plats préférés d'Adélaïde, jusqu'aux bouquets de fleurs qu'Abel alla chercher à la ville et que le sergent cacha dans sa chambre pour en faire la surprise. Mais les plus étonnés furent lui et moi, lorsque ma mère apparut dans le salon, son visage éclatant de bonheur, de beauté, dans ce décor fait pour elle où même les bougies pâlirent lorsqu'elle s'avança vers nous.

C'est vrai qu'elle était belle, plus belle que jamais, ce soir-là.

Comme elle me l'avait demandé, je l'attendais en compagnie de monsieur Jules qui me racontait déjà un peu de sa vie, moi tout engoncé un jour de semaine dans mon costume des dimanches et lui retrouvant peu à peu du poids et du panache, flottant dans son habit de sergent aux épaulettes dorées.

Ma mémoire a gardé peu de souvenirs des détails de cette soirée, car je n'avais d'yeux que pour ma mère, comprenant pour la première fois qu'elle méritait mieux que la Baraille, et même peut-être que La Bastide.

Je m'assis sur un tabouret rond et bas tandis que monsieur Jules et madame Adélaïde se tenaient de chaque côté de la cheminée dans les gros fauteuils de cuir ciré, un petit verre à la main, papotant comme de vieux amis, mais, d'une certaine façon, déplacés dans cette campagne rude et souvent inhospitalière.

Ma mère jouait avec son verre, un verre si petit qu'il fallait pointer les lèvres pour boire, et elle m'étonnait encore car, comme pour tout le reste, elle savait également faire ça.

– Vous êtes très belle, lui dit Jules, quoiqu'il manque quelque chose à votre beauté.

Ma mère montra quelque inquiétude, puis plaisanta.

– Peut-être vous me direz ce que c'est ?

– Je ne vous le dirai pas, je vous le donnerai, répondit monsieur Jules en s'approchant d'elle.

Et il déposa sur le bras du fauteuil un autre de ces écrins qu'il gardait dans le coffre.

– Oh, mon Dieu ! Monsieur Jules ! Vous êtes fou !

Elle criait, la boîte ouverte dans sa main, ses yeux disant déjà tout le bonheur qu'elle avait. Elle se leva, se rapprocha du miroir et accrocha les boucles à ses oreilles.

– Regarde, mon chéri, me dit-elle en se penchant vers moi, tu vois les pierres transparentes, ce sont des roses de Provence.

Elle sourit pour le sergent et ils se regardèrent un instant, gênés par les mots qu'ils ne pouvaient pas se dire.

– Alors, ils te plaisent ? me demanda-t-il pour rompre le silence.

– C'est bien beau, lui répondis-je.

Et nous passâmes dans la salle à manger, ma mère au bras de Jules, leurs mains se serrant fortement.

Lorsque Abel entra dans la pièce, j'éclatai de rire en le voyant sous son petit chapeau rouge à pompon, avec son grand pantalon bouffant dans lequel nous aurions pu tenir tous les deux.

– C'est un costume de spahi, me précisa Jules tandis que ma mère me grondait d'avoir ri.

– C'est quoi un spahi ?

Le sergent sauta sur l'occasion pour m'expliquer, et c'est ainsi que j'entrepris mon premier grand voyage en Afrique, et c'est ainsi que ce Jules de Cassagnettes commença de me séduire, berçant mon adolescence des rêves les plus insensés, emplissant mes nuits de consonances fantasques, me donnant la folie des mots lorsqu'il me parlait du Djurdjura algérien, des dunes de sable blond du Grand Erg oriental, des djinns démoniaques qui font les nuits glaciales et les jours brûlants, sans oublier les ruines innombrables que les Romains de madame Alice semèrent jusque là-bas.

Pour Jules, le désert n'était qu'une avenue jalonnée d'oasis aux noms inépuisables de beauté, et ce solitaire, repu de soleil, de couleurs, de souvenirs plus qu'une mémoire peut en contenir, venait maintenant terminer son odyssée sur les rives d'un simple gardon, entre les murs d'enceinte d'une vieille bastide, n'espérant rien de plus qu'un bonheur tranquille et peut-être bien un peu d'amour avec.

Voilà pourquoi il rendit les armes devant cette femme minuscule, cette autre aventurière de la vie, de trente ans sa cadette mais trempée il est vrai d'un rare courage et parée d'une aussi rare beauté.

Monsieur Jules, le sergent qui avait tant vécu, ne savait pas que les chemins des aventuriers se croisent mais ne se rejoignent jamais.

# 9

Je mis à profit cette période de bonheur familial pour grandir comme un jeune roseau bien abrité du vent. Le premier changement évident apparut un dimanche lorsque Adélaïde, à l'heure de ma toilette, trouva trois poils longs et soyeux sur une partie de mon corps qui n'avait rien à voir avec le menton d'Alice.

– Tu deviens un homme, me dit-elle, et moi une vieille pie.

– Tu seras jamais une vieille pie, tu seras toujours la plus belle.

Elle me jeta de l'eau sur tout le corps en faisant des vagues dans la baignoire pour s'empêcher de rougir, mais elle adorait que je lui dise ça.

– C'est comme la mer, me dit-elle, il manque plus que les bateaux.

– J'ai jamais vu la mer, lui répondis-je.

Elle cessa son mouvement, se releva et, pour la première fois peut-être, réalisa que je n'avais jamais quitté Cassagnettes.

– Moi non plus, j'ai jamais vu la mer.

Ses yeux brillèrent soudainement et une idée lui traversa la tête. Nous allions voir la mer. Comme chez Adélaïde rien ne traînait, la décision sitôt prise, il fallait la mettre en pratique. Elle passa deux jours complets à la préparation de notre voyage, agitant la maison en tout sens, fouillant les malles du grenier, laissant des directives sur les choses à faire et ne pas faire durant son absence et, en un rien de temps, elle communiqua son excitation à tout notre entourage. On aurait dit que La Bastide en entier partait sur la lune. Monsieur Jules, enchanté de l'idée, voulut nous accompagner car la mer, prétendit-il, est infestée de gros poissons et il serait plus prudent d'avoir un homme avec nous. Ma mère refusa gentiment, lui expliquant qu'elle voulait passer un peu de bon temps avec moi pour se faire pardonner de m'avoir tant délaissé pendant la maladie. Il osa insister mais, d'un regard ferme, Adélaïde l'arrêta net. Il s'offrit donc le plaisir de nous conduire jusqu'à la gare de Malbosc où le train attendait déjà que nous arrivions. Là, il nous fit mille recommandations, nous installa dans un compartiment qu'il avait réservé pour nous et attendit pour descendre que la locomotive ait sifflé plusieurs fois.

Je m'assis côté fenêtre, ma mère en face de moi, le grand panier de voyage occupant le reste de l'espace. Nous partions pour trois jours, mais ma mère emportait la garde-robe d'un mois avec elle.

La petite gare de Malbosc, pareille à une maison de poupée dans son entourage de sureaux en fleur, se perchait sur un talus au-dessus de la route, toute fière de contempler les rails qui s'en allaient, au nord vers les mines de charbon, et au sud vers les belles plaines de la Gardonnenque. Elle se faisait un rêve des voyages qui lui passaient sous le nez. Je la vis soudain glisser en marche arrière et lentement disparaître dans un épais nuage de fumée noire. Le train démarrait. Poussivement, il prit de la vitesse. Puis les arbres défilèrent de plus en plus vite dans l'encadrement de la fenêtre, les maisons disparurent en un clin d'œil et, par moments, nous plongions dans un grand tunnel noir comme les entrailles de la terre. Je n'étais pas très rassuré et me blottis contre ma mère jusqu'à ce que nous arrivions à la première ville.

Après un court arrêt, le train redémarra. C'était déjà l'heure du casse-croûte matinal, mais je n'avais guère faim car le roulement me donnait le tournis et ma gorge se nouait à chaque bouchée.

Le voyage fut long mais fascinant. Le paysage changeait sans cesse. Une immense plaine de vignes et d'arbres fruitiers succéda aux collines, s'étalant devant nous à perte de vue, et déjà quelque part la lumière nous annonçait la mer. L'impatience d'arriver me rendit nerveux et je retrouvai à la fois ma faconde et mon appétit.

Enfin nous touchâmes au but. Je croyais que la mer nous attendrait devant la gare et je fus bien déçu de ne trouver qu'une placette triste, sans arbres, qui s'ennuyait à mourir de ne servir à rien. Fort heureusement, un homme de la pension nous attendait pour porter notre bagage.

– C'est encore loin, la mer ? lui demandai-je.

– C'est là, derrière cette maison, mais tu la verras mieux de la pension, ici, y en a qu'un bout.

Je n'avais pas fait tout ce voyage pour en voir seulement un bout, je pouvais bien attendre encore un peu pour la voir toute. Dès que nous fûmes dans notre chambre, ma mère s'empressa de déballer nos affaires et tout lui fut prétexte pour s'amuser.

– Je vais t'étonner, attends-moi ici, me chuchota-t-elle en disparaissant derrière un paravent.

Elle jeta ses vêtements par-dessus, me criant de les attraper au vol, et sortit enfin de sa cachette, sans robe, seulement vêtue d'un pantalon, d'une blouse et d'un bonnet. Je ris de la voir ainsi déguisée.

– C'est un vêtement de bain, me dit-elle en tourbillonnant devant moi.

– Mais tu vas pas te tremper tout habillée ?

– Ici, c'est pas comme à la rivière, il y a du monde autour ; même toi, tu dois mettre un pantalon.

Bon, me dis-je, ça commence bien. Comme je n'avais pas le choix, j'enfilai cette culotte de mer qui me recouvrait tout le corps en priant le bon Dieu pour que personne ne me voie avec ça sur le dos.

Nous descendîmes sur la plage, et enfin je la vis, cette immensité que rien n'arrêtait, cette étendue mouvante devant laquelle je restai sans voix, me demandant comment on pouvait naviguer dessus sans se perdre puisqu'il n'y avait pas de chemins, pas de croisements, pas de bornes et pas de promeneurs pour vous renseigner.

Chez nous, la rivière, on savait ce qu'elle faisait. Elle venait du moulin et descendait vers la ferme du Jolivet, et quand on nageait dedans on risquait pas de se perdre. Et puis, on voyait le fond de la rivière, sinon on aurait pas pu attraper les têtards. Mais, ici, l'eau partait dans tous les sens, il y avait des herbes qui flottaient dessus, et le fond ressemblait à celui d'une mare à canards. Adélaïde comprit ma peur. Elle me prit par la main, m'emmenant pour une longue promenade sur le sable, trouvant un premier coquillage, et transformant ma crainte en curiosité puis en jeu. Pour la première fois, le temps qui passait nous appartenait entièrement. Quoique ce fût déjà la fin de l'après-midi, il faisait encore beau. Le soleil s'enfonçait lentement dans l'eau, là-bas vers le bout du monde, et les vagues en roulant transportaient ses rougeoiements jusque sur la grève. Des mouettes piaillaient en se dandinant sur le sable et tout prit des proportions à la fois intimes et gigantesques. Bien niché dans les bras de ma mère, je me laissai bercer par le son de sa voix se confondant avec le bruissement de l'eau.

– Tu vois, derrière l'horizon, c'est l'Afrique de monsieur Jules.

– On y va ? plaisantai-je.

– Peut-être, un jour, quand tu seras plus grand.

Grandir, toujours grandir.

La nuit nous surprit alors que nous rêvions encore, assis dans le creux d'une dune, enroulés dans les serviettes de bain volées à la pension. Puis Adélaïde se leva et partit en courant.

– Le premier arrivé perd, me cria-t-elle.

Sans réfléchir, je courus comme un fou jusqu'à la porte de la maison tandis que, derrière moi, elle faisait semblant de me rattraper.

Quand elle traversa le couloir pour regagner notre chambre, les femmes baissèrent la tête sous leurs chapeaux pour ne pas voir passer cette délurée en vêtement de bain.

Les hommes, eux, en tombèrent leurs lorgnons de plaisir.

Le lendemain matin, de très bonne heure, nous étions déjà sur le port à attendre les bateaux qui rentraient de la pêche. Édouard n'avait certainement jamais vu un bateau de sa vie, sinon il aurait eu honte de ceux qu'il me taillait. Ici, ils dépassaient le niveau des quais, s'allongeaient sur plusieurs coudées et leurs mâts touchaient le ciel. Les hommes déchargèrent des caisses et soudain un énorme poisson noir tomba en se tortillant devant mes pieds.

Mon cri monta aussi haut que mon bond. Adélaïde ne put retenir son rire, et, puisque la journée commençait par une drôlerie, nous allions en faire une fête. Nous retrouvâmes la plage exactement où nous l'avions laissée la veille et je pris le risque de mettre un pied dans l'eau tandis que ma mère, ne faisant rien à moitié, se jetait tout entière dans la mer, sans craindre les vagues, les poissons et encore moins les pêcheurs qui de la plage regardaient les sirènes.

Les roulis s'emparaient d'elle, la faisaient disparaître comme autrefois le rocher de la Jasse, puis soudain jaillir devant moi, se dérober à nouveau pour revenir aussi vite pendant que je criais, frappais dans mes mains, sautais de joie. Elle sortait de l'eau et nous courions l'un après l'autre, finissant par nous écrouler dans le sable avant de repartir nous baigner, et c'est dans une de ces grandes batailles que j'avalai une gorgée d'eau et crus en vomir mes tripes. Elle était salée, mais salée à m'en faire regretter la soupe de betteraves.

Nous restâmes deux jours complets pendant lesquels ma mère m'appartint sans partage, me parlant d'elle, de son travail, de sa ville également, mais jamais de son jardinier moustachu qui avait bel et bien disparu de la circulation.

Puis, il nous fallut repartir pour laisser la mer aux autres. Avant de fermer le panier, je descendis sur la plage et ramassai du sable et des coquillages comme me l'avait demandé madame Alice, mais également afin de prouver aux élèves de l'école que j'étais bien allé à la mer.

Le train nous ramena vers Malbosc et cette fois je me mis dans le sens de la marche, voyant venir les arbres au lieu de les voir partir, ce qui était tout aussi effrayant. Georges nous attendait à la gare avec le coupé de La Bastide parce que monsieur Jules s'était fait une entorse à la cheville.

– Je peux pas le laisser deux jours sans qu'il fasse des bêtises, fit remarquer ma mère.

Dans le fond je préférais voir mon ami car j'avais tellement de choses à lui raconter que je n'aurais pas pu dormir de la nuit s'il m'avait fallu attendre le lendemain. Je m'assis à son côté sur le siège tandis qu'Adélaïde se pavanait dans le landau et je parlai comme une pie, prenant ma mère à témoin de ce que je disais.

– Le poisson noir, il tiendrait pas dans ta roulotte, c'est bien vrai, maman ?

– Une petite roulotte, alors, me répondit-elle.

– Oui, mais une roulotte quand même.

Georges riait et me posait d'autres questions, et dès que j'avais fini de répondre il recommençait jusqu'à ce que je lui fasse voir sur l'atlas où se trouvait cette mer immense, et cela dura toute la soirée car monsieur Jules et Abel voulurent savoir à leur tour l'histoire du poisson noir et à la fin j'en avais marre de raconter, surtout que chaque fois Marie poussait un cri et venait m'embrasser.

– Mon Dieu ! criait-elle, quel courageux tu fais, moi je serais morte de frayeur.

– Mais moi aussi, renchérissait l'Adrienne-Mémoi, mais moi aussi.

C'est surtout le lendemain en arrivant à l'école que je réalisai ce que représentait mon épopée. Je leur dis d'abord que j'avais pas pu leur ramener de l'eau mais qu'elle était salée comme la saumure des olives. Ils se moquèrent un peu de moi et même doutèrent que je sois allé au bon endroit, parce qu'il faut bien dire qu'à l'époque un voyage à la ville était déjà un événement mémorable, alors la mer, d'en rêver était déjà trop.

– Peut-être tu es resté caché dans la cave à vins, me dit un petit, et que tu t'es saoulé comme mon père, et après il nous raconte des choses qui existent pas.

J'attendis que madame Alice arrive pour ouvrir mon paquet et déballer mon trésor. Elle scruta les coquillages, le sable, les sentit et finalement déclara que ça venait bien de la mer.

Il y eut d'abord un silence, puis soudain une explosion de joie. Les plus grands me hissèrent sur leurs épaules et me portèrent en triomphe autour de la cour, une fille m'embrassa sur les lèvres, une autre me dit qu'elle voulait être ma fiancée et en quelques minutes je devins un héros.

Fort heureusement j'avais gardé le plus bel escargot de mer pour Georges sinon il aurait pu être jaloux.

Madame Alice exposa les coquillages sur l'étagère de la classe et nous fit exceptionnellement une leçon sur la formation des océans, leur superficie et tous les animaux qui vivaient dans les profondeurs de la mer. Si j'avais su tout ça avant, j'aurais certainement jamais mis le pied dedans. Et ma mère, l'inconsciente, qui parlait de prendre un bateau et de naviguer dessus pendant des jours.

# 10

Avec le temps, nous nous installâmes dans un confort bourgeois. Adélaïde organisait, dirigeait, écoutait, chantait son bonheur aux quatre coins de la maison, Jules se laissait couler dans le moule de la vie familiale et ne doutait plus que ce soit pour le restant de ses jours. Il couvrait ma mère d'attentions délicates, de regards langoureux et bientôt de petites caresses, lesquelles, sans être compromettantes, n'étaient déjà plus paternelles.

Les conversations sérieuses devinrent taquineries, ils s'appelèrent bientôt Adèle et Jules et, un soir, je la vis fermer derrière elle la porte de la chambre du maître de La Bastide. J'en eus à la fois du soulagement et du chagrin.

Jules trouva un fermier pour la Baraille et ma mère reçut un an de fermage d'avance. Elle m'expliqua qu'ainsi elle pourrait m'envoyer à l'école de la ville et faire de moi un savant, ce qui était son rêve mais pas forcément le mien. D'autant plus que maintenant je me plaisais suffisamment ici pour ne pas avoir envie de déménager à nouveau et surtout dans une autre école que celle de madame Alice.

Bien sûr, je pensais souvent à la Baraille, mais surtout pour le souvenir de la mémé et le bon temps d'alors car j'avais convenu en mon for intérieur qu'il était préférable de vivre à La Bastide, tant pour ma mère que pour moi. Lentement, la réalité avait fait sa place.

Je me créai de nouvelles habitudes, une nouvelle vie et, même si je ressentais encore ce trou au côté gauche, il n'était plus qu'une petite cicatrice soigneusement refermée.

Et puis ce fut le printemps. Il nous arriva calmement, comme les choses se font dans nos montagnes. Les champs se garnirent des premiers bourgeons de fleurs, diaprant les collines et les prés d'une myriade de couleurs fantastiques. Georges, ayant retrouvé son amour pour ma mère, faisait des bouquets multicolores qu'il déposait sur la table de la cuisine, sachant qu'elle les trouverait en venant nous servir le goûter. Alors il la regarderait couper les tiges, arranger les fleurs une à une dans un vase, et chaque fois ce serait comme s'il lui donnait un morceau de lui.

Jules nous rejoignait souvent dans la grande cuisine à l'heure où ma mère nous servait le café, des tartines de beurre, des confitures de pastèques et de pommes légèrement confites dans leur sirop de sucre brun et de vin rouge, lequel nous étourdissait subtilement. Il s'intéressait à nos leçons, à nos devoirs, questionnait Georges sur sa tribu de gitans, voulant tout savoir d'eux et, de fil en aiguille, nous en revenions à l'Afrique. Le temps passait jusqu'à ce que la gouvernante nous rappelle qu'il faisait nuit et que l'heure de souper arrivait. Alors Jules invitait mon ami à venir le lendemain faire le tour du domaine avec nous ou bien à autre chose qu'il voulait nous faire voir et Georges remerciait poliment mais ne venait jamais.

Car il n'aimait toujours pas Jules.

– Ton Jules, me répétait-il, regarde derrière ses yeux, il y a une tache noire, c'est pas bon pour l'avenir.

Puis il parlait d'Adélaïde, me disant sans cesse qu'il ne fallait pas qu'elle reste à La Bastide. Je croyais que son amour le rendait jaloux et dans le fond ça me faisait plaisir pour elle.

– Mais c'est bien d'être ici, lui expliquai-je, on a tout ce qu'on veut.

– Un jour faudra le payer, tout ça. Je te dis que c'est pas bon, personne donne rien pour rien. Té, ton Jules, tu crois qu'il m'invite pour me faire plaisir ?

– Et pourquoi d'autre ?

– Parce qu'il veut savoir ce que j'ai dans le ventre, pardi. Mais s'il croit m'avoir avec un goûter, il se met le doigt dans l'œil.

– Tu t'inventes des trucs et puis tu les crois.

– Tu verras.

Moi je trouvais que tout allait pour le mieux. J'avais une maison, un semblant de famille, les caresses de ma mère, l'homme Jules qui me berçait de contes fantastiques, les repas toujours riches, l'absence de soucis. Je rentrais pour le déjeuner et le soir je traînais un peu sur le chemin du retour sans me soucier de la nuit qui tombait. Je ne voulais rien voir d'autre que ce bien-être quotidien, persuadé qu'il suffisait de le vouloir pour qu'il ne cessât jamais.

Malgré le scandale de la nuit de Noël je suivais toujours le catéchisme de Mlle Gardit, laquelle évitait maintenant de me poser des questions mais regrettait certainement son attitude peu chrétienne envers mon ami car pour la punir le bon Dieu lui avait fait pousser un gros bouton sur le nez.

Et puis arrivèrent les fêtes de Pâques et avec elles la visite de monsieur le curé. Il me demanda de prévenir ma mère qu'il passerait dans l'après-midi, et Jules, informé de la chose, exigea qu'elle le reçoive dans le salon et profite de l'occasion pour lui remettre le denier du culte de La Bastide. Puis, il prit son cheval et partit faire le tour du domaine parce qu'il avait assez vu de chameaux dans sa vie, me dit-il en sortant.

– Quand on reçoit un homme d'Église on s'habille discrètement, m'expliqua ma mère lorsque je m'inquiétai de savoir si elle porterait ses boucles d'oreilles, et puis il vaut mieux une grande occasion pour les sortir, précisa-t-elle.

Monsieur le curé arriva de son petit pas, sous son chapeau noir, dans sa longue soutane rapiécée aux fesses, son bâton à la main. Il était, avec madame Alice, le dernier survivant d'une époque glorieuse, celle de la mémé et de Mathurin, et ma mère sortit sur le perron pour le recevoir.

– J'aurais dû vous envoyer le coupé, lui dit-elle, je sais pas où j'ai la tête.

– J'ai encore des jambes solides, et puis c'est moins loin que la Baraille pour se rendre visite, répondit-il avec un petit air de reproche.

Elle fit semblant de pas avoir entendu et l'invita dans le salon.

– Adélaïde, commença le curé après une tasse de café et quelques parlotes inutiles, tu sais ce qui s'est passé le soir de Noël, je pensais que tu viendrais m'en parler.

Mes genoux jouèrent des castagnettes, car ma mère ne savait toujours rien de l'histoire. Pour ne rien laisser paraître, elle répondit que son travail l'occupait beaucoup, puis, afin d'éviter une explication qu'elle ne souhaitait pas, elle remit à monsieur le curé l'enveloppe préparée par Jules.

– C'est le denier du culte de La Bastide.

Elle attendit et soudain ajouta :

– Et de la Baraille.

Le curé sourit, ramassa l'enveloppe et discrètement la palpa. À son soupir je compris que l'Église excusait tout de suite le sergent pour son manque de ferveur et, par la même occasion, me pardonnait mes égarements.

– Enfin, reprit monsieur le curé, ne parlons plus du passé mais uniquement du présent. Voyez-vous, Adélaïde...

Ma mère entendit le vouvoiement nouveau mais ne broncha pas.

– Voyez-vous, votre position dans la paroisse est maintenant bien trop importante pour passer inaperçue. Les gens jasent, comme toujours, alors il serait peut-être temps que vous vous réconciliiez avec la religion en donnant le bon exemple.

– Vous voulez dire, monsieur le curé, que la brebis égarée doit rejoindre le troupeau ?

– Je ne vous le fais pas dire. Pâques arrive et nous aurons une belle procession. Bien sûr, monsieur Jules n'est pas tenu d'y paraître, il a tellement à faire.

Adélaïde sourit à nouveau car elle comprit tout de suite

ce que voulait dire le curé. Fallait pas afficher tout haut ce que tout le monde disait tout bas, et voir le maître et la gouvernante dans la même procession, ça pouvait faire mauvais genre.

– J'aimerais bien, monsieur le curé, me réconcilier avec l'Église, mais vous savez que Mathilde n'a pas été enterrée comme une bonne chrétienne.

Elle avait une idée derrière la tête, je le sentais. Telle mère, telle fille, devait se dire le curé en se préparant à la suite.

– Alors si c'est possible, reprit Adélaïde, je voudrais que la grand-messe de Pâques soit chantée pour le repos de son âme. Une bonne façon pour m'obliger à y assister, plaisanta-t-elle pour finir.

Les Maillefer lui en avaient tellement fait voir que le brave curé n'en était plus à un coup près.

– Elle est déjà retenue pour quelqu'un d'autre, mais peut-être qu'on peut arranger ça, répondit-il en tâtant à nouveau l'enveloppe.

– En tout cas, monsieur le curé, je ferai fleurir le maître-autel et je serai à la procession, précisa Adélaïde comme si la chose était entendue, et monsieur Jules saura se faire pardonner de ne pas y venir.

Le curé s'arrangea et ma mère tint sa promesse. Elle ramassa, seule, une quantité incroyable de fleurs, raflant toutes celles du jardin de La Bastide, des prés environnants, des haies voisines et, quoique nous soyons déjà avancés dans la saison des champs, elle travailla d'arrache-pied pour que tous les bouquets soient prêts en temps voulu. Il fallut deux voyages avec le coupé pour les porter à l'église. Puis, le matin de Pâques, à l'aube, elle fit le chemin de la procession et garnit chaque station de paniers débordant de verdure, de renoncules, de glaïeuls, et tout ça était d'une beauté à vous couper le souffle. Avec Adélaïde il n'y avait pas de demi-mesure, c'était tout ou rien.

Elle chanta à la messe, aurait communié deux fois si elle

avait pu, puis processionna dans la caillasse du chemin, pieds nus, portant sa paire de bottines en chevreau mordoré d'une main, entre le livre des cantiques et le rosaire, soulevant gracieusement sa robe légère de l'autre. Elle ne prit pas d'ombrelle, le chapeau étant déjà d'une dimension impressionnante, mais elle garda un air humble, entonnant avec joie les cantiques solennels, transformant soudain le défilé en une vraie fête à la gloire de Notre-Seigneur Jésus-Christ, et surtout, dans son cœur, à celle des Maillefer.

Car c'est à Mathilde et Mathurin, et à eux seuls, qu'Adélaïde offrait ses chants, ses fleurs et sa messe chantée.

De mon côté, vêtu de la robe rouge et de la dentelle blanche, je rejoignis ce jour-là le rang des enfants de Marie. À mon grand étonnement, on me confia même l'oriflamme, celle qui flotte au bout d'un mât, plus lourd que moi, mais je la portais sans faiblir en pensant à la fierté de la mémé Petite qui dormait là-haut sous son petit tas de terre et que nous irions visiter après la messe.

Ainsi, ce qui en d'autre temps aurait été pris pour de l'arrogance fut considéré ce jour-là comme une preuve d'humilité et tout Cassagnettes, Malbosc, Laval et autres lieux-dits donnèrent enfin leur pardon à la fille du révolutionnaire parpaillot et de la cabocharde, car on ne pouvait rien refuser à une femme aussi croyante, aussi belle, et surtout qui régnait sur le cœur d'un vieillard et de quelque cent hectares de terre d'un seul tenant.

L'été ne pouvait qu'être beau et la rivière se préparait déjà pour accueillir nos baignades.

# 11

Mais, avant de penser aux jeux, il fallait encore aller à l'école, d'autant plus que le jour de l'examen pour le certificat d'études se rapprochait à grands pas.

Madame Alice faisait réviser les leçons aux trois élèves qui se présentaient, les accablant de conseils et, déjà, de reproches.

– Celui qui ne passe pas, c'est pas la peine qu'il revienne me voir, autant qu'il aille tout de suite se mettre au travail, j'ai pas de temps à perdre pour les cancres.

Chaque soir, en sortant de l'école, nous nous installions, Georges et moi, dans le calme de ma chambre, et je l'aidais dans ses révisions. Mais, plus le jour approchait, plus il dépérissait.

– Je vais pas l'avoir, me disait-il, je comprends plus rien, j'oublie tout.

– Arrête de te répéter ça, c'est pas bon, ça apporte la guigne.

– J'essaie, mais je peux pas, je peux même plus dormir.

Enfin le grand jour arriva. L'examen se passait à l'école de Malbosc, ce qui voulait dire une dizaine de kilomètres de bon matin avant d'attaquer la journée.

Jules, dont le bonheur faisait plaisir à voir, offrit Abel et le coupé pour faire le trajet, mais madame Alice refusa poliment.

– Aller à Malbosc, et pour quoi faire ? S'ils échouent,

j'aurai une colère devant tout le monde et ce ne serait pas de bonne réclame, répondit-elle.

Seulement voilà, j'avais promis à Georges d'aller avec lui car je pensais convaincre sans peine ma mère de me laisser partir avec Alice. Mon plan tombait à l'eau et maintenant il ne me restait qu'une seule solution : mentir.

Quand nous fûmes à table, j'annonçai calmement, mon nez dans mon assiette, que madame Alice ne voulait pas déranger en pleine saison et qu'elle prendrait le coupé mais pas Abel. Jules insista et, bêtement, pour renforcer mon argument, je répondis qu'elle avait bien dit : surtout pas Abel.

Jules s'arrêta de manger et me fixa sévèrement.

– Et pourquoi donc ? me demanda-t-il.

J'attendis un instant pour que mon mensonge fasse vrai, et lançai ma réponse comme si je ne comprenais pas l'importance de ce que je disais.

– Parce qu'il est noir.

– Ah ! fit Jules, tout étonné. Ah ! ça, c'est son droit.

Il leva son verre de vin, tendit la main en direction de l'école, et lança, assez piquant :

– Et vive la République !

Je virai au rouge tandis que Georges, qui restait pour dormir à La Bastide de peur de ne pas se réveiller, s'empara de la bouteille de vin et but un canon, histoire de faire sérieux.

– Eh ! lui dit Jules, attends d'avoir réussi pour te saouler, sinon je te laisse pas la jument.

C'était gagné, l'homme avait gobé mon mensonge, nous avions le coupé pour aller à Malbosc.

À cinq heures du matin, Georges, n'y tenant plus, se prépara pour partir.

– Mais dors encore, je lui dis, dors sinon tu vas pas tenir en arrivant là-bas. On a bien le temps, l'examen commence à huit heures.

– Et la route ?

– Avec le coupé il faut tout juste une demi-heure.

– Je peux pas dormir, je te dis que je peux pas.
– Eh bé, fais comme tu veux.

À six heures, nous étions déjà dans la cuisine. Ma mère nous servit du café au lait, des tartines, mais nous ne pouvions rien avaler tant nous étions nerveux, mon ami pour son examen et moi pour mon mensonge.

Puis nous partîmes, et Georges mena l'attelage en direction de l'école pour faire croire que nous prenions madame Alice. Ensuite, il coupa à travers une draille pour revenir sur la route en dessous du village. Ni vu ni connu, je me sentais soulagé. D'un seul coup, en arrivant à la ravine du Maure, le visage du gadjo vira au vert et il eut juste le temps de sauter dans le fossé pour vomir.

– C'est le lait, me dit-il, il était pas bon.
– C'est pas le lait qui te tord les boyaux, c'est le certificat d'études.
– Peuh ! je te dis que c'est le lait.
– Bon, si tu veux que ce soit le lait, alors c'est le lait, mais moi je te dis que c'est le certificat d'études.

Je mis la jument au pas et nous descendîmes lentement jusqu'à Malbosc. Devant l'école encore vide Georges roula une cigarette pour se calmer les nerfs et voulut me réciter quelques leçons.

– La France a la forme d'un hégazone.
– Non, lui dis-je, pas hégazone, ESAGONE.
– Bon, comme tu veux. Elle est à peu près aussi longue que large. De la mer du Nord aux Pyrénées, de la Bretagne au Rhin, il y a environ mille kilomètres.
– Bon, maintenant, récite sur la Corse.
– La Corse est une île montagneuse au climat méditerranéen. Ce n'est pas une île très riche mais elle est très « pittaresque ».
– PITTORESQUE.
– Je sais pas comment tu fais pour te rappeler tous ces mots. En plus, ils servent jamais.
– Répète.

Il répéta, mais plus rien ne rentrait dans sa cervelle trop

pleine. Il partit boire à la fontaine, se trempa la tête dans l'eau, roula une autre cigarette, voulut faire ses besoins, changeant d'idée comme il aurait changé de chemise s'il en avait eu une de rechange.

Les portes de l'école s'ouvrirent enfin et les élèves commencèrent d'arriver.

– Ça y est, annonça Georges, ça y est, c'est l'heure.

Il respira fort, bomba la poitrine, redressa les épaules.

– J'y vais, me dit-il, attends-moi ici !

Comme si je pouvais aller ailleurs. Je restai toute la matinée assis dans le landau, sans bouger, sauf pour aller jusqu'à la fontaine faire boire le cheval. Enfin, vers les midi, il y eut un grand brouhaha et un flot d'élèves envahit la cour. Debout sur le siège, je cherchai mon ami des yeux et, du plus loin que je l'aperçus, je lui fis signe de la main.

– Et alors, dis-moi vite, c'était dur ?

On aurait dit qu'il avait reçu le ciel sur la tête tant il grimaçait. J'osai à peine répéter ma question.

– C'était beaucoup plus dur ? murmurai-je pour ne pas l'accabler.

– Ah, ça, tu peux le dire !

Mais, voyant la tristesse sur mon visage, il ne put se retenir plus longtemps, m'attrapa à bout de bras et me fit valser en l'air.

– Mais j'ai tout fait bon, tout de bon, je savais tout, la mémoire m'est revenue d'un coup.

– Imbécile ! tu m'as fait peur, lui criai-je.

– Antonin, si je l'ai, ce putain de certificat, tous les deux on prend une bonne cuite, parce qu'on l'aura bien gagnée.

Puis il eut un premier doute.

– Dis, qui c'est qui a dit : « Pâturage et labourage sont les deux mamelles de la France » ?

– C'est Sully.

– Ah bon, alors j'ai fait juste.

Nous partageâmes le panier qu'Adélaïde avait préparé pour le repas de madame Alice, et Georges retourna s'enfermer tout l'après-midi. Il termina vers les trois heures après avoir sué sang et eau sur le problème d'arithmétique, persuadé de s'être cassé le nez. Je le réconfortai de mon mieux en répondant à ses questions et même, n'étant plus à un mensonge près, je lui mentis pour le rassurer.

– Tu es sûr que la Seine fait plus de mille kilomètres de long ?

– Oui, j'en suis sûr.

– Ah bon, c'est pas la Loire ?

– Non ! la Loire n'en fait que sept cent soixante-seize.

– Alors ça va, peut-être que ça me sauvera du calcul.

Puis ce fut une autre question, et une autre réponse.

– Si tu es sûr, j'ai répondu juste, fatche, j'en reviens pas.

Enfin un maître d'école à besicles s'avança sur l'escalier, une feuille de papier à la main, et d'une voix de stentor commença la lecture. Georges ne bougea pas, le visage crispé par l'angoisse, me poussant seulement du coude pour que j'aille voir à sa place. Finalement, je le pris par la main et nous traversâmes la cour.

À l'appel de son nom je bondis de joie, mais lui resta figé sur place, les bras le long du corps, la bouche ouverte et deux grosses larmes coulant sur ses joues.

– Tu l'as ! Je le savais, criai-je.

– Putain ! qu'il me répondit, c'est mes vieux qui vont être contents.

Je me dis qu'ils avaient bien eu raison de le sauver des loups.

Juste avant d'arriver à l'entrée de Cassagnettes on s'arrêta pour fumer une dernière cigarette. Enfin, c'était surtout Georges qui fumait parce que moi, après une seule bouffée, je toussais à vous faire redresser un bossu.

– Maintenant, me dit-il, tu viens avec moi, on va le dire aux parents.

Il leur parla dans cette langue que je ne comprenais pas et, quand il eut fini, la mère m'embrassa puis se mit à genoux devant l'image de la Vierge. Le père continua de rempailler sa chaise, mais quand Georges se leva pour sortir il lui dit calmement quelque chose. Mon ami sourit et ils se serrèrent la main.

– Qu'est-ce qu'il t'a dit ? lui demandai-je une fois dehors.

– Il m'a dit que maintenant je pouvais fumer devant lui, que j'étais un homme.

Nous repartîmes lentement vers La Bastide pour rendre le coupé avant d'aller annoncer le résultat à madame Alice, mais quand je la vis sur le perron en grande conversation avec ma mère je compris que ça allait barder. Georges voulut arranger la chose en parlant le premier de son certificat, ce qui, bien au contraire, excita la mauvaise humeur de l'institutrice.

– Si tu as réussi, alors c'est très bien, tonna-t-elle d'une voix majestueuse. Mais puisque tu es si fort que ça, tu vas répondre aux miennes, de questions. Les gitans, ça vient d'où ?

– D'Égypte, répondit Georges du tac au tac.

– Et ils sont allés où, après l'Égypte ?

– En Espagne.

– Et après l'Espagne.

– En France.

– Et pourquoi en France ?

Il n'eut pas le temps d'en dire plus. Madame Alice, les lèvres bleuies par la colère, la voix maintenant grosse de ressentiment, pointa son doigt vers lui, menaçante.

– Parce que la France c'est le pays de la Liberté, avec un grand « L », de la Fraternité, avec un grand « F », et de l'Égalité, avec un grand « É », monsieur Georges, et tout ça grâce à la République, avec un grand « R », monsieur Georges, et dans cette République on reçoit et on aime tout le monde pareil, les Blancs, les rouges, les bleus, et les gitans.

Elle se tourna alors vers moi, le doigt accusateur.

– Et même les Noirs, monsieur Antonin.

Je crus qu'elle allait mourir tellement elle hurlait. Elle prit un long souffle, croisa les bras sur sa poitrine, cacha ses mains dans le châle, puis, les yeux pleins de souffrance, elle me dit :

– Tu m'as fait beaucoup de peine de dire une chose pareille, beaucoup de peine.

Et elle partit, à petits pas, vers son école, laïque, gratuite et républicaine.

Nous n'en menions pas large, et le regard de ma mère nous fit comprendre qu'il n'y aurait aucun secours de ce côté-là. Georges s'excusa auprès d'elle, mais elle nous répondit simplement d'aller voir Jules.

– Té, qu'il dit en nous voyant entrer dans la cuisine, les savants qui nous reviennent de Malbosc.

– Monsieur Jules, attaqua Georges, pour le coupé, c'est moi qui ai demandé à Antonin de mentir.

– C'est pas vrai ! que je lui dis.

Merde alors, qu'on ne me vole pas mes mensonges !

– C'est pas vrai !

– Bon, eh bé maintenant on a deux menteurs et, comme on saura jamais lequel ment le mieux, on va les punir tous les deux. Alors toi, le grand, demain tu viendras nettoyer le coupé, et toi, le petit, tu l'aideras. Voilà. Maintenant, à table.

Le légionnaire ne paraissait pas particulièrement troublé par le mensonge, d'autant plus qu'il avait un autre sujet de conversation en tête.

– Dis-moi, on t'a demandé sur l'Afrique ? questionna-t-il dès que nous fûmes assis.

Georges me regarda avec un grand sourire et alors se lança, puisque c'était la journée, dans une dernière menterie. Mais, après tout, faire plaisir aux gens, c'est pas toujours un péché.

– Oui, monsieur Jules, et j'ai tout su répondre, grâce à vous.

– Ah, ça, ça me fait plaisir. Allez, raconte-moi.

C'est lui qui a raconté, comme d'habitude. Ma mère nous rejoignit un peu plus tard pour manger mais ne desserra pas les dents, même quand Jules lui parla.

– Alors, Adèle, il a réussi le certificat, faut le féliciter.

– Je leur parlerai quand ils auront demandé pardon à madame Alice et à Abel, pas avant.

Il ne restait plus qu'à s'exécuter. Je montai voir Abel dans sa chambre, craignant de le trouver extrêmement peiné.

– J'ai pas dit ça pour toi, lui expliquai-je, c'est seulement parce que je voulais aller avec Georges.

Il me répondit gentiment que les femmes savantes faisaient toujours beaucoup d'histoires pour pas grand-chose et que, dans son pays, on les attachait avec les chèvres pour s'en débarrasser, ce qui nous fit rire tous les deux. Pour me faire voir qu'il n'était pas fâché, il me fit un cadeau.

– C'est un gri-gri, ça fait partir les mauvais esprits.

Je le pendis avec la croix, ce qui me fit ressembler tout de suite à une châsse ambulante.

Après je me rendis chez madame Alice. Elle avait retrouvé son mauvais caractère, ce qui voulait dire que tout allait bien.

– Et si demain matin tu te réveillais tout vert ou tout rabougri, qu'est-ce que tu dirais ? me demanda-t-elle.

Je gardai la tête baissée, croisant mes doigts dans mon dos comme m'avait appris Georges au cas où elle aurait été un peu sorcière. Elle finit de me chapitrer en me rappelant que je devais rester digne de mon papé Mathurin et du nom que je portais, puis elle me donna quand même une punition, pour l'exemple et pour se sentir en paix avec sa conscience.

Tout étant maintenant rentré dans l'ordre, nous pouvions fêter le succès de Georges, mais nous le fîmes sagement, préférant ne pas remettre de l'huile sur le feu en nous saoulant comme prévu.

Quelques jours plus tard, Adélaïde organisa un repas au bord de la rivière et les poissons, flottant dans sa chemise de linon, pendant que Georges m'apprenait à plonger tête la première dans l'eau.

C'étaient les vacances, le plein été, les champs dorés par le soleil et la bonne humeur retrouvée.

Et voilà que dans cette quiétude estivale nous revint de sa ville, et sans crier gare, le jardinier-moustachu-pêcheur de maquereaux.

## 12

Habituellement, en fin de soirée, Georges venait me chercher et nous descendions vers le Gardon pour attraper des écrevisses ou relever les nasses qu'il posait, bien dissimulées, dans les bassins d'eau.

Ne le voyant pas arriver comme de coutume, je pris le parti de descendre au campement installé sur la route de Malbosc. Et voilà qu'au détour d'un virage, contre toute attente, je me trouve nez à nez avec le pêcheur-moustachu d'Adélaïde. Je l'avais complètement oublié, celui-là. Il descendit de sa jardinière et me fit des salamalecs à n'en plus finir, tentant même de m'embrasser. Il s'informa de la pluie et du beau temps et finalement, devant mon manque d'inclination à communiquer, il reprit sa route et moi la mienne.

Vingt pas plus loin, Georges, caché dans les ronces qui bordaient le chemin, pointa son nez.

– Tu l'as vu ? Qu'est-ce qu'il t'a dit ? me demanda-t-il, tout excité.

– Qu'est-ce que tu fais, tu joues à l'espion ?

– Tu crois qu'il vient voir ta mère ?

– Je sais pas, il m'a rien dit.

– S'il vient voir ta mère, c'est la merde, il faut l'en empêcher.

Ses cheveux passaient du roux au rouge vif, signe évident qu'il préparait un mauvais coup. Il fonça droit devant lui, coupant court à travers les châtaigniers pour rattraper la route au virage d'en haut.

À cet endroit-là, elle se tortillait à flanc de montagne, ayant, sur son côté droit, une rangée de jardinets en escalier et, sur la gauche, une pente raide qui s'enfonçait dans une ravine peu profonde mais toujours pleine d'une eau boueuse et noirâtre comme une motte de charbon.

Georges se fit un perchoir d'un arbre surplombant le dernier virage de la route traîtresse qui laissait le moustachu de ma mère envahir notre campagnarde tranquillité.

– Planque-toi et bouge plus ! m'ordonna-t-il.

– Qu'est-ce que tu vas faire ?

– Tu vas voir.

Il sortit de dessous son tricot cette sarbacane qu'il avait patiemment façonnée dans un gros roseau, l'évidant de sa moelle avant de la durcir lentement sur la braise.

La bête apparut alors sur la route, traînant la charrette et le maquereau avec le même engouement qu'elle aurait tiré un corbillard.

– Crevure ! murmura Georges.

Et soudain je le vis se gonfler les poumons, aspirant longuement, puis prendre une deuxième bouffée d'air, courte et puissante, et retenir le tout. Le sang lui gonflait les veines autour des yeux. D'une main habile, il jeta un caillou sur la route et le cheval tourna la tête vers nous. Georges pinça étroitement la sarbacane entre ses lèvres, souffla d'un seul bloc l'air emprisonné et un sifflement fendit l'air par son milieu. Le cheval hennit, se dressa sur les pattes arrière, les sabots balayant l'espace devant lui, la jardinière se souleva du sol, bascula sur la gauche, et, avant même qu'il ait pu réagir, le maquereau de service dévalait la pente et s'enfonçait dans la ravine boueuse.

– Touché ! murmura Georges, en bondissant de l'arbre.

Puis, me saisissant par la main, il me fit courir à travers bois jusqu'à la rivière où les autres gamins de la bande étaient déjà à l'œuvre, et nous fîmes comme si de rien n'était, joignant nos rires aux leurs et barbotant dans l'eau froide à qui mieux mieux.

Un peu plus tard, fumant notre cigarette loin des regards curieux, je lui demandai ce qui c'était passé.

– Une fléchette en fer, me répondit-il, bien pointue et bien aiguisée, si tu la lances fort, elle va jusqu'à l'os. C'est comme si mille guêpes te piquent en même temps, alors le cheval, ça l'a rendu fou.

– Et si tu avais attrapé le jardinier ?

– Risque pas, je vise trop bien.

– Et après, le cheval, il guérit ?

– J'en sais rien, c'est la première fois que je fais ça.

Le cheval n'en guérit pas. Tout d'abord il s'emballa, traînant la jardinière derrière lui, ne sachant de quel côté se diriger tant la douleur était grande.

Ce même jour, les deux religieuses de Malbosc, après avoir rendu visite à notre curé et quêté dans le bourg, s'en retournaient paisiblement vers leur demeure.

Soudainement, à un détour du chemin, l'équidé aux babines baveuses, à l'œil révulsé sous l'œillère défaite, leur barra la route. La cornette au vent et la jupe retroussée, les nonnettes tentèrent de s'échapper, la plus jeune sautant le talus tandis que le cheval, ruant, suant, fonça sur la plus vieille des deux, comme quoi il est ridicule de faire totalement confiance à cet ami de l'homme s'il n'a pas davantage de discernement quand il s'agit de la gent féminine. Bref, malgré son âge canonique, sa robe volumineuse et sa cornette éolienne, la bonne sœur, encore utile pour grappiller dans les vignes du Seigneur, se jeta, en jurant, dans un genêt de Hongrie, épineux à souhait, et le cheval, suivi de sa charrette, plongea la tête la première dans la ravine du Maure.

Il en mourut. Il en mourut accompagné par les patenôtres, orémus, dévotions et oraisons que les nonnettes récitaient dans un brouhaha de confusion, le genou en terre, égrenant leur litanie sur le bas-côté de la route, non pas pour ouvrir les portes du paradis à un cheval de trait, mais plutôt pour se faire pardonner d'avoir juré comme madame Alice les jours de colère ou comme les charretiers de Malbosc tous les autres jours que le bon Dieu fait.

Notre moustachu rescapé, crotté de la tête aux pieds, rappliqua sur les lieux de l'accident en même temps que le curé, le bedeau, le garde champêtre, la tenancière du café-boulangerie-épicerie-tabac et bureau de poste, le tout suivi à distance respectable par l'institutrice qui se devait d'être là en témoin oculaire afin que l'histoire ne déforme pas la vérité sur l'événement le plus important de la commune depuis l'accouchement d'un bâtard par Adélaïde Maillefer.

Il n'y avait point d'explication logique à la folie soudaine du cheval et celui-ci ne pouvait en fournir une lui-même, étant mort dans l'affaire. L'on supposa un serpent, une guêpe, l'on se hasarda même à reparler du mauvais œil, du mauvais sang, et certains du parti de la République, à l'heure de la belote, le mégot de gris collé à la lèvre, la casquette vissée sur le coin de l'œil, le sourire un tantinet ironique, marmonnèrent, sans avoir l'air d'y toucher, que peut-être l'odeur des nonnes...

Ma mère, avertie par la rumeur publique, quitta sa Bastide pour se précipiter au secours du moustachu. Monsieur le curé et Mlle Gardit sauvaient les âmes, Adélaïde sauvait les corps. Elle ramena, l'inconsciente, elle ramena l'homme dans les murs de Jules pour le soigner de sa chute. Elle lui pansa une plaie bénigne, il en profita pour lui tripatouiller le cœur.

À l'heure du dîner, elle nous dit de ne pas l'attendre, le blessé nécessitant encore quelques soins. Jules lui fit savoir par Abel que la maison n'étant ni un hôpital ni un hôtel et que, la blessure n'étant point grave, l'homme était libre de repartir. Puis il s'enfonça le nez dans la soupe de lentilles, jouant sans arrêt du couteau à lames multiples que j'enviais en secret, surtout à cause de ce tire-bouchon dont il se curait toujours les ongles. Un moment plus tard, ma mère pointa son minois à la porte de la cuisine et nous dit simplement qu'elle allait faire un tour.

Jules ne répondit pas. Il se mit à ronchonner à propos de tout et de n'importe quoi, sa pomme d'Adam faisant des allers et retours nerveux dans sa gorge. Je n'en menais pas large. Discrètement, je m'esquivai par la porte de la souillarde et gagnai l'escalier rond qui monte à l'étage. C'est là que je vis Abel en train de se cacher.

– T'as pas besoin de te cacher, je t'ai vu.

– C'est pas pour toi, c'est pour le maître, quand il est comme ça, c'est toujours moi qui prends les coups.

– Les coups ? Il te bat ?

– Non, non, seulement quand il est comme ça, avec une grosse colère.

Je partis m'enfermer dans ma chambre, car il y avait trop de choses dans ma tête pour que je puisse réfléchir. Tout ce que je sentais, c'était que la paix avait foutu le camp, que le reste allait suivre et du coup je me pris à détester Georges de se mêler de choses qui ne le regardaient pas.

Vers les onze heures, j'entendis le pas de ma mère dans le couloir. Elle ouvrit doucement la porte de ma chambre.

– Où tu étais ? lui demandai-je sèchement.

– Voir quelqu'un. Jules t'a rien dit ?

– Non, il est pas content, c'est tout. Pourquoi tu es allée voir quelqu'un ?

– Pour parler.

– Parler de quoi ?

Mon ton de voix n'était pas doux car il fallait que je sorte ce que j'avais sur l'estomac.

– Moi, j'en ai marre de toutes ces histoires, maintenant on est bien ici.

Adélaïde s'approcha de moi.

– Dors, mon bébé, tout ça va s'arranger.

– Je suis plus un bébé, et l'autre, je l'aime pas, il vient que pour foutre la merde.

Maintenant je criais parce que les nerfs me lâchaient. Ma mère essaya de me calmer en me prenant dans ses bras, mais je me mis sous les couvertures et lui tournai le dos. Elle comprit que j'étais vraiment fâché, sortit d'un pas las et tira la porte.

Je dormis mal et, à nouveau, des cauchemars m'envahirent l'esprit. Dans l'un, la mémé Petite marchait à quatre pattes et caquetait comme une poule, puis elle devenait un lapin et faisait bouger son nez. Quant elle arrivait près de la cheminée, elle se faisait rôtir sur la broche en criant piu-piu, piu-piu. Dans un autre, à la nuit, je m'asseyais sous le mûrier pour parler au Jésus qui avait accroché Sa croix à une branche et S'en servait de balancelle. Il ne me répondait pas parce qu'Il était tout noir, comme Abel, et derrière Lui le ciel brûlait.

Bien troublé par tout ça, le lendemain, j'expliquai mon cauchemar au curé, espérant qu'il ne me reconnaîtrait pas dans le secret du confessionnal. Il m'écouta, visiblement intéressé parce que ça le changeait un peu des péchés ordinaires. C'est le diable qui te tente, me dit-il, il te faut résister par la prière en récitant trois Ave et trois Pater noster, et aussi mettre un cierge à la Vierge.

Un cierge, c'était cinq sous. Je n'avais pas cinq sous. Mais l'enfer me faisait tellement peur que je les volai dans le sac d'Adélaïde, ce qui me fit un autre péché à confesser. Pour le vol, le curé me donna cinq Ave et cinq Pater noster, un par sou. Heureusement que les cierges en coûtaient pas cinquante.

En arrivant devant La Bastide, je vis Abel s'enfuir en courant vers la draille du Joubert. Je m'avançai en catimini lorsque ma mère à son tour sortit de la maison.

– Antonin, me dit-elle aussitôt, reste pas là, va m'attendre chez Georges.

– Qu'est-ce qu'il y a ?

– Va, je te dis !

Maintenant c'est elle qui criait. Je fis trois pas en arrière et une main me tira à couvert sous les haies.

– Reste pas au milieu, me dit Georges, ça barde.

– Mais, merde, on va me dire ce qui se passe ?

– C'est Jules qui a tapé sur Abel. Le Zoulou, il s'est pris un œil au beurre noir, mais ça se voit pas sur lui.

– C'est pas drôle, ce que tu dis. Abel, je l'aime bien.

– Oh ! ça va ! me répondit Georges, je savais pas que tu aimais les Noirs, maintenant.

– J'aimais bien les gitans avant, lui dis-je, furieux de son attitude.

Et je le plantai là, décidé à en finir une bonne fois pour toutes avec les histoires de La Bastide.

Je passai devant ma mère sans la regarder, montai dans ma chambre bleue de riche, pris mon cahier neuf, ma chemise des dimanches et redescendis.

– Antonin, où tu vas ? demanda-t-elle en me voyant.

– Chez madame Alice.

– T'as pas besoin de ta chemise.

Comme réponse je lui claquai la porte au nez. Si je prenais ma chemise, c'est que j'avais pas l'intention de revenir, ma mère, dans ce foutoir où tu nous mettais.

Quand madame Alice me vit arriver, elle ouvrit son volet de bois et me fit entrer.

– Té, Antonin, ça me fait bien plaisir, ta visite, surtout que j'ai une bonne soupe, et pas de betteraves, la mienne.

C'est vrai qu'elle savait tout, comme la mémé.

– Madame Alice, je peux dormir dans la chambrette, ce soir ?

– Qu'est-ce qui se passe là-bas ? me demanda-t-elle aussitôt.

– Je sais pas, mais ils se disputent tous.

– Qui, tous ?

– Eh bé, je crois que Jules il a battu Abel, c'est Georges qui me l'a dit.

– Oh ! noum de Dié ! noum de Dié ! cria-t-elle, ça devait arriver, et ta mère, où elle est ?

– À La Bastide.

J'en avais gros sur le cœur et me mis à pleurer.

– Moi, j'en ai marre, je sais plus où aller.

Elle mettait déjà son châle, mais elle s'arrêta, vint vers moi, me prit contre elle et me serra fort.

– Tu viens ici, et tu n'as pas besoin de demander.

Et elle descendit vers La Bastide. Je restai là, assis sur une chaise, ma chemise sur les genoux, mon cartable encore accroché sur mon dos, perdu, noyé dans tout ce remue-ménage. Au bout d'un moment, je pris un livre sur le buffet et me plongeai dedans pour m'occuper l'esprit.

Quand Georges arriva, j'étais toujours en train de lire. Il crut que je faisais un devoir.

– C'est pas un devoir, lui dis-je, c'est parce que j'aime bien.

– Tu sais, j'ai pas dit ça pour être méchant tout à l'heure, commença-t-il.

– Je me rappelle plus ce que tu as dit, répondis-je, je suis content que tu sois là.

– Alors c'est mieux. Madame Alice est arrivée là-bas comme une tempête et elle a foutu un foin pas possible à tout le monde. Le Jules, il en menait pas large.

Je ne voulais pas qu'il me raconte maintenant, j'avais encore besoin de tranquillité, alors je lui lus une page du livre et il attendit calmement que j'aie fini. Puis je l'emmenai dans la cabane à lapins qui ne contenait que des cages vides.

– Maintenant tu peux raconter, lui dis-je.

Il roula une cigarette et me prévint qu'il me dirait tout ce qu'il savait parce que j'étais assez grand pour comprendre. Et voilà donc ce qu'il me conta.

En arrivant à La Bastide, madame Alice traversa l'entrée en deux enjambées et déboula dans la cuisine.

– Adélaïde, il faut que je te parle, claironna-t-elle.

– C'est pour le petit ? demanda ma mère.

– Non, c'est pour le grand, répondit l'Alice. Où est-il ?

– Il est à l'écurie, y a une jument qui va mettre bas.

– Bon, ça va l'occuper un bout. Dis à tes femmes de nous laisser, on doit parler, ordonna l'institutrice.

Sans se le faire dire deux fois, Marie et Victoire sortirent de la cuisine en empruntant l'escalier rond. C'est là que Georges était caché. Il se faufila rapidement à l'étage et prit le parti de se remiser dans ma chambre en attendant de voir venir. À plusieurs reprises, il tenta d'en sortir, mais il y avait toujours quelqu'un dans les parages. Il s'échappa donc par la fenêtre et, s'agrippant au lierre, regagna le rez-de-chaussée. En rasant le mur, il passa devant le salon dont la porte-fenêtre était grande ouverte. Madame Alice marchait de long en large tandis que Jules, calé dans son fauteuil, l'écoutait.

– Mais c'est ce qu'elle vient de me dire, Jules ! Ça fait une heure que je parle avec elle, et tu veux rien entendre.

Jules répondit quelque chose que Georges ne comprit pas.

– Tu as fait trente ans d'armée et tu es plus couillon qu'un pastoureau si tu crois qu'à nos âges on épouse une jeunesse.

– Et quel âge il avait, Poudevigne, quand il vous a mariée ?

– M. Poudevigne avait quarante ans et se trouvait dans la force de l'âge, toi, tu en as soixante et qui plus est tu es malade.

– Il n'empêche pas moins que Poudevigne il est mort et moi je suis vivant, répliqua Jules.

– Alors respecte-le, parce que sans lui tu serais mort, toi aussi, et sur l'échafaud, rétorqua violemment madame Alice.

Jules parlait fort, gesticulait, disant qu'il aimait ma mère et qu'il lui donnerait tout, et finalement il s'effondra dans son fauteuil.

– Maintenant que tu as bien crié pour rien, je vais te dire ce que tu vas faire, reprit Alice.

Elle attendit qu'un souffle passe avant de continuer.

– Adélaïde, je l'ai vue naître et grandir, alors je sais ce qu'elle a dans la caboche, et ce qu'elle a, c'est pas pour toi ni pour aucun autre du pays. Elle est comme Mathurin, il lui faut de l'espace, du monde, de l'aventure. Tu crois pas qu'elle va passer sa vie à te faire la soupe dans ce trou de Cassagnettes. Dis, Jules, si ton vieux t'avait demandé de rester ici en te promettant l'héritage, tu serais resté ?

Il fit une moue.

– Eh bien, non ! Tu serais parti quand même, et Adélaïde c'est pareil, elle ne restera pas pour ton argent, elle s'en fout de ton argent, elle veut de la vie. Tu étais là, gentil avec elle et elle avec toi, tout ça partait d'un bon sentiment des deux côtés. Mais c'est fini, tu entends, Jules, c'est fini ! Alors tu lui fiches la paix ou bien elle s'en va et tu retomberas dans ta crasse.

– C'est à cause de l'autre qu'elle a changé.

– Celui-là ou un autre, elle aurait changé de la même façon, fais-toi une raison. Prends le bon temps qui vient, laisse-la te soigner, s'occuper de ta maison et, pour le reste, ferme les yeux dessus.

Elle s'arrêta un instant, puis reprit :

– Et quand tu as une envie, tu fais comme avant, tu vas faire un tour à la ville, ça te dégorgera.

Madame Alice appelait un chat un chat. Jules tenta une dernière attaque pour la gagner à sa cause.

– J'aurais donné un nom au gamin, continua-til.

Alice se raidit. On aurait dit que la République tout entière était en danger et qu'elle seule pouvait la défendre.

– Le petit, il s'appelle Maillefer, comme son grand-père, et il n'y a pas de honte à s'appeler Maillefer !

Jules comprit qu'il ne fallait pas revenir dessus. Madame Alice fit un pas vers la porte-fenêtre, puis, d'un bloc, elle se retourna vers l'homme.

– Avant de mourir, M. Poudevigne m'a donné les papiers de ton affaire après les barricades. Alors, fais attention, Jules, cette fois, il n'y aura pas de Légion étrangère pour t'en sortir.

Il releva la tête brusquement mais, avant qu'il eût le temps de parler, elle lui cloua le bec.

– Tais-toi ! Tu sais très bien de quoi je parle, et surtout, ajouta-t-elle menaçante, surtout, ne m'oblige pas à m'en servir.

Puis elle partit comme elle était arrivée. En coup de vent.

Georges roula une deuxième cigarette en finissant de me raconter et je vis bien qu'il voulait me dire encore autre chose mais qu'il réfléchissait. Soudain, je me sentis très mal, comme si une grosse boule sur ma poitrine essayait de rentrer dans un petit trou, m'empêchant de respirer.

– Appuie-toi sur moi, me dit mon ami, laisse-moi faire.

Il prit quelques herbes, me frictionna les tempes, la nuque, le front. J'avais encore ma hargne contre lui, mais c'était bon de sentir son affection d'aussi près. Je me laissai aller sur son épaule, songeant à tout ce que je venais d'entendre et ne sachant qu'en penser. Il se mit à chanter comme les gitans, de sa voix rauque, souple, envoûtante, et, même si je ne comprenais pas cette langue, ça me faisait du bien de l'écouter. Je crois même que je m'endormis un peu, car soudain j'ouvris les yeux et je vis son sourire de rouquin tout plein de taches dorées au-dessus de moi.

– Tu es le plus fort, Antonin, me dit-il, ne l'oublie jamais.

Je lui pris la main et nous partîmes en courant dans la nuit. Demain un autre jour se lèverait.

# 13

Les choses rentrèrent un peu dans l'ordre et un semblant de bonne humeur refit surface. Adélaïde souriait encore, même si elle chantait moins. Le soir, elle passait un moment dans ma chambre, regardait mes devoirs d'école, me racontait des histoires du temps où elle était petite fille, et j'avais l'impression de la découvrir chaque jour un peu plus. Un dimanche matin, elle m'attendit avec le coupé à la sortie de la messe.

– Nous allons faire une visite à Malbosc, me dit-elle, mon amie l'Andréa vient d'avoir une petite fille.

Elle ne l'avait plus vue depuis ma naissance, mais maintenant, après le pardon, nous étions fréquentables, et puis peut-être qu'en elle-même ma mère voulait encore trouver une bonne raison de rester ici.

Dans la grande rue de Malbosc les gens nous regardèrent passer en faisant des commentaires suffisamment fort pour que nous les entendions, et il semble bien que l'histoire du jardinier était arrivée jusqu'ici, mais Adélaïde s'en moquait, elle disait bonjour à tout le monde, en souriant.

– J'aurais dû mettre les boucles d'oreilles, rien que pour les enquiquiner, me dit-elle.

Elle avait beau rire, son visage n'avait plus la même sérénité qu'avant et sa beauté ne pouvait pas cacher son ennui, car il s'agissait bien de cela : ma mère s'ennuyait.

À la sortie du bourg, elle arrêta le coupé devant une bâtisse laide comme une punaise, avec des couloirs longs et sombres, des portes partout et des odeurs de cuisine grasse qui en sortaient par en dessous.

Andréa nous reçut avec des grandes embrassades qui sentaient mauvais. Puis elle se mit à nourrir son nouveau-né en l'écrasant presque sous un gros sein que le marmot tétait goulûment. Quand elle eut fini, elle donna le gamin à ma mère et referma sa blouse sans frotter la goutte de lait qui coulait. Ça caquetait comme dans une basse-cour dans tous les coins de l'appartement et je ne pensais déjà qu'à repartir, mais la politesse a des exigences, alors il fallut s'asseoir, dire que les mioches étaient beaux, boire de la chicorée et manger d'un gâteau qui s'appelait pain d'épice et collait aux doigts. Moi j'en voulais pas, je croyais que c'était du pain des pisses. Je glissai mon morceau dans la poche de mon pantalon et je l'écrasai bien pour pas que ça se voie. Adélaïde, ne voulant pas offenser son amie, garda le gamin sur ses genoux pour lui faire des risettes et l'autre en profita pour chier dans sa culotte, ajoutant un supplément à l'odeur nauséabonde qui régnait déjà.

Ce fut le bon prétexte pour partir tout de suite.

– On reviendra un autre jour, dit ma mère en se levant, j'aurai plus de temps.

Et on s'esquiva à toute vitesse comme si on avait le feu au cul. En sortant de chez eux, Adélaïde m'aspergea de parfum et en répandit une bonne quantité tout autour d'elle.

– Ça désinfecte, me dit-elle.

– C'est comme ça les maisons de la ville ? que je lui demandai.

– C'est comme ça partout chez les gens sales. Que Dieu me préserve d'en arriver là un jour. La mémé, elle avait des défauts, mais, pour sûr, la propreté, elle m'a appris ce que c'était.

Pour nous remettre, nous descendîmes jusqu'au Café des Voyageurs, juste à côté de la gare. De sa terrasse, on pouvait voir les rails qui partaient vers la vallée, tout astiqués sous le soleil, et ça vous donnait tout de suite envie de les suivre. Adélaïde retrouva son sourire et me commanda une menthe à l'eau toute verte et pour elle un anis bien arrosé. On était là, sous la glycine, tous les deux, sans parler, il faisait bon et je me disais : « Voilà, c'est tout simple d'être bien, il ne manque que la mémé, mais elle n'aurait jamais voulu venir jusqu'ici. Elle aurait dit qu'on a pas besoin d'aller s'afficher, que ça fait mauvais genre, ou des trucs comme ça. Pourtant, si elle nous voyait aujourd'hui, Adélaïde, habillée en gouvernante, et moi, son petiot, avec une cravate et un pantalon long, elle serait bien fière quand même. »

– Dis, maman, pourquoi elle est morte, la mémé ?

– Parce qu'elle était vieille, mon chéri.

– Alors je veux pas que tu vieillisses.

Elle se mit à rire.

– Tu as toujours de drôles d'idées, on vieillit tous.

Puis elle regarda vers sa ville, là-bas, au bout des rails.

– C'est pour ça qu'il faut bien vivre, on vieillit moins vite.

Elle arrangea son chapeau, enfila ses gants, perdue dans ses pensées.

– À quoi tu rêves, maman ?

Mais elle n'entendit pas ma question. Adélaïde voguait déjà vers d'autres rivages.

# 14

C'est de bon matin, le lendemain, que Georges m'appela depuis la cour de La Bastide. Je pointai mon nez à la fenêtre de ma chambre et le vis debout sur le coupé déjà attelé. Je descendis en trombe l'escalier au risque de me casser le cou. Dans la cuisine, pour la première fois depuis longtemps, Adélaïde et Jules, assis de chaque côté de la table, semblaient renouer avec de vieilles habitudes.

– Alors, me dit Jules, tu es prêt ?

– Prêt pour quoi ?

– Bé, pour aller à la ville, bien sûr, sinon tu vas rater le défilé.

– À la ville, avec le coupé ?

– Té, maintenant tu comprends tout du premier coup, me plaisanta le vieil homme. Allez, presse-toi, que Georges t'attend.

Chacun leur tour, ils m'embrassèrent, ma mère me glissant une pièce de un franc dans la main et Jules faisant pareil en cachette d'elle.

– Surtout, écoute bien Georges, et sois prudent, me recommanda-t-elle.

– N'écoute pas ta mère, coupa Jules, amuse-toi et cours les filles si ça te dit.

Puis il passa sa main dans mes cheveux pour les embroussailler et ajouta en plaisantant :

– Mais ne les rattrape pas.

Je m'assis sur le siège du coupé et Georges lâcha le mors à la jument, laissant la bête faire la manœuvre toute seule, tant elle connaissait la route qu'il eût été vexant pour elle de la diriger. Je lui demandai tout de suite pourquoi nous allions à la ville et pourquoi Jules nous prêtait le coupé et pourquoi il ne me l'avait pas dit.

– Ça y est, t'as plus de questions, je peux commencer de parler, qu'il me répondit. Un, c'est la fête du 24 août à la ville et y a plein de choses à voir. Deux, Jules nous prête le coupé parce que d'y aller à pied ça fait un peu loin, et trois, je te l'ai pas dit parce que je le savais pas avant ce matin.

L'explication me parut satisfaisante.

– Tu vas voir, on va bien s'amuser, surtout que y a mon cousin qui est arrivé cette nuit avec sa femme, ils viennent juste de se marier. Elle est belle !

– Aussi belle que ma mère ?

– Ta mère, elle est pas seulement belle, elle est une dame, c'est pas pareil.

Nous arrivâmes au campement et les jeunes mariés grimpèrent dans le landau.

– Alors, c'est lui, Antonin ? demanda le cousin en me tapant sur la tête.

Puis il se mit à rire, comme si c'était drôle que je m'appelle Antonin, mais après je vis qu'il riait tout le temps comme ça, pour rien. La fille portait des rubans de toutes les couleurs de l'arc-en-ciel, les fentes des yeux peintes en bleu, des bracelets autour des poignets, autour des chevilles, de grands anneaux d'or pendant aux lobes des oreilles, et il est vrai qu'elle était divinement belle. Mais elle ne parlait pas, se contentant de sourire, et je découvris un moment plus tard que la belle Aïfa était muette.

Quant nous arrivâmes à la ville, la fête battait déjà son plein et nous avions raté le défilé de la fanfare.

– C'est pas grave, me dit Georges, y a tellement à faire.

– Oui, mais quand même, je voulais voir le défilé.

– Tu verras autre chose.

Je vis tellement d'autres choses que j'en perdis le compte.

D'abord, un homme habillé de rouge, avec un long bonnet duquel dépassaient, bien plantées sur le crâne, deux cornes horribles. Il crachait du feu vers le ciel. Discrètement je fis un signe de croix, parce que c'était la première fois que je voyais un vrai diable et je trouvais que le garde champêtre faisait pas bien son travail en le laissant traîner sur la place publique. Un peu plus loin, Georges gagna un bouquet de plumes en renversant des piles de boîtes avec une balle de son et il l'offrit à sa nouvelle cousine. Elle sauta de joie en faisant tinter ses piécettes d'or et fixa les plumes à son corsage, et on aurait dit un petit oiseau du paradis descendu sur terre. Puis nous montâmes sur la grande roue et tout aussitôt je me retrouvai avec la tête à la place des pieds, accroché à la grille qui nous protégeait, tellement effrayé que j'en oubliai de crier. Après ce manège-là, je refusai de monter dans les autres tant que je ne les avais pas vus tourner, une fois m'ayant suffi.

Mais Georges voulut tout me faire voir et tout me faire faire. Il me perdit dans le couloir des miroirs déformants, voulut que j'embrasse la femme la plus grosse du monde et me glissa à l'oreille qu'on devrait la marier avec le vieux Céleste. Je ris en imaginant l'odeur du couple.

Ensuite nous vîmes l'homme de fer qui s'enfermait dans une chaîne et la faisait éclater en se gonflant. Puis Georges décida qu'il fallait visiter la ménagerie du cirque. C'est là que je vis mon premier vrai lion, mais il ressemblait plutôt à un gros chat qu'à une bête sauvage. Jules, me dis-je, exagère un peu quand il nous raconte ses histoires de chasses africaines.

La journée passa comme une heure. Georges nous acheta des petits pains garnis de fricandeaux, et une autre marchande nous proposa un verre de lait. Je ne savais pas qu'il fallait payer pour avoir du lait, je croyais que les vaches le faisaient gratuitement.

– Eh ! Maillefer, il faut un peu sortir de ton trou, me dit Georges.

– Mais quand même, je tentai de lui expliquer, ces sous, on les donne pas aux vaches.

– Pour sûr que non, qu'est-ce qu'elles en feraient ? Tu les vois aller à la messe pour les porter au curé ?

Et l'autre gitan de rire, ce qui me vexait.

– Allez, te fâche pas, Maillefer, c'est pour s'amuser que je t'ai dit ça.

– M'appelle pas Maillefer ! Ou alors on est plus copains.

– Bon, je t'appellerai Antonin, mais seulement si tu nous achètes de la barbe-à-papa avec tes sous.

Je crus qu'il se moquait encore de moi.

– Mais non, viens.

Il me mena vers un homme qui faisait des gros pompons de coton rose et vert.

– C'est ça, la barbe-à-papa, me dit mon gadjo.

Et, pour bien me prouver qu'il était sérieux, il en commanda quatre d'un coup. Je sortis mes deux francs et me pris pour Crésus.

La nuit tomba soudain et la fête s'illumina de mille lampions, mais Georges nous rappela qu'il fallait rentrer à Cassagnettes. Nous avions eu une journée bien remplie et assez de choses à raconter pour une semaine, alors nous prîmes le chemin du retour sans discuter.

En comptant la menue monnaie que m'avait rendue le marchand de barbes-à-papa, je réalisai soudain que Georges avait payé pour tout le monde et dépensé beaucoup d'argent.

– Où tu as pris les sous pour tout ça ? lui demandai-je.

Georges arrêta la calèche sur le bord de la route, alluma une cigarette et me dit, fixant son regard sur un cercle de fumée qui s'élevait dans l'air :

– Tu vois cette fumée, eh bien, regarde-la avant qu'elle disparaisse ; après, ce sera trop tard.

Il prit une autre bouffée, forma un autre rond.

– Dans la vie, c'est pareil : il y a des mystères. Si on veut tout savoir et tout comprendre, on n'a plus le temps de vivre, alors il vaut mieux profiter des choses et des moments et des amis, parce que peut-être demain ils ne seront plus avec nous.

Il cria après la pouliche, et le coupé reprit la route. Je ne saisissais pas tout à fait la relation entre les ronds de fumée et le reste, mais je sus que Georges allait partir, qu'il me quitterait bientôt. Il sentit ma tristesse. Tout en gardant les rênes d'une main, il posa son bras sur mon épaule et m'attira contre lui.

– Antonin, me dit-il, c'est Jules qui m'a donné l'argent pour que je t'emmène à la ville, mais il me l'a pas donné pour rien.

Je l'écoutais sans bouger parce que je savais qu'il allait me dire des choses importantes.

– Il donne l'argent pour que ta mère reste à La Bastide. Il a rien compris, mais c'est comme ça.

Il tira sur sa cigarette, rejeta la fumée et reprit :

– Si elle veut partir, elle partira, et surtout, Antonin, ne la retiens pas, c'est pas fait pour elle de vivre ici.

– Comment tu sais tout ça ?

– Les gitans n'ont pas de livres, alors ils lisent les étoiles.

Les mariés nous quittèrent au campement et Georges remit la jument en marche pour me ramener à La Bastide. Devant le portail de fer forgé qui fermait le parc de ma prison de luxe, il me tendit les rênes et me dit calmement :

– Ferme les yeux, et ne les ouvre qu'après avoir compté jusqu'à cinquante.

Je commençai le compte à rebours.

– Un jour, me dit-il en me caressant la main, un jour je viendrai te chercher.

Je sentis sa joue se poser sur ma joue. Elle était mouillée. Ou peut-être était-ce la mienne ?

Quand je rouvris les paupières, il ne restait plus dans le chemin que l'évanescence d'une crinière rousse flottant dans un rond de fumée.

Le lendemain, je descendis vers le campement et je restai longuement assis, contemplant ma peine dans les dernières cendres du feu mort, unique trace du séjour des gitans. Je fermai les yeux pour pouvoir encore entendre leurs chants et leurs rires, mais seul le silence me répondit.

Cette nuit-là, je fis un terrible cauchemar. Je partais avec eux et nous arrivions sur le chemin de la ville. Une colonne de femmes vêtues de noir nous apparut, leurs têtes recouvertes de fichus, un sac de tissu pendu à leurs bras, les mains jointes égrenant un chapelet. Elles marchaient, en murmurant des pleurs, derrière des charrettes et des tombereaux transportant des nuages en plumetis de brume grise. Il n'y avait pas d'hommes dans ce charroi. Ils étaient déjà partis. Alors je m'arrêtai et regardai passer la colonne, et je reconnaissais toutes les femmes de Cassagnettes avec d'autres que je n'avais jamais vues, mais je savais qu'elles étaient les femmes de Malbosc, de Laval et de toute de la vallée, les femmes des paysans, des mineurs, des ferronniers, des charretiers, de tous les hommes absents. La colonne disparut lentement dans la nuit et je me retrouvai seul sur le talus. Alors je revins dans le village vide, errant d'une maison à l'autre, ouvrant les portes, parcourant les pièces enfin accessibles à ma nature curieuse, violant ces sanctuaires désuets que sont les chambres à coucher, écoutant les meubles centenaires se chuchoter les sordides secrets de famille. Puis, à la fraîcheur du soir, je m'assis derrière le comptoir de l'épicerie-café, et alors je mangeai des bonbons que je puisais dans les bocaux en verre transparent, et les bonbons se mettaient à bouger dans ma main comme des têtards de grenouille.

Dans le village, il ne restait que madame Alice. Je ne pouvais l'imaginer emballant ses livres et son école sur une charrette pour participer à l'exode. Elle restait pour dominer les ruines, républicainement authentique en tout ce qu'elle faisait. Et moi, en passant devant son balcon, je la contrariais en la saluant comme on salue une reine espagnole. Enfin, je rentrais heureux dans ma Bastide-Château Fort, ayant possédé toutes les rues, toutes les maisons, toutes les courettes, étant devenu, envers et contre tous, le roi d'un Cassagnettes mort.

J'ouvris les yeux et, effrayé par mon rêve, je me levai et courus vers la fenêtre, tentant de percer la nuit, de voir la colonne, les roulottes. Mais en vain. Il n'y avait plus que les étoiles éclairant sur le chemin les traces impossibles d'un rêve inachevé.

# 15

Le départ de Georges me laissa désemparé. Depuis trois ans maintenant, toutes mes pensées se tournaient vers lui, sur ce que j'allais lui dire, ce que nous allions faire et, soudain, plus rien n'eut la même importance car il n'était plus là pour partager. D'autant plus que, si son départ s'inscrivait dans la logique des choses, chez moi il prenait les allures d'un abandon, d'une douleur certes différente mais en même temps semblable à celle du premier départ de ma mère et de la mort de la mémé. Tout simplement, je ne comprenais pas pourquoi les autres me quittaient tout le temps et j'en conclus dans ma petite cervelle que j'avais dû faire quelque chose de mal. Et, quand on fait mal, on doit être puni.

J'eus une grande crise de religion. Mlle Gardit, dont l'humeur à mon égard avait beaucoup changé depuis la procession et l'enveloppe, m'expliqua très gentiment que les grands saints s'infligeaient des punitions pour faire pardonner les fautes des autres.

Comme je ne connaissais pas de grand saint, je n'avais pas d'autre choix que de m'occuper de mes fautes tout seul.

Je partais tôt le matin et grimpais le long de toutes les sentes, tantôt m'enfonçant sous le fourré des châtaigniers, m'écorchant aux branches jeunes et déjà robustes, tantôt me laissant rouler le long des pentes abruptes couvertes d'orties ou d'arbustes épineux, me punissant ainsi de ce mal inconnu que j'avais fait.

– Qu'est-ce que tu as là, à ton bras, tu es tout égratigné ? me demanda madame Alice quand elle me vit passer devant sa porte.

– C'est rien, c'est en jouant que je l'ai fait.

Elle remua la tête avec un pincement de lèvres.

– Le désœuvrement, ça donne rien de bon. Té, si tu n'es pas trop occupé, ça m'arrangerait bien que tu me rentres du petit bois, me dit-elle.

– Oh bé, ça je veux bien.

Je pris la brouette de La Bastide et montai à la lisière du bois. Toute la matinée, je fis des petits fagots bien noués avec une corde et, vers les midi, je redescendis, chargé à ras bord. C'était lourd et, par deux fois, je renversai tout. Mais, quand madame Alice vit le chargement, elle ne put se retenir de lever les bras au ciel.

– Mais tu es fou, c'est trop lourd !

– Un peu, mais ça me fait les muscles. Demain, j'irai en ramasser encore.

– Pas demain. Demain, si tu veux, on ira prendre des herbes pour faire sécher.

Équipés de deux grands paniers, nous partîmes par la sente qui s'enfonce jusqu'au fond de la vallée.

– Les hommes ne viennent jamais ici avec les bêtes. C'est bien ainsi, les plantes et les herbes restent belles et propres, m'expliqua l'institutrice.

Puis, elle me fit voir comment reconnaître les bonnes herbes et à quoi elles servent.

– Tu vois, le thym, c'est pour les poumons, ça te fait sortir la toux. La gentiane, c'est pour nettoyer le foie ; c'est le mari d'Élisa qui devrait en boire, quoique, ivrogne comme il est, ça servirait qu'à gâcher de la plante. Té, voilà un beau pied de romarin, ce sera bon pour mes rhumatismes, ta mémé en buvait une tasse tous les soirs.

Elle s'arrêta un instant, se releva.

– Ça ne l'a pas empêchée de partir bien jeune, cette cabocharde.

Elle sourit et s'assit un moment sur un rocher.

– Une fois, avant qu'on se raccommode, on s'est trouvées nez à nez dans un champ, alors elle a pris la poudre d'escampette. Je lui ai crié : « Je ne suis pas le diable », et elle de me répondre : « Dieu seul Le sait ! »

Elle ramassa un pissenlit.

– C'est comme ça qu'on s'aimait, elle et moi, mais c'était une brave femme. Ton papé, elle en prenait soin, toujours une flanelle propre et chaude qui l'attendait.

– Vous l'avez connu, mon papé Mathurin ?

– Oh que oui, tu lui ressembles comme deux gouttes d'eau. Allez, ramasse encore des pissenlits, ça lave le sang et les reins, mais si tu en bois trop, tu pisseras toute la nuit.

En redescendant, chargés comme des ânes, on s'arrêta auprès d'une source. Du fond d'un panier madame Alice sortit une petite boîte en fer qu'elle ouvrit et me tendit une galette.

– Mais c'est les mêmes que faisait ma mémé.

Elle se mit à rire.

– Je sais, je voulais t'en faire la surprise, alors l'autre jour j'ai demandé à ta mère de m'expliquer la recette. Elles sont bonnes, hé ?

– Pour ça, oui.

– Alors, ton copain Georges, il te manque ? me demanda-t-elle soudain.

– Bé, pour vrai dire, c'est surtout que je suis seul, maintenant.

– Tu n'es pas seul, il y a ta mère, il y a Jules, il y a plein de monde autour de toi.

– Oui, mais ceux que j'aime, ils s'en vont tous, à part vous. J'aime bien quand je vous parle parce que les autres, j'ai pas grand-chose à leur dire.

– Être seul, c'est pas une misère. Regarde, moi, je suis bien seule, et depuis quarante ans maintenant.

– Y a tous vos élèves.

– Oh, les élèves, ça va, ça vient ! Tu sais combien j'en ai eu en quarante ans ? plus de quatre cents, quatre cent trente-sept exactement, tu entends bien, quatre cent trente-sept. Eh bien, malgré ce, je suis toujours seule, mais ça me fait pas peine, j'ai l'habitude.

– Maintenant vous m'avez, moi.

– Heureusement, sinon, qui me rentrerait mon petit bois ? Allez, viens, il se fait tard ; tiens, aide-moi, je peux plus me lever.

Je lui tendis la main et elle se releva doucement, puis elle attrapa son panier et nous nous mîmes en route.

– Je garde ta main, qu'elle me dit, ça me donne l'équilibre.

Je crois surtout que nous en avions bien envie tous les deux.

– Demain, je me repose, alors tu pourrais en profiter pour aller à la rivière avec ta mère, elle aime bien ça.

– Je sais pas si elle voudra.

– Si tu lui demandes avec une câlinerie, elle saura pas te dire non. Tu sais, des fois, les gens ont pas le temps de penser, il suffit de penser un peu pour eux.

– Oh, que oui ! Té, je préparerai un panier et nous resterons tard le soir à la fraîcheur, et que tous les deux, me répondit Adélaïde quand je lui parlai de la rivière. Quelle bonne idée tu as là, j'y aurais pas pensé.

L'habitude fut vite prise et souvent, vers les quatre heures, nous prenions le panier, sortions en cachette par la porte du jardin, et nous courions à travers les prés jusqu'aux premières frondaisons.

– C'est bon, me disait ma mère, encore une fois on les a semés.

– Mais personne nous suit jamais.

– C'est juste en cas.

Puis elle se déshabillait, gardant seulement sa chemise de lin, et elle se jetait dans l'eau en poussant des petits cris. J'en faisais tout de suite autant, mais maintenant je ne quittais plus ma culotte. Je grandissais.

Quand nous revenions, Jules nous attendait sur le perron, assis dans un vieux fauteuil de rotin, et il nous plaisantait :

– Té, j'ai vu passer un poisson, il revenait de la rivière, il m'a dit qu'une dame se baignait là-bas en liquette, faudra que demain j'aille voir.

– Monsieur Jules, lui répondis-je, maintenant je vais sur mes onze ans, alors je voudrais bien qu'on me parle plus comme à un bébé. Les poissons, ça marche pas sur le gravier de l'allée.

Il resta tout ahuri. J'avais pas encore de moustache, mais les trois poils découverts par Adélaïde devenaient une touffe, et Georges, qui en avait plein partout et même sous les bras, m'avait dit : « Le jour où tu as le premier, c'est que tu deviens un homme. »

Il était temps que les autres le sachent.

# 16

Un matin de septembre, le facteur déposa une lettre à La Bastide. J'étais en train, perché sur un mûrier, de combattre les Romains africains d'Alice, les Berbères asiates de Jules, les gitans italiens de Georges, le tout sans aucun respect pour l'histoire et la géographie, et enfin, les ayant tous écrasés de ma supériorité, j'allais détruire d'un coup de talon ce moustachu de merde qui avait tenté de me prendre ma mère. Car, dans le fond, je ramenais tout à cet homme, puisque, comme la mémé Petite, je ne l'aimais pas, et que je pouvais l'accuser aisément de tous mes malheurs. Adélaïde m'appela juste au moment où j'allais frapper le coup mortel sur la tête du maquereau.

– Antonin ! Viens voir, il y a une lettre pour toi.

Je sautai de mon arbre, abandonnant mes trophées de guerre aux oiseaux et aux abeilles. Une lettre pour moi, je ne savais pas que quelqu'un pouvait m'écrire.

– Maman, ouvre-la.

– Ah non, c'est pour toi.

Je décachetai lentement l'enveloppe et en sortis une feuille de cahier pliée en quatre.

« Antonin, on est à côté d'une ville et c'est pas beau. Un jour je viendrai te chercher, ne l'oublie pas et garde-toi bien. Moi je vais bien et les vieux aussi et tu dis bonjour à ta mère et tu dis merci à madame Alice pour le certificat. Signé ton ami Georges. »

Je relus la lettre pour ma mère, la glissai dans ma poche et montai à la Baraille. Il fallait que je le dise à la mémé, que j'avais reçu une lettre. La maison était vide, je poussai le portillon et retrouvai avec émotion les deux petits tas.

– Té, mémé, mon copain Georges, il m'écrit qu'il va bien.

J'attendis un moment dans le silence de cette fin d'été parce que je voulais pas lui dire, à ma mémé, qu'un jour il viendrait me chercher, ça lui aurait fait de la peine.

– Moi aussi, je vais bien, mémé. La semaine prochaine l'école recommence et cette année je serai au banc des grands.

En bas, dans la vallée, les cigales se grattaient le ventre pour annoncer la fin de l'été. J'évitai de regarder vers la maison, parce que ça ne me plaisait pas, ces gens qui dormaient dans ma chambre, et chaque fois que j'y pensais j'en voulais un peu à ma mère, la mettant en défaut d'amour d'avoir laissé la Baraille à des étrangers.

C'est ce jour-là, en revenant, que je fis la paix avec le Jésus du mamelon, parce que, quand même, de temps en temps, pouvoir parler avec quelqu'un de ses joies et surtout de ses peines, ça fait du bien. Je ramassai quelques fleurettes à tiges courtes qui s'ébaubissaient dans la verdure, puis, le hasard faisant bien les choses, je me retrouvai devant le mamelon, mon bouquet à la main, l'air surpris de voir le Jésus, les bras en croix, toujours couronné d'épines rouillées, encore là à m'attendre.

– Ah ! Eh bé, que je Lui dis de ma voix de chantre, ça tombe bien que Vous soyez là, parce que je savais pas quoi faire de ces fleurs. Té, je vais bien trouver une boîte pour les mettre dedans.

Et tout en parlant je cherchai ce bocal, vidé depuis longtemps de son contenu de confitures et caché par mes soins sous une ronce. Je posai mes fleurs sur le piédestal, et, un peu honteux de mon subterfuge, je repartis en sifflotant, mais je vis bien à Son sourire qu'Il était content que je sois revenu.

Je lambinai un peu avant de regagner La Bastide, satisfait

de ma journée, lorsque j'aperçus un homme se dissimulant dans les buissons, et je reconnus tout de suite, avec un coup au cœur, notre jardinier-moustachu. Ne tenant pas à ce qu'il me voie, je sautai dans le fossé, grimpai sur l'autre versant et disparus dans le fourré. Je me demandais ce que l'homme pouvait bien faire là, mais je n'eus pas long à attendre. Adélaïde arriva, tout essoufflée d'avoir couru, portant un sac de toile duquel dépassait le goulot d'une bouteille. Le jardinier sortit de son buisson et l'attrapa dans ses bras, l'embrassant avec frénésie et j'en fus tout gêné pour le Jésus sur Sa croix. Les deux amoureux disparurent tout de suite derrière la haie et j'entendis clairement le rire de ma mère, le bouchon qui claque, quelques gazouillis et puis le silence de vêtements froissés et je me sentis coupable d'être là en train d'écouter. Je m'enfuis vers La Bastide, m'enfermai dans ma chambre, faisant semblant de m'occuper pour me tromper moi-même car je sentais bien que quelque chose d'anormal se tramait.

Ce même soir, ma mère dit à Jules qu'il lui fallait deux jours pour aller à la ville régler quelques affaires. Il eut un froncement de sourcils puis retrouva sa bonne humeur et plaisanta.

– Té, je pourrais bien y aller aussi, et nous emmènerions Antonin avec nous. Alors, Adèle, vous nous voulez avec vous ?

– Si vous voulez, mais seulement jusqu'à la gare, après, vous vous débrouillez, répondit-elle, moi j'ai à faire.

– Et qu'est-ce que vous avez tant à faire ? demanda Jules.

– La coquette, répondit ma mère.

Tout le monde rit, je crus même que tout recommençait comme avant l'histoire. Puis soudain je me rappelai le jardinier derrière le buisson, et je compris que ma mère me cachait quelque chose.

Quand elle vint me dire bonsoir, je la pris par la main et lui demandai ce qu'elle allait faire à la ville.

– Des papiers, me répondit-elle.

– Des papiers ? demandai-je, soupçonneux.

– Des papiers qui nous donneront beaucoup de sous, mais il faut rien dire à personne.

Puis, sans que je lui en demande plus de crainte d'en entendre trop, elle me dit, en appuyant ses mains sur le lit, posant ses yeux luisants bien en face des miens, ses lèvres si proches que j'aurais pu en caresser l'ourlet avec les miennes, elle me dit, pour balayer le doute qui planait encore en elle :

– Beaucoup de sous, et une maison à nous, avec un jardin, et un bon travail pour moi, et nous serons très heureux.

C'est foutu, me dis-je, c'est foutu, elle veut partir.

– Eh oui, poursuivit ma mère, un bon travail en ville. Je ne veux pas passer un autre hiver ici. Mais surtout, Antonin, maintenant tu es grand, alors garde le secret jusqu'à ce que j'en parle à Jules.

Puis elle m'embrassa et sortit. À l'idée de quitter Cassagnettes pour la ville j'eus une grande tristesse et l'espoir que ce deuxième chambardement ne se produirait pas. Et puis, surtout, la ville c'était le jardinier-sans jardinière car je me doutais bien qu'il serait tout le temps entre ma mère et moi. Quoiqu'il soit déjà bien tard, je me relevai, enfilai mon pantalon et sortis en cachette. Au bout de l'allée, je me mis à courir comme un fou vers le campement. Les larmes m'étouffaient.

– Georges ! je criai, Georges !

Mais le camp était désespérément vide.

Adélaïde partit le dimanche matin, comme prévu, et revint le lundi soir avant la nuit. Elle était de bonne humeur, la ville lui réussissait. Jules l'accueillit avec de grands sourires mais on voyait bien qu'il était contrarié. Malgré ce, il ouvrit une bonne bouteille de vin pour fêter le retour et se remit à nous parler de l'Afrique.

Le lendemain matin, elle vint me chercher à la sortie de l'école. C'était encore une belle journée d'été et elle portait une robe toute simple qu'elle avait achetée la veille. Même habillée d'une vieille serpillière, elle aurait gagné tous les concours d'élégance de Cassagnettes, Malbosc et Laval réunis.

J'étais tellement content de la voir que j'en oubliai de lui demander ce qu'elle faisait là.

– Antonin, je vais prendre un négoce de fleurs à la ville et comme ça je serai vraiment la patronne. Plus tard, nous habiterons une maison avec un jardin, tu verras comme on sera bien.

– C'est quand plus tard ?

– Après la Noël, dès que j'aurai fait assez de sous.

– Et ceux pour ton négoce, où tu les as pris ? demandai-je, suspicieux.

– D'une hypothèque sur la Baraille, mais c'est trop compliqué pour que je t'explique. Tu comprendras plus tard.

Pour comprendre, j'avais compris. Ma mère, ne pouvant se passer de son moustachu, avait décidé de repartir pour la ville. Elle avait déjà prêté la maison et le jardin de la mémé Petite et Mathurin à des mange-merde, maintenant elle donnait leurs biens pour un maquereau.

– Pourquoi on remonte pas à la ferme, maintenant je suis plus grand ? Je pourrais mieux t'aider, et Georges aussi : il a dit qu'il reviendrait et travaillerait même pour rien, juste pour tes beaux yeux.

Ça y est, je l'avais sortie, mon histoire du retour. Mais Adélaïde se mit à rire.

– À la Baraille ! Mais, mon chéri, c'est un trou, là-haut ! Tu verras, ça te plaira, la ville, et tu te feras plein de nouveaux amis à l'école.

– Mais je veux pas quitter l'école de madame Alice !

Je me dis que non et non, je n'irai pas. Nous arrivions devant La Bastide quand la colère me prit. Je jetai ma sacoche sur ma mère.

– Tiens, vas-y, à ta ville, va faire la garce là-bas si ça te plaît. Moi, j'en veux pas, de tes sous. Voleuse, tu les as volés à ma mémé, je le sais. Menteuse.

Et je partis vers la rivière, en criant que, cette fois, j'allais me noyer pour de bon.

L'eau était glacée. Allez donc vous noyer dans de l'eau

glacée ! À peine vous avez le nez dedans que tout ce que vous voulez faire, c'est en ressortir. Quand Abel me trouva, j'étais sagement assis sur la grève en train de sécher au soleil, tout nu comme un ver, car avant d'aller me noyer j'avais pris la précaution de quitter mes vêtements.

– Petit Antonin, qu'il me dit, ta maman elle est tout en larmes, elle croit que tu es mort. Faut pas lui faire des peines comme ça.

Puis il se tourna vers le bois et cria :

– Monsieur Jules, sergent, je l'ai trouvé, il est pas mort, il est tout nu.

Je me jetai d'un bond dans mon pantalon, j'allais quand même pas faire voir mon cul à tout le canton. Jules arriva et s'assit à côté de moi.

– Va prévenir sa mère que tout va bien, allez, dépêche-toi ! houspilla-t-il Abel.

Il attendit un instant pour reprendre son souffle.

– Alors, Antonin, on nous fait des frayeurs, comme ça, qu'est-ce qui va pas ?

– Rien, monsieur Jules.

– Peut-être tu devrais simplement rentrer à La Bastide et te reposer, et puis demain il y paraîtra plus.

– Non, je veux aller à l'école.

– Eh bé, je te ferai porter quelque chose à manger par Abel. Tu veux pas venir voir ta mère d'abord ?

– Non.

Tout était dit. Je savais maintenant ce que je voulais. Je ne pouvais pas monter à la Baraille à cause des fermiers, je ne pouvais pas retrouver mon ami Georges, il était perdu près d'une ville. Le Jésus ? Il ne me répondait jamais. J'avais besoin de quelqu'un qui parle. Alors, ce que je voulais, c'était m'asseoir devant la cheminée de madame Alice et tout lui raconter, parce que, au fond, il ne me restait qu'elle.

– Antonin, me dit-elle, si tu veux pas aller à la ville, je te comprends, mais je sais pas si ta mère m'écoutera.

Elle remua son fricot qui cuisait sur la braise. Il faisait

bon dans cette maison-école et puis il y avait ces douze livres, là, sur le buffet, et je crevais d'envie de les ouvrir et de les lire tous.

– Madame Alice, peut-être que je pourrai rester avec vous.

– Laisse-moi d'abord parler à ta mère ; ensuite, on verra.

Ma mère se laissa convaincre beaucoup plus facilement que je ne l'espérais. Mais Jules insista pour que je reste à La Bastide et madame Alice laissa faire. Peut-être savait-elle que son temps n'était pas encore venu. Adélaïde viendrait me chercher après les fêtes de Noël, comme ça j'aurais le temps de m'habituer à l'idée de vivre à la ville. Personne ne parla du jardinier et ce fut bien ainsi.

La semaine d'après, le notaire de la ville informa ma mère qu'il n'avait pas trouvé de prêteur pour l'hypothèque. Je repris espoir. Adélaïde tourna en rond pendant toute la journée, puis le soir, n'y tenant plus, elle demanda à Jules si elle pouvait lui parler de son affaire. Il l'écouta sans broncher.

– Adèle, vous me demandez là de vous prêter de l'argent pour partir d'ici, alors que je fais tout pour que vous restiez. Soyez raisonnable, regardez : même Antonin veut pas aller à la ville.

– Il faudra bien, répondit ma mère, parce que je veux pas en faire un paysan, et ici, c'est tout ce qu'il peut devenir.

– Mais y a pas de honte à être paysan, et puis, il a la Baraille.

– La Baraille ça fait pas vivre son monde, je veux mieux que ça pour lui et pour moi.

– Ça ne tiendrait qu'à vous d'avoir mieux.

– Monsieur Jules, restons-en là, claironna Adélaïde. Si vous pouvez pas me prêter, je le comprends.

– Mais vous avez l'argent du fermage, ça devrait vous suffire pour démarrer ? questionna Jules innocemment.

Ma mère ne répondit pas tout de suite et il y eut un grand silence gêné. Puis elle lâcha le morceau.

– Un ami à moi a eu des besoins, alors je lui ai prêté.

– Oh ! mais c'est pas prudent, Adèle. Enfin, je veux pas me mêler de vos affaires, mais il fallait que ce soit un gros besoin, répondit Jules.

– Il me remboursera, je le sais, mais il fallait qu'il parte.

Il y eut un autre silence, ma mère avait le visage tendu, au bord des larmes.

– Il est parti en Algérie, il ne reviendra pas ici. Maintenant, vous savez.

Et elle sortit de la cuisine en courant.

Jules resta quelques instants la bouche à moitié ouverte.

– Ah ! bé ça ! ah ! bé ça, alors !

C'est tout ce qu'il pouvait dire, mais il savait ce qu'il voulait savoir. Quand ma mère revint un moment plus tard, Jules l'attendait dans le salon.

– Puisque je vous sens bien résolue, dit-il, et comme je veux vous voir heureuse, je vous prêterai la somme pour ouvrir le négoce.

– C'est bien gentil à vous, Jules, je me souviendrai de ce que vous faites pour nous.

– Je ne veux que votre bonheur, Adèle, et celui du petit. Si votre commerce marche bien, j'en serai le premier content.

Mais, dans le fond, il pensait le contraire, ça se voyait. Car s'il ne marchait pas, son commerce, à Adélaïde, elle serait bien obligée de revenir à La Bastide, et alors, avec tout l'argent qu'elle lui devrait, il faudrait bien qu'elle rembourse, d'une façon ou d'une autre.

Ainsi, deux jours plus tard, Jules prit une hypothèque sur la Baraille et remit à ma mère l'argent pour ouvrir son magasin. Ce jour-là, sans le savoir, il sauvait les deux petits monticules d'une vente forcée au premier venu. Fort heureusement pour Mathurin et la mémé Petite, car ça les aurait chagrinés au plus haut point de continuer d'être enterrés chez des inconnus.

Ma mère descendit à nouveau à la ville pour régler l'affaire et nous revint folle de joie. Elle avait trouvé une petite chambre meublée dans la même rue que son magasin. Comme elle avait promis à Jules de tenir la maison jusqu'après les vendanges, elle ouvrirait juste avant la Toussaint, ce qui serait un bon début. C'est que les morts, ça en bouffe, des fleurs.

Jules la félicita, madame Alice fit une grimace, et je rendis visite au Jésus du mamelon pour Lui annoncer la nouvelle.

Tout était en ordre. Ou presque.

La veille du départ, Jules fit une dernière tentative pour la dissuader de partir mais, devant la détermination de ma mère, il comprit que c'était peine perdue.

– Vous savez que si ça ne va pas, vous aurez toujours une place ici.

– Je vous remercie, Jules, mais je suis sûre que tout ira pour le mieux.

Ainsi elle me quitta à nouveau, ma mère, et comme maintenant j'étais un homme je m'interdis de pleurer. Elle reviendrait me chercher, le temps de trouver cette maison dont elle rêvait et dont je ne voulais pas ; mais elle reviendrait, prétendait-elle. Je savais déjà que je ne la croyais pas, et elle ne savait pas qu'elle me mentait, car ma mère disait toujours la vérité. C'est seulement la vérité qui changeait avec le temps.

# 17

L'école reprit et, à la première récréation, un grand s'approcha de moi et m'apostropha, l'air morveux :

– Alors, Antonin, t'as plus ton gitan pour te défendre, et t'as plus ta mère pour aller chialer !

– Qu'est-ce que ça peut te foutre ?

– Tu vas voir ce que ça peut me foutre, me répondit-il en faisant un pas en avant.

Mon poing partit avant même que j'y pense et le gamin s'étala de tout son long au grand étonnement des autres cancres, et au mien.

– Tu vois, j'ai plus besoin de personne maintenant, alors me fais pas chier, t'as compris ?

C'est qu'il avait forci, le bâtard de la Baraille. Je ne devrais pas le dire, mais ça me fit du bien de lui ficher un gnon. Je rentrai dans la classe et gagnai directement mon banc, tandis qu'il rejoignait sa place, le tour de l'œil déjà bleuissant.

– Tu es tombé sur un os ? lui demanda madame Alice.

– C'est l'Antonin qui...

– C'est bien ce que je disais, tu es tombé sur un os. Maintenant prenez vos livres à la page 18.

Madame Alice était comme la mémé, jamais un compliment en face.

Ainsi, à dater de ce jour, chacun reconnut mon autorité, et moi, qui n'étais encore pas bien haut, je pris sous mon aile ceux qui faisaient leurs premiers pas dans la vie scolaire, jouant un peu pour eux le grand frère qu'avait été Georges pour moi. Souvent, le soir, je ramenais l'un ou l'autre des plus jeunes élèves à La Bastide et l'aidais à faire ses devoirs. Je trouvais là une occupation et un grand contentement d'être utile. Madame Alice me dira un jour que jamais classe ne fut plus sérieuse.

Mais je me plongeai également dans mes propres études avec frénésie, car, ce certificat, je voulais l'avoir à mon tour. Je restais tard le soir, seul dans ma chambre, à réviser mes leçons, à faire de nouveaux calculs arithmétiques, à chercher avec la loupe et puis apprendre par cœur le nom des comptoirs français de la Cochinchine au Tonkin, celui des îles du Pacifique, et je découvrais qu'il y avait dix-huit mille kilomètres de Tahiti à Marseille, puis je comparais la carte d'Amérique à celle de la France, et tout ça faisait paraître Cassagnettes aussi petit qu'une fourmi dans un champ de luzerne. Jules continuait de me parler de son Afrique à lui qui n'était pas tout à fait la même que celle des livres, car, me disait-il, ceux qui les écrivent n'ont jamais mis leur cul sur le dos d'un dromadaire. Et alors, à califourchon sur une chaise, il me faisait voir le balancement de la bête et la façon de s'accrocher à la bosse pour ne pas tomber. Mais tout ça ne se terminait plus dans des rires comme avant, au temps de Georges et de ma mère. Maintenant, sans savoir pourquoi, nous étions sérieux.

Adélaïde nous rendit visite, comme prévu, juste après la Toussaint. Elle arriva en fin de matinée, ayant fait à pied le chemin depuis Malbosc.

– Vous auriez dû prévenir, lui dit Jules, j'aurais envoyé Abel vous prendre au train.

– Oh ! ça m'a fait du bien de marcher, monsieur Jules, et puis c'est bon de retrouver la campagne, répondit-elle.

Elle avait maigri et ses mains étaient toutes gercées.

– C'est l'eau et le froid, m'expliqua-t-elle. Tu sais, le matin, il me faut faire le marché à cinq heures si je veux avoir des belles fleurs fraîches, et puis il me faut nettoyer celles que j'ai déjà et tout arranger avant d'ouvrir.

– Mais tu gagnes des sous, au moins ?

– Pas encore, au début on perd beaucoup de marchandise, mais bientôt ça ira mieux.

Dans le ton de sa voix, je sentis comme un découragement.

– Si j'habitais avec toi, je pourrais t'aider.

– Il faut d'abord que tu passes ton certificat, et puis ma chambre est trop petite pour deux.

Elle m'embrassa sur le front.

– Mais je voudrais bien que tu viennes, pas pour le travail, mais parce que tu me manques.

Nous étions dans ma chambre. Elle m'attira vers elle et me serra fort dans ses bras, comme autrefois, quand j'étais tout petit. Elle me garda ainsi un moment, silencieuse.

– Alors, si on allait voir madame Alice ?

– Je crois qu'elle serait bien contente.

L'institutrice finissait sa classe. Elle nous fit entrer dans la cuisine de sa maison.

– Alors, Adélaïde, tu viens pour dévergonder ton petit un jour d'école ?

– C'était mon seul jour de libre, madame Alice.

– T'en fais pas, il rattrapera demain, c'est pas tous les jours qu'il te voit. Et ton négoce, comment ça va ?

– Il faut encore un peu de temps, la clientèle est pas facile. Antonin travaille bien ?

Elles parlèrent quelques minutes, de tout et de rien, puis ma mère remercia Alice de sa gentillesse pour moi et dit qu'il lui fallait partir. C'était bientôt l'heure pour le train.

– Je serais bien restée un peu plus long, mais demain, y a le marché, il faut se lever tôt.

Madame Alice sortit sur le pas de la porte et l'embrassa.

– Fais attention à toi là-bas et te fais pas de souci : le petit, ici, il risque rien.

Ma mère répondit par un pauvre sourire.

– Je reviendrai après la Noël. Portez-vous bien, madame Alice.

Nous reprîmes le chemin de La Bastide où Abel nous

attendait avec le coupé pour nous mener à la gare de Malbosc. Je refis le trajet comme nous l'avions déjà fait, elle et moi, pour aller à la mer, voir Andréa ou seulement une promenade sur le domaine, mais aujourd'hui le temps était chagrin et seul Abel arrivait encore à dire un mot par-ci, par-là. Sur le quai de la gare, ma mère me fit trois baisers et glissa une pièce dans la poche de mon paletot.

– Tiens, c'est pour si tu as besoin de t'acheter quelque chose.

Elle monta vite dans le compartiment puis le train démarra et je la vis me faire au revoir entre deux panaches de fumée. Je ne pus retenir mes larmes car je voyais bien qu'elle n'était pas heureuse et je ne pouvais rien faire pour l'aider.

En rentrant à La Bastide, je trouvai Jules affalé sur la table de la cuisine. Il sentait le vin et ronflait. Je pris un bol de soupe, me réfugiai dans ma chambre et tout en mangeant j'ouvris mon livre de géographie. Je suivis le petit trait noir, court et sinueux, qui reliait Malbosc à la ville, faisant le voyage avec ma mère, et je la perdis de vue seulement quand elle descendit du train.

Il fit tellement froid, cet hiver-là, que les oliviers gelèrent. Adélaïde nous arriva aux lendemains des fêtes, tendue comme un paquet de nerfs. Elle prit tout juste le temps de me serrer contre elle, puis elle demanda à Jules si elle pouvait lui parler. Ils restèrent enfermés dans le bureau de l'étage pendant une bonne heure et j'entendis seulement des éclats de voix. Finalement elle ressortit, le visage encore mouillé de larmes, m'embrassa en passant et partit chez madame Alice.

– Te fais pas de souci, c'est juste pour une histoire de sous, me dit-elle.

– Mais pourquoi tu m'expliques pas ?

– Parce que c'est pas grave, ça va s'arranger. Fais tes devoirs maintenant, et tout à l'heure on parlera.

Un moment plus tard, l'institutrice pointa son nez et à son tour s'enferma dans le bureau avec Jules. Ma mère resta dans ma chambre, marchant de long en large, me posant des questions sur l'école et puis, sans attendre la réponse, elle passait à autre chose. Enfin madame Alice vint frapper à la porte, et Adélaïde sortit aussitôt dans le couloir.

– C'est bon, lui dit madame Alice, il te fera l'avance, mais laisse-moi te dire une chose : tu vas faire la plus belle bêtise de ta vie.

– J'ai pas le choix, répondit ma mère. Ici, tout le monde m'en veut.

– Les gens ils sont comme ils sont, laisse-les dire et fais ton chemin. L'important, c'est de n'avoir rien à se reprocher.

– Vous pouvez pas comprendre.

– Oh, que si ! Oh, que si, je te comprends ! Maintenant, traîne pas, va voir Jules, et garde-toi bien.

Elle descendit l'escalier pesamment puis se retourna vers ma mère.

– Pour Antonin, je m'occuperai de lui : je l'ai promis à Mathilde. Adieu.

– Merci, madame Alice, je vous revaudrai tout ça.

L'institutrice partit sans répondre. Il n'y avait rien à répondre.

Ma mère alla trouver Jules puis revint me voir.

– Tu vas me dire ou tu vas pas me dire ? lui demandai-je tout de suite.

Alors elle s'assit sur le bord du lit, me prit auprès d'elle et se mit à me raconter.

Toute seule, elle travaillait comme une misérable et arrivait péniblement à survivre car son négoce marchait mal. Et puis, juste avant la Noël, elle avait manqué de bois pour chauffer le magasin et, au matin, elle avait trouvé toutes les fleurs gelées. Ayant bouffé tous les sous du prêt que Jules lui avait fait et ne pouvant payer le loyer, elle avait été obligée de rendre les clefs.

– Bé, alors tu n'as qu'à revenir ici, lui dis-je.

– Je peux pas.

– Et pourquoi ?

Ma mère hocha un peu la tête, souffla une ou deux fois, puis se décida.

– Tu te rappelles cet ami que j'avais, tu sais, celui avec les moustaches.

Mon sang ne fit qu'un tour.

– Il va pas revenir ?

– Non, me répondit Adélaïde sans prêter attention au ton de ma voix, non, c'est moi qui vais le rejoindre. Je vais prendre un petit commerce de bonneterie dans une grande ville où on gagne beaucoup d'argent.

Et soudain elle s'anima. Ses yeux brillèrent d'espoir.

– Là-bas, il fait toujours soleil et, quand tu viendras nous rejoindre, je te mettrai dans une grande école où y a que des gens riches, et tu pourras y aller aussi longtemps que tu voudras. Ça te plairait de devenir un monsieur instruit, un instituteur, peut-être même un docteur, ça te plairait ?

Je la regardais déballer ses balivernes, et plus elle en ajoutait, moins je la croyais, et elle voyait que je ne la croyais pas, mais elle en rajoutait encore afin de me convaincre et de se convaincre avec moi qu'il n'y avait pas d'autre solution que celle de partir, comme si partir faisait disparaître les problèmes par enchantement. Elle finit par se lasser, m'expliqua qu'elle reviendrait me chercher, mais seulement à la fin des classes, et que, en attendant, Jules et Alice seraient comme ma famille et s'occuperaient de moi.

Elle aurait voulu que je lui parle, que je lui dise : oui, va là-bas, deviens riche, après je te rejoindrai et nous serons heureux. Elle aurait voulu que je fasse semblant d'y croire comme elle. Mais, bien au contraire, je restai profondément silencieux, n'osant pas lui crier ce que je pensais, n'osant peut-être pas le crier de peur de l'entendre. Alors elle éclata en sanglots. J'étais debout, face à elle, assise sur le lit, son visage baigné de larmes contre mon estomac et mes doigts caressant ses cheveux.

Je tentai alors de lui parler de la Baraille, de mon projet d'élever des cochons, de toutes ces choses que j'avais en tête, mais je compris très vite que c'était inutile. Adélaïde était déjà sur ce bateau aux cales miséreuses remplies d'une cargaison de rêves de fortune et de pauvres déjà riches. Elle était sur le bateau, emportant l'argent du fermage que Jules venait d'avancer, l'argent promis pour mon école, et ce bateau l'emmenait retrouver son moustachu-maquereau dans une ville d'un autre pays, et cet autre pays, c'était l'Afrique.

– Tu vas te marier avec lui ?

Elle leva les yeux vers moi, cherchant mon regard, mais je fixais sur le mur la photo de Mathurin et de la mémé Petite, l'unique chose que ma mère me laissait, puisque je ne pouvais même plus aller sur les deux petits tas de terre au fond du jardin.

– Tu vas te marier avec lui ?

– Il me l'a demandé.

Je ne sais pourquoi, mais je l'embrassai sur la nuque, dans le fouillis de son chignon. Elle crut certainement que c'était une façon de donner mon accord, puis je retournai vers ma table de travail.

– Tu pars quand ?

– La semaine prochaine.

– Ah bon !

Je ne lui demandai pas si elle reviendrait me voir avant, je connaissais déjà la réponse.

– J'ai encore des devoirs à faire, lui dis-je.

– Alors, je descends préparer le repas. Jules veut qu'on mange tous ensemble.

Je restai silencieux, occupé par mon travail.

– Je monterai te chercher, me dit-elle, et elle sortit doucement, comme pour ne pas me déranger.

Le repas fut un calvaire. Jules tentait de plaisanter, mais les rictus de son visage faisaient mentir ses mots.

– Eh bé, après les vendanges, peut-être que je viendrai vous voir. Té, retourner là-bas, ça me rajeunirait un bon coup.

– Ce serait une bonne chose pour vous que de voyager à nouveau, surtout loin du froid.

Tout ça sonnait faux comme une cloche fêlée. Je remontai vite dans ma chambre et me mis au lit. Ma mère vint me dire bonsoir et voulut me câliner, mais je ne pus retenir plus longtemps ma colère, et, ne me doutant pas de la peine que je lui faisais, je lui dis que dans le fond j'étais content qu'elle parte puisqu'elle me préférait son moins que rien de bonhomme et qu'elle pouvait aussi ne pas revenir me chercher.

– Moi, je suis bien ici, et j'en partirai jamais, tu entends, jamais !

– Antonin, tu déraisonnes. Je t'enverrai des photos de là-bas, et tu verras, tu changeras bien vite d'idée.

Je ne voulus pas en entendre davantage et m'enfouis au fond du lit.

– À demain, me dit-elle, en m'embrassant à travers le drap sous lequel je me serrais. À demain.

Et je l'entendis fermer la porte derrière elle.

Je dormis mal. Au matin, elle vint me réveiller et, malgré son grand sourire, je vis bien qu'elle n'avait pas dormi non plus. Elle déposa un paquet sur mon lit.

– Tiens, me dit-elle, tu vois que je t'aime toujours, j'ai pas oublié ton anniversaire, cette fois.

J'ouvris lentement le papier, c'était un livre, mon premier livre bien à moi, le livre du *Je sais tout.* À chaque page, il y avait des photos, des dessins, des explications sur toutes les merveilles du monde. J'étais fou de joie. C'est vrai qu'elle m'aimait, ma mère, non pas à cause du cadeau, non pas à cause de ce qu'elle faisait ou disait, elle m'aimait simplement à sa façon, c'est tout. Elle s'allongea à mon côté et nous tournâmes ensemble les pages, découvrant les choses les plus extraordinaires, nous retrouvant à nouveau comme au temps béni de la Baraille.

– Il faut que j'y aille, me dit-elle. Je dois passer chez le notaire avec Jules avant d'aller à la gare.

– Je peux venir avec vous ?

– Tu as l'école, et puis je voudrais pas que tu prennes froid. Tu as vu le temps qu'il fait.

J'enfilai vite mon pantalon, mon paletot, et descendis avec elle. Le coupé attendait. Adélaïde me serra fort, m'embrassa dans le cou, dans la nuque, refusant de me laisser partir alors que c'était elle qui me quittait. Brusquement elle monta dans le landau, Jules cria après la jument et l'attelage fit crisser le gravier de l'allée. Ma mère passa sa tête par la portière et m'envoya un dernier baiser en soufflant sur ses doigts.

Le ciel se couvrait de moutons de nuages. La neige n'allait pas tarder.

## 18

Je n'ai pas pleuré quand le coupé disparut dans le tournant du chemin, je n'ai pas pleuré. Je suis resté debout, dans le froid, mon regard fixé vers le fond de l'allée, m'enfonçant dans la tête cette dernière image de ma mère jusqu'à ce qu'une grande douleur me transperce le côté gauche.

Alors, je suis monté dans la chambre bleue de riche, j'ai ramassé ma chemise, mes quatre frusques et, n'ayant plus aucune raison et encore moins l'envie de rester dans cette grande demeure, je suis parti retrouver mon pigeonnier dans la maison-école de madame Alice.

Elle ne me posa aucune question, Alice, quand elle me vit débarquer avec mon barda. Elle me dit simplement de bien tout ranger parce qu'elle n'aimait pas le désordre.

– Tu comprends, je suis une vieille acariâtre maintenant, ajouta-t-elle, et si tu m'entends parler toute seule, ne le dis pas aux autres, ils seraient trop contents de savoir que je radote.

Mais je n'avais pas trop le cœur à rire. Je pris un livre et me fis une petite place devant la cheminée.

– Je dérange pas dans ce coin, madame Alice ?

– Tu ne déranges nulle part ici, me répondit-elle, pose pas des questions stupides.

– Ici, c'est presque comme chez ma mémé Petite. Là-haut, nous avions un chien. Il s'appelait Pataud, toujours il rêvait en remuant la queue.

– Moi aussi, quand j'étais petite, j'ai eu un chien, une chienne plutôt. C'est mon grand-père qui me l'avait donnée, c'est bien loin tout ça. Poupette, elle s'appelait Poupette, ça vient juste de me revenir.

Elle vint s'asseoir auprès de moi, déjà prête à toutes les confidences.

– Quand j'avais ton âge, un jour mon père me dit...

Voilà comment tout commença entre madame Alice et moi. Elle parlant du temps d'avant, de la République, de Mathurin, de Mathilde, et moi l'écoutant, au fil des soirées, parfois questionnant, parfois silencieux, avec des bouffées de rires quand elle racontera l'histoire de mon joli cul, des moments tristes quand je parcourrai la carte d'Afrique dans l'Atlas de Jules, de longues journées de soucis quand je partirai chercher Georges dans son hôpital de guerre et de grands regains d'espoir quand je rêverai de toi, Adélaïde, de ton retour.

Car tu allais revenir, je le savais. Je ne vivais que pour cet instant et, chaque fois que je l'imaginais, je croyais en mourir de bonheur. Tu allais revenir et, en attendant, j'allais tout faire pour que tu sois fière de moi, tellement fière que tu ne puisses plus repartir. Pour cela, je deviendrai un homme, ma mère, fort, solide, patient, un peu rusé parfois pour ne pas faire mentir la mémé. Un jour, moi aussi, comme Pataud, je rêverai à ma fiancée, et quand je lui parlerai de toi, de tes rires fous, de tes chapeaux, de ta beauté, elle rira à son tour parce qu'elle sera heureuse de ce bonheur qui fut le nôtre.

Enfin, je te retrouverai. Et ma vie, interrompue pendant tout le temps de ton absence, pourra alors reprendre son cours.

Quand, longtemps plus tard, assis en rond devant la grande cheminée de la Bastide, mes enfants, tes petits-enfants, Adélaïde, me demanderont, un soir de veillée, pourquoi je me suis tant battu, je n'aurai pas besoin de mots pour leur répondre. Il me suffira de regarder, les yeux mouillés de larmes, cette photo prise le jour de tes dix-huit ans par mon photographe ambulant de père, pour qu'ils comprennent que ce ne fut que pour l'amour de toi.

Pour l'amour de ma mère.

# TABLE DES MATIÈRES

*Achevé d'imprimer en décembre 1995*
*sur presse CAMERON*
*dans les ateliers*
*de Bussière Camedan Imprimeries*
*à Saint-Amand-Montrond (Cher)*
*pour le compte des éditions Robert Laffont*
*24, avenue Marceau, 75008 Paris*

N° d'édition : 36488. N° d'impression : 2548-4/809
Dépôt légal : janvier 1996.
*Imprimé en France*